WORLD TEACHER
異世界式教育エージェント

ネコ光一

Illustration：Nardack

14

ここからが本番だ
纏《まと》めてかかってきやがれぇ！
前線基地にて戦闘開始――

お任せください！

レウスを巡る乙女の攻防――
マリーナ Marina
ジュリア Julia

ワールド・ティーチャー

異世界式教育エージェント 14

ネコ光一

OVERLAP

CONTENTS

Illust:Nardack

《夜が明けて》

鉄壁とも言われる強固な防壁を幾つも築く、世界に名高き国……サンドール。

俺たちがその国を訪れたのは、数年に一度行われる各国の王族が集まる会議……大陸間会合《レジェンディア》で招集された、かつて世話になった人たちに会う為《ため》だった。

だが訪れたサンドールでは王の継承争いで揉《も》めており、リースの義姉であるリーフェル姫がその問題に巻き込まれている事を知る。

俺にとっても義姉となるリーフェル姫を助ける為、俺たちはサンドール王の第一王子であるサンジェルに招かれる形でサンドールの城へと乗り込んだ。

そこでサンジェルの妹であるジュリアと出会い、過去の戦いで国の英雄となったジラードたちと交流を深めながら、俺はサンドールの調査を続けた。

調べていく内に城内では後継者問題どころか、この状況を密《ひそ》かに操る黒幕のような存在がいる事に気付いた俺は、リーフェルの従者であるセニアの案内で城を密かに抜け出し、サンドールで一番と言われる情報屋と接触したのである。

そして情報屋から密かに消されたサンドールの裏事情や、過去に名が広まった有名人たちの話を聞いた俺は、行きと同じく闇に身を潜めながら皆の下へ戻った。

それから得た情報を皆と共有し、リーフェル姫たちが部屋に戻ったところで俺たちも眠りに就いたが、その後は何も起こらず静かな夜を過ごす事が出来た。

だが、サンドール城に滞在して二日目……俺たちは早朝から奇襲を受けたのだ。

「皆、おはよう！　これから私と一緒に汗を流さないか？」

奇襲……もとい、大きな声で俺たちの部屋に突撃してきたのは、金髪を靡《なび》かせたジュリアだったのだ。

そんな彼女の手には訓練用の木剣が数本握られており、寝ぼけ眼のレウスが詳しく聞いてみたところ、彼女は早朝の訓練の誘いに来たという事が判明した。

特に断る理由はないので、俺とエミリアとレウスの三人だけで参加する事にしたわけだが、ジュリアの案内で向かったのは城のすぐ横に広がっている森だった。

「あれ？　昨日の訓練所でやるんじゃねえのか？」

「あそこは人の目が多いし、騒がしくなりそうだからね。私のとっておきの場所へ案内するよ」

「シリウス様。温かい紅茶を持ってきましたので、いつでも仰《おつしや》ってください」

「ああ、後で貰《もら》おうかな」

ご機嫌なジュリアの先導でしばらく歩いて到着した場所は、木々が拓《ひら》けたちょっとした広場である。人の手が入っていない自然に出来た空間は不思議と心地良く、ジュリアがとっておきと言うのも納得出来る場所だ。

それから各々で軽く運動を済ませたところで、一通り素振りを終えて汗を拭いている
ジュリアに俺は話し掛けた。
「ジュリア様。良ければ私と軽く模擬戦でもしませんか？」
「いいのかい!?」
模擬戦の誘いに激しい動揺を見せるジュリアだが、すぐに目を輝かせながら木剣を渡し
てくれたので、俺とジュリアは広場の中心で向かい合わせに立った。
「まさか君の方から挑んでくれるとは。レウスを倒さなければ駄目かと思っていたよ」
「それはレウスが勝手に決めた事で、別にそういう決まりはないんですよ」
「何っ!?　まあ……複雑だがレウスと戦えたし、こうしてシリウス殿と戦えるのだから文
句はないさ」
「すぐに始めますか？　まずは俺とレウスの模擬戦を見せてからでも……」
昨日の模擬戦でジュリアの動きを知っている俺と違い、向こうは俺の動きを全く知らな
いのだ。公平ではないと思っての提案なのだが、ジュリアは不敵な笑みを浮かべたままで
ある。
「私は一向に構わないぞ。相手を知らないからこそ楽しめるんじゃないか」
ジュリアは本当に剣が好きで、己を高めるのが楽しくて仕方がないのだろう。本当にレ
ウスと……いや、剛剣の爺《じい》さんとそっくりな子だな。

「ルールはどうしますか？」

「昨日と同じでいい。そろそろ口煩《くちうるさ》いのが来るからすぐに始めるとしよう」

口煩いってのは彼女のお目付けである、フォルトの事だろうな。

確かに厳格で口煩い印象のある人物だったが、それだけ真剣にジュリアを心配している証拠でもある。彼女の行動に振り回されて苦労していそうなので、気苦労は絶えないだろうな。

会話の内容からジュリアは周りへ碌《ろく》に説明せず来ていると思うので、今頃彼はジュリアを捜し回っているんだろうなと内心で苦笑しながら、俺は準備が整ったと宣言しながら木剣を構えた。

「では開始の合図だが、爺やがいないからレウスに……」

「必要ありません。ジュリア様の好きなタイミングで仕掛けてきてください」

「何だと？」

相手へ向けて半身となり、片手を相手から見えないように隠す俺の構えに、見物していた姉弟は俺が本気であると気付いたはずだ。

一方、ジュリアは先手を譲られて不服そうな表情を浮かべているが、俺が放つ威圧を感じてそれが間違いだと気付いたようである。

「……余裕を見せているわけではないのだな？」

「昨日の戦いを見た以上、油断なんて出来る筈《はず》がありません」

「なるほど。これは楽しめそうだ！」

そう口にすると同時にジュリアは地を蹴り、俺の懐へ飛び込みながら木剣を上段から振り下ろしてきた。

俺は脳天を狙った一撃を半歩下がって避けるが、ジュリアは木剣を振り下ろす途中で止め、俺を追いかけるように一歩踏み込みながら突きを放ってきたのである。

初手から意表を突く一撃に驚かされたが、冷静に相手の木剣の先端を叩《たた》いて軌道を逸《そ》らせば、木剣は俺の頬を掠《かす》めつつ空を貫いた。

「今のが当たれば、木剣だろうと致命傷ですよ？」

「軽々と逸らす貴方《あなた》に言われたくはないさ。では、こちらはどうかな？」

挨拶代わりの一撃が終わり、レウスとの戦いで見せた緩急入り混じった怒濤《どとう》の剣閃《けんせん》が襲い掛かるが、俺は最小限の動きで避けたり、手にした木剣で受け流しながら捌《さば》き続ける。

そして三十を超える応酬が続いたところで、違和感に気付いたジュリアが一度距離を取っていた。

「これは……私の攻撃を逸らすだけでなく、狙わせているのか？」

「気付きましたか」

俺がやっていたのは、あえて隙を作ってジュリアの攻撃を意図的に誘導させていたのである。来るとわかっている位置ならば対処も容易なわけだ。

これは本能で急所や隙を狙う者……つまりレウスのように直感で戦う相手に対して有効

な技でもあり、更に達人であればある程引っかかりやすい。

誘導されているのだと、己を客観的な目で見られる強者《つわもの》であればすぐに気付けるのだが、
ジュリアはその域に到達しているようだ。

「ならば、私も戦い方を変えよう！」

先程から攻撃が当たらないのに、ジュリアは焦るどころか寧《むし》ろ楽しそうに笑い始める。

本当にライオルの爺さんみたいだなと苦笑していると、ジュリアの動きに変化が見られた。

「ははは！　これだけ見事に避けられてしまえば、意地でも当てたくなるな！」

いや……これはもう完全に同じ人種だな。

今の台詞《せりふ》、あの爺さんとほとんど一緒だし。

そんな余計な考えが頭をよぎる中、笑いながら攻め続けるジュリアの動きを観察していると、動きどころか戦法自体が大きく変わっている事に気付く。

先程まで本能の赴くままに相手の隙を突く攻めだったのに、今はフェイントを交えた、常に先を計算する攻めに変わったのだ。

徐々に獲物を追い込む布石のような攻撃を何とか捌き続けていると、非常に見覚えのある笑みをジュリアは浮かべていたのである。

「素晴らしい！　私の剣がここまで当たらないのは初めてだ！」

「それ以上、喜ばない方がいいかと」

「何故《なぜ》だ？　こんなにも楽しいじゃないか！」

興奮が最高潮に達しているジュリアであるが、剣は冷静かつ的確に振るい続けているので色んな意味で恐ろしい女性だ。

そんな風にお互いの隙を狙う、または隙を作る為の応酬がしばらく続いたが、その均衡を崩したのはジュリアの方だった。

脇腹を狙った俺の一撃を屈《かが》んで避けたジュリアが、そのまま低空の横薙《よこな》ぎで俺の右足を狙ったのである。

咄嗟《とっさ》に右足を上げて避けて無防備な背中へ向けて木剣を振り下ろすが、それよりも速くジュリアは屈んだ体勢から掬《すく》い上げるような突きを放ってきた。

突き……つまり点の攻撃ならば避けるのは難しくはない。しかし彼女の目線から狙いが俺ではない事に気付き、反応が僅かに遅れた。

その一瞬の隙を見逃さなかったジュリアは、俺が持つ木剣の柄《つか》を下から撃ち抜いて上空へ弾《はじ》き飛ばしたのである。相手の武器を弾く技は俺もよくやるが、やられる側になったのは数える程しかない。

「もらったぞ！」

彼女の剣を受け続けている内に感じていた疑問が、今の一撃で確信に変わった。

速さだけでなく、ジュリアの技が昨日より明らかに上達している事にだ。

実力を隠していたとか、手を抜いていたとかそんなものではなく、レウスとの模擬戦によって成長したのだろう。

たった一度の模擬戦だけでここまで学ぶか。その末恐ろしい才能に思わず笑みを浮かべてしまうが、その間にも止《とど》めを刺そうとジュリアが迫ってくる。

油断は一切見られず、俺が回避する先も想定しているであろう上段からの一撃が振るわれたその瞬間……。

「まだですよ！」

「なっ!?」

俺は極限まで高めた集中力でジュリアの動きを見極め、振り下ろされる木剣を側面から掌《てのひら》で叩いたのだ。

その側面からの衝撃によって僅かに剣の軌道が逸れ、更にその反動と体の捻《ひね》りを利用して回避した俺は、そのままジュリアの手首を捻って剣を奪い取り、剣先を彼女の喉へと突き付けた。

「……私の勝ちですね」

「くっ!?　むぅ……」

寸止めされて不本意そうだが、完璧にやられてしまったので何も言えないらしい。

しばらく葛藤を続けていたジュリアも、上空へ飛ばされた木剣が俺の背後に落ちたところで溜息《ためいき》を吐《つ》きながら負けを認めた。

「はぁ……参った。完全にやられたよ。まさかあそこから避けるどころか、私の剣を奪う

とはな」

「そちらこそ見事な腕でした。私の手から剣を弾き飛ばしたのは、貴方が三人目ですよ」

前世は数えないとして、ライオルの爺さんとレウスに続きジュリアである。

それにしても、今のは紙一重だった。これが実戦かつ真剣だったら別の手段を考えていただろう。

もちろん魔法を使っていればもう少し早く決着が着いていたとは思うが、さすがに模擬戦では無粋なので使わずにいた。

それから奪った木剣を返してから落ちた木剣を回収したところで、ジュリアは不満気な表情で俺へ語り掛けてきた。

「実に有意義な戦いだったが、これだけは言わせてもらいたい。レウスだけでなく、シリウス殿も何故そんなに甘いのだ？」

急所だろうと、やはり寸止めされるのが許せないらしい。

リーフェル姫から過去に女性という理由だけで甘く見られたり、馬鹿にされたせいだと聞いたが、こちらにも事情があるのでしっかりと説明させてもらうとしよう。

「レウスは大切な人を守る為《ため》に強くなってきたので、殺し合いでもない限りは自然と手を止めてしまうのです。それにレウスは相手を馬鹿にして手を抜くような男ではないと、実際に手合せをしたジュリア様なら気付いている筈ですよね？」

「……ああ。レウスの剣は気持ちがいい程に真《ま》っ直《す》ぐだった」

「そして俺の場合は、模擬戦で使うには危険過ぎる技が多いのです。敵でもない相手を壊したくありませんから」

「何だと!?」

レウスの理由は納得しているが、俺のは不愉快だとばかりにジュリアは睨《にら》んでくる。

まあ手加減していると言ったようなものだし、彼女の性格からして怒りを覚えるのは当然だろうが……。

「使う技は限定していましたが、少なくとも俺は本気で戦っていましたよ？」

「使わない技がある時点で本気なわけがあるか！」

「ジュリア様……これはあくまで模擬戦なのです。それと無礼を承知で申し上げますが、女性だから手加減されたと思ってしまうのは、貴方の心の問題でもあります」

やはり今のジュリアには、正面からはっきりと指摘する者が必要だ。

王女という身分でありながら国で頂点に立つ程に強くなってしまったので、彼女へ強く言える者がいないのだろう。

故に手加減されると怒りを我慢出来ないような、精神的に未熟な面がある。だからこそ、勝負に勝った俺が指摘してやらなければと思うのだ。

いずれは己で乗り越えたかもしれないが、これ程の逸材が身勝手な人たちによって作られた壁にぶつかっているのは勿体《もったい》ないからな。

「昨日、手加減されるのが嫌な理由をリーフェル様から聞きました。ですが今のジュリア様ならば、一度手合せすれば相手が本気かどうかすぐにわかる筈ですよね？」

「……………」

「過去の記憶に流されず、己自身で鍛え上げたその感覚をもっと信じるべきです。これからも様々な相手と戦って経験を重ね、精神……心を鍛えていけば、ジュリア様は更に強くなれるでしょう」

王女という立場故に厳しいだろうが、彼女が世界の広さを知ればどこまでも成長していきそうである。

レウスの良き好敵手になってほしいと思いながら告げた助言に、ジュリアは納得するように頷《うなず》いていた。

「心を鍛える……か。確かに剣の腕ばかりで、そちらは疎《おろそ》かにしていた気がする。しかし、そんなにもはっきり言われたのは初めてだ」

「それは当然です。俺はジュリア様に勝ったのですから」

「むっ!?」

俺の挑発するような笑みを見て眉を顰めるジュリアだが、すぐに大声で笑い始めていた。

やはり剛剣の爺《じい》さんと同じく、こういう対応が好みのようだ。

「ははは！　確かに敗けた者が何を言い返したところで無様なだけだし、今は君の方が強いという点は変わらないのだからな。だが覚えておくがいい。次は私が勝ってみせる」

晴れやかな笑みを浮かべるジュリアの姿に俺が満足気に頷いていると、一人だけ不満気な表情をしていたレウスが呟《つぶや》いていた。

「……何で兄貴だと怒られないんだ？」

「きちんと相手の心情を理解し、必要な言葉を掛けているからですよ。貴方は強さ以外にも、女性への対応力をシリウス様からもっと学ぶべきです」

「で、でもさ、やっぱり女の気持ちってのは難しいぜ」

「そのような弱気を口にするから駄目なのです。シリウス様へ生涯の愛と忠誠を捧《ささ》げる私のように、ノワールちゃんとマリーナを夢中にさせるような男になりなさい」

「ノワールとマリーナが姉ちゃんみたいになるのは嫌……」

「……」

「ふ、二人には今のままでいてもらいたいんだよな、俺は！」

後ろで見事な上下関係を表す会話が繰り広げられているが……気にするまい。

こうして俺とジュリアの模擬戦が終わったので、エミリアが差し出したタオルと水で体の手入れをしていると、同じく汗を拭いていたジュリアが俺に質問をしてきた。

「ところで、シリウス殿とレウスの戦い方が違うのは何故なんだ？　君たちは師弟なのだろう？」

「ええ、師弟関係ですが、レウスに剣技を教えたのは俺じゃないからです」

「どういう事だい？」

レウスの剣技が剛破一刀流なのは昨日の模擬戦で知ったので、師である俺も同じ流派だとジュリアは思っていたらしい。

とりあえず俺の詳しい経歴は語らないようにし、子供の頃に偶然ライオルの爺さんと知り合いになり、その伝手《つて》でレウスが剣を教わった事を簡単に説明した。

「でも俺が剣を振るようになった切っ掛けは兄貴なんだ。剣を振っている兄貴が凄《すご》く恰好《かっこう》良くてさ、俺もあんな風に振りたいって思ったんだよ」

「わかる……わかるぞ。私も初めて剣を見た時は体中が震えたものだ。しかし切っ掛けはどうあれ、直接教わったのであればレウスの師は剛剣殿になるのでは？」

「兄貴から教わった事の方が多いし、あの爺ちゃんも全く気にしていなかったからな」

似たような話が多いので大抵は偽物の剛剣ではないかと怪しむものだが、ジュリアは全く疑っていないようだ。レウスの実力が何よりの証拠なのだろう。

これでジュリアも少しは納得してくれたかと思っていると、今度はレウスへ熱い視線を向け始めたのである。

「レウスが羨ましいよ。剛剣殿はかつて我が国に仕えていたそうだが、私が生まれる前に事情があってこの国を去ったそうなのだ。何でも、剣を極める為に旅立ったそうだ」

爺さん本人の話によると、己が鍛えていた弟子が貴族の陰謀で殺されたからなのだが、やはり都合のいいように情報操作されているようだ。

「私がいれば絶対に引き留めて……いや、いっそ追いかけてでも剣を教わっただろう。後五年でも早く生まれていれば……」

「それは止《や》めといた方がいいと思うぞ」

あの爺さんの場合は剣を教わるというより、襲われると言う方が正しいからな。

もう一つ付け加えるなら、殺意を持って挑んでくる弟子の方が嬉《うれ》しいという内面を知ればどんな顔をするか……いや、彼女なら逆に喜びそうである。

「剛剣に教わる事は無理だったが、君たちと戦う事は良い経験になる。レウス、良かったら私と一勝負しないか？」

「いいけど、また剣を止めたら怒ったりしねえよな？」

「ああ、君がそういう男ではないと理解したし、次は私が勝ってみせるさ。剛破一刀流をもっと知りたいから、早く戦おう！」

「じゃあやるか。実は俺も体を動かしたくてさ」

俺とジュリアの模擬戦を見て体が疼《うず》いたのだろう、俺から木剣を受け取ったレウスは嬉々《きき》としてジュリアの前へと立っていた。

そしてルールも決めず、子供のように夢中に剣を振るい合う二人の様子を眺めていると、俺の隣に控えたエミリアが苦笑しながら呟いた。

「あんなにも激しいのに、どちらも本当に楽しそうですね」

「差はあれど、似た者同士ってわけだな」

レウスに似た真っ直ぐで心地良い人柄だけでなく、鍛え甲斐《がい》のありそうな人材なのだ。

サンドールの王女でなければ、先程の助言の途中で俺たちの旅に誘っていたと思う。

レウスにとって良い刺激にもなるし、一国で埋もれるには勿体ないと思う程にジュリアの才能は光って見えるのだ。

「彼女はどれだけの可能性を秘めているのか……惜しいな」

「ふふ、ジュリア様はシリウス様の目に適ったようですね。悩むのであれば、話だけでもしてみたらどうでしょうか？」

「いいのか？　王女が相手となれば色々と問題が生まれそうだし、皆への負担が増えるかもしれないぞ？」

「シリウス様は思うがままに行動なさってください。何があろうと私たちがやるべき事は変わりませんから」

妻として、従者として俺を支える事には変わらないのだと、笑顔で語るエミリアの頭をそっと撫《な》でながら礼を言えば、彼女の尻尾が嬉しそうに振られた。

その尻尾を振る音に紛れ、遠くからジュリアを捜す声が聞こえてきたので振り返ってみれば、鬼のような形相でこちらへ走ってくるフォルト将軍の姿があった。

「姫様！　剣の鍛錬をする時は城でやってくださいと、何度も言って……」

「ははは！　もうこの技が通用しないのか！　君たちは本当に面白いな！」

「そっちこそ、兄貴の時と全く違うぜ！」

「ええい、またか。姫様、そろそろお時間ですぞ！」

　二人は模擬戦に夢中で聞こえていないらしく、呼びかけても止まらないと判断したフォルトは、溜息《ためいき》を吐《つ》きながら二人の間へ踏み込んだのである。

　木剣とはいえ、暴風のような二人の剣閃《けんせん》の中へ躊躇《ちゆうちよ》なく飛び込むフォルトに驚く俺とエミリアだが、彼はあっさりと二人の木剣を左右の手で受け止めたのである。

　更に驚くのは、木剣でも岩をも砕けそうな二人の剣を受けてもフォルトの体の軸が全くぶれていない点だ。大木のように隅々まで鍛え抜かれた肉体と、二人の剣を同時に見極める眼力……将軍と呼ばれるのも納得の実力者だ。

　こうして強制的に模擬戦を止められたので、力を抜いたジュリアは不満気にフォルトを睨んでいた。

「ふぅ……せっかく面白いところだったのに、一体どうしたのだ？」

「お楽しみのところ申し訳ありませんが、朝のお勤めと朝食の時間が迫っております。そろそろ城へお戻りください」

「何!?　もうそんな時間か」

　俺との模擬戦が結構長引いたせいか、すでに朝食の時間になっていたようだ。

　楽しくても空腹には勝てないらしく、朝の訓練はこれで切り上げる事になったのだが、城へ戻る最中でもフォルトの小言は続いていた。

「全く！　朝早くから姫様が部屋にいないと、従者たちが騒いでおりましたぞ。あまり皆に心配をかけないでくだされ」

「だって爺やに言えば止めるだろう？　私はシリウス君やレウスともっと戦いたいのだ！」

「彼等《かれら》はサンジェル様のお客人です。それにこうも気軽に接するのではなく、もう少し王族としての振る舞いを――……」

こういうやり取りは日常茶飯事なのか、ジュリアは涼しい顔で小言を受け流している。

一方、軽々と剣を受け止められた事で気になり始めたのか、会話の合間を縫うようにレウスがフォルトへ話し掛けていた。

「フォルトさんは凄いな。俺の一撃をあんな簡単に止められるとは思わなかったぜ」

「それはそうさ。爺やの守りを突破出来るのは、世界で数えるくらいしかいないだろう」

「姫様、私を持ち上げて誤魔化そうとしても無駄ですぞ。そこのお前も、他人の事を考えている暇があったら己を鍛えろ」

「もちろんだ！　けど一度でいいから、フォルトさんと本気で戦ってみてえな」

「ふん。簡単に言ってくれるものだ。だが……考えてはおこう」

武人同士による共感というのか、ぶっきらぼうに見えてレウスの事は認めているらしい。

彼のような実力者との手合わせはレウスの良い経験になりそうだし、俺からも頼んでみようと考えながら城へと戻るのだった。

《守るべき者の為に》

「あ、おかえり」

「おかぁ……」

朝の訓練を終え、ジュリアとフォルトと別れて部屋に戻った俺たちを迎えてくれたのは、寝ぼけ眼で椅子に座っているカレンと、その背後に立つリースだった。

身嗜《みだしな》みを整えようと、ブラシでカレンの髪を梳《す》いているリースだが、まだ寝ぼけ眼なカレンが首を頻繁に動かすので苦戦しているようだ。

「ほら、カレン。皆が帰ってきたから、ちゃんと起きようね」

「起きてる……」

「まだ駄目なようですね。リース、後は私にお任せください」

「そういえば、フィア姉はどうしたんだ？」

「……おかえり」

少し遅れてフィアの声が聞こえたが、珍しい事に彼女はまだベッドの上で寝転がったままだった。ゆっくりしていろとは言ったものの、いつものフィアならとっくに起きている時間の筈《はず》だが。

「体調でも悪いのか？」

「んー……昨日のワインをちょっと飲み過ぎちゃったみたい。あのワインは凄く美味《おい》しかったけど、結構きつかったし……」

「そんなに飲んでいたか？　まあいい、ちょっと額に触るぞ」

とりあえず診断しようとフィアに触れて『スキャン』を発動させていると、部屋の扉がノックされたので近くにいたレウスが応対していた。

現れたのは昨日城を案内してくれた兵士で、俺の姿を確認してから深々と頭を下げてきたのである。

「シリウス様。朝食の用意が出来たのでご案内に来ました。そして、ジラード様から伝言があります」

兵士の話によると、サンジェルたちと一緒に朝食を食べる予定だったそうだが、急な政務が入って無理になったらしい。

食事の用意は済んでいるので、目の前にいる兵士に案内してもらって食べてくれ……というわけだが、朝食と聞いたフィアは申し訳なさそうに首を横に振っていた。

「うぅ……悪いけど、今は食べる気分じゃないわ。私は水で十分だから、貴方《あなた》たちだけで行ってきていいわよ」

「わかった。しかしフィアを一人きりにさせるわけにもいかないから、交代で食べに行くとするか」

「では、赤い模様のある紐《ひも》がシリウス様の組という事で」

振り返れば、クジ紐を用意したエミリアが立っていた。あの一瞬で紐をどこから用意したのかは敢《あ》えて聞くまい。

結果……執念によりエミリアは俺と組になり、リースとレウスの組と分かれて食べに行く事となった。ちなみにカレンはまだ眠気の方が強いので部屋に残し、何か食べる物を持って帰る事になった。

そんな些細《ささい》な出来事がありつつも交代で朝食を食べにいったわけだが、特に問題は何も起こらず、俺たちは豪勢な朝食を堪能させてもらう。

いや……一つだけ問題はあったか。

先に行かせたリースとレウスの後、俺とエミリアが食堂へ向かってみれば……。

「も、申し訳ありません！　今朝焼いたパンがもうほとんど……」

「スープも残り少なくて……」

「フルーツはすぐに補充しますので、もう少しお待ちください！」

「……俺たちは普通の量で構いませんから」

給仕をしている人たちから畏怖と申し訳なさが混じった謝罪をされてしまい、俺もまた深々と謝罪していた。

食欲旺盛なのはいいが、時と場合によるので難しいものである。

そんな騒ぎがあった朝食後、俺とエミリアが部屋に戻ると、前日に朝から来ると言っていたリーフェル姫たちがすでに部屋にやってきていた。

サンジェルたちに招かれて城へやってきたが、俺たちの本来の目的はリーフェル姫たちを守る事なので、向こうから素早く合流してくれるのはありがたい事である。

「全くもう。油断しないようにって言っていたのに、二日酔いなんてだらしないわね」

「わかっているわよ。我ながら情けない話だわ」

呆《あき》れた様子でベッドにいるフィアを咎《とが》めているリーフェル姫だが、乱暴な言い方でも悪意は一切感じられず、すでに親友同士のような気さくなやり取りだった。

その近くのテーブルでは持ってきた朝食をカレンが眠そうに食べており、リースとセニアが甲斐甲斐《かいがい》しく世話を焼いている。

「でもさ、フィア姉がお酒に負けているのって珍しいよな」

「そうですね。こんな状態のフィアさんは二、三回しか見た事がありません」

「毎回あんなに飲んでいるのに、それだけってのが凄《すご》いだろ。俺なんか、コップ二杯も飲んだら気持ち悪くなるしさ」

「あら、お酒に強くなって損はないわよ。前にリースと一緒に飲んだ事があるんだけど、この子ったら全然酔わないから手が出せなかったもの」

「ちょっと待って。私、姉様と一緒にお酒を飲んだ事があったかな？」

「ほら、エリュシオンを旅立つ前に私が食事に誘ったじゃない。あの時よ」

確か……姉妹だけで食事がしたいという事で、内密にリーフェル姫と食事会をした時の話だな。

だがあの時のリースは酒を飲んだような様子は一切見られなかったので、俺たちもリースと同じく首を傾《かし》げていた。

「言われてみればあの時飲んだ果実水、変な味がしたような……」

「あれ、実はお酒だったの。美容にいい特製の果実水だと言ったら全部飲んでくれたけど、最後まで顔が赤くなるどころか普通に歩いて帰っちゃうんだから驚いたわ」

「えぇ……何でそんな事をしたの？」

「お酒の嗜み方を教えようと思っただけよ」

酒に慣れさせる意味もあったらしいが、あの残念そうな表情からして、酔っぱらったリースの姿が見たかったとか、お泊りさせる等の打算もあったかもしれない。

そんな姉からの暴露話にリースが呆れている中、フィアから離れたリーフェル姫は俺へ視線を向けながら部屋の扉に手を掛けていた。

「じゃあシリウスが戻ってきたところで、早速行くわよ」

「行くって……どちらへ？」

「昨日話したじゃない。貴方たちが王様の診察をしてくれるんでしょ？」

リーフェル姫はジュリアと一緒に朝食を食べたらしく、その時に話をしたらしい。

現在、謎の病気にて半年近く昏睡《こんすい》状態であるサンドール王の容体を見てみたいとは言ったが、相手は国の頂点に立つ人物だ。断られても仕方がないし数日は掛かると思ってはいたが、こんなに早く許可が出るとは思わなかったな。

何でも、リーフェル姫から話を聞いたジュリアは二つ返事で許可してくれたそうだ。元からの性格もあるだろうが、リーフェル姫と同じくらい俺たちの事も信頼しているらしい。

「でも全員はさすがに無理だから、行くのはリースとシリウスだけにしてね」

「当然ですね。すまないが……」

「はい。フィアさんとカレンはお任せください」

「守りは俺に任せとけ。まあ、兄貴とリース姉ならすぐに終わると思うけどさ」

自分のやるべき事を理解している姉弟が頷《うなず》いてくれる中、ベッドに寝たままのフィアと、まだ眠そうなカレンが手を振ってくれた。

「ふぅ……気を付けていってらっしゃい」

「行ってくるの……」

「カレンは残る側だからな」

皆に見送られながら部屋を出た俺とリースは、リーフェル姫たちの案内で王の寝室へと向かった。

城の奥へ進むに連れてすれ違う兵士や臣下たちの目が鋭くなっていくが、リーフェル姫は物怖《ものお》じ一つせず進んでいくので実に頼もしい。

そして次の角が目的の部屋というところで、フォルトの怒声が聞こえてきたのである。

「何故《なぜ》そのような事を許可したのです！」

「そんなに怒鳴らなくても、自分が何をしたのかは理解しているさ」

角からこっそり覗《のぞ》いてみれば、王の寝室と思われる部屋の前で、フォルトがジュリアを怒鳴っていたのだ。

今朝の小言と違って本気で怒っている様子から、王の診断を許可したのはジュリアの独断であり、フォルトがそれを知って駆けつけた……といったところだろうか？

「理解していながら何故このような事を？　王に何かあったらどうするのです！」

「これ以上、父上の何が悪化するというのだ？　そして彼等が暗殺を企《たくら》むような者ではないと、剣を交えた私がよく知っている。父上に害を成す事は決してあるまい」

「しかし……」

「それにリーフェルから聞いたのだが、シリウス殿は簡単に難病を見抜き、リース君は優れた治療魔法を使えるので、エリュシオンで青の聖女とも呼ばれていたそうだ。そんな二人に診てもらって損はあるまい？」

「む……ぐ……」

模擬戦の時と違い、王族として振る舞うジュリアの威厳と発言にフォルトは言い返す事が出来ず、やがて負けを認めたのか重々しく頷いた。

「私も同席して見張るから心配はいらないさ。もちろん爺《じい》やも来るだろう？」

「当然でございます。私は王の盾ですから」

「それでこそ爺やだ！」

フォルトの言葉に満足気に頷いたジュリアは、振り返って角で待っていた俺たちを呼んでくれた。俺たちに背中を向けていたが、すでに気配で気付いていたようだ。

そして兵士による厳重な警備が敷かれている部屋の前で、リーフェル姫はここまでだと言って立ち止まった。さすがにリーフェル姫でもこれ以上進むのは無理のようだ。

「ジュリア、何度も言ったけど……」

「ああ。何を見たとしても、私の心だけに留《とど》めておくよ。もちろん爺やもだぞ？」

「……姫様の意向に従おう」

俺やリースの能力を見ても周囲へ漏らさないように徹底してほしいと、事前にリーフェル姫が説明してくれたようだ。

リーフェル姫の気遣いに感謝しながら王の寝室へと入れば、王の世話をしている従者たちの視線が一斉に向けられる。その中の代表と思われる女性の従者が一歩前に出るなり、俺たちを一瞥《いちべつ》しながらジュリアへと頭《こうべ》を垂れた。

「ジュリア様。見慣れぬ方々がいらっしゃいますが、彼等《かれら》は一体？」

「ああ、父上を診てもらおうと思ってね。二人はエリュシオンの王女に認められている医者なんだ」

本当は医者ではないが、その方が説得しやすいと思ったのだろう。

後はフォルトと同じような説明をすれば、女性の従者は静かに頭を下げながら道を譲ってくれた。

「これから行う事は他言無用の方法でね、皆には悪いが少しだけ部屋を出てくれないか？父上は私と爺やが見張っているから心配は無用だ」

「……わかりました」

話が早くて助かるが、素直に部屋を出ていく従者たちの表情は一様に暗い。

おそらく今の俺たちのように医者が訪れ、何も変わらなかった光景を何度も見てきたからだと思う。何度も己の無力感に打ちひしがれて精神的に疲れているのだろう。

せめて手の施しようがある状況でいてほしいと願いながら、俺とリースは王が眠るベッドの前へと立って診察を始めた。

そんな緊張する診察を終え、結果を報告して皆がいる部屋に戻ってきた俺は、椅子に座って大きく息を吐いた。

あれから一時間も経《た》っていないが、俺のやり方に興味を持ったジュリアからの質問攻めに加え、終始フォルトの威圧をぶつけられていたので精神的に疲れていたのである。

「お疲れ様でした。すぐに紅茶を用意しますね」

「おかえり。首尾はどうだったの？」

「それが、何て言えばいいのか……」

多少は調子が戻ってきたのか、椅子に座って水を飲んでいるフィアの質問にリースは言葉を詰まらせている。

一方カレンは完全に目が覚めたらしく、部屋の隅でレウスと一緒に腕立て伏せをしていたのだが、俺たちが戻ってくると中断してこちらへ近づいて来た。

「偉いおじさんの病気は治ったの？」

「いや、まだベッドで眠ったままだ」

「え、兄貴とリース姉でも駄目だったのかよ？」

「そうじゃない。王を診察しただけで、まだ本格的な治療に取り掛かっていないのさ」

その言葉に首を傾げる皆を見渡してから、俺は王の寝室であった事を報告する。

『まずは診察の為《ため》に腕を触りますね』

『リーフェルに聞いた通りだな。さて……せめて原因でもわかればいいのだが』

年齢は五十を過ぎているそうだが、サンドール王は立派な髭《ひげ》や髪を生やしており、見た目が随分と厳《いか》つい男であった。

だがそんな王も長き眠りによって肉体が痩せこけており、床ずれもあってかなり衰弱しているようだ。それでも呼吸はしているし、脈はきちんとある。

傍《はた》から見れば普通に寝ているようにしか見えない王の手を取ると、ジュリアが状況を簡単に説明してくれた。

『こんな状態でも、口元へスープを近づけると多少は飲んでくれるのだ。父上を世話してくれる皆の御蔭《おかげ》で何とかなってはいるが、こうも反応がないと心労が酷《ひど》くてな』

無意識ではあるが、食事を促せば反応はするらしい。

前世にも似たような症状があったのを思い出したが、これは何か違う気がする。

『倒れる以前に、他に怪我《けが》や病気を患っていましたか？』

『いや、父上は健康そのものだった。そして毒を盛られた形跡もないのに、突然このような状態になってしまったのだ』

倒れるまでは普通に活動していたので、病気や後遺症の線は薄い……と。

俺は魔力を高め、『スキャン』を体全体から一点に集中した診断へと切り替えてみれば……王の首筋に妙な反応を捉えたのである。

『……原因は不明ですが、王を目覚めさせる事は出来るかもしれません』

『本当か!?』

『待て！　何を根拠にそのような事が言える？　貴殿は腕に触れただけではないか』

『触診によって確信を得たんですよ。それに似たような症状を過去に見た事がありますので、ある薬を使えば目覚めると思います』

そう説明しながら、俺が用意しておいた紙と羽ペンで必要事項を書いていると、鋭い目でこちらを観察していたフォルトが口を挟んできた。

『薬だと？　今まで様々な薬を試していたが、どれも効果がなかったのだぞ』

『特殊な調合薬なんです。材料を書いていますので、後で用意してくれませんか？』

『だから本当に効果が……』

『待て、爺や。前例を知っているならば試す価値はあると思うぞ。すぐに用意させるが、その薬はいつ出来るのだ？』

『作業が面倒な上に、抽出方法も特殊なので多少時間が必要です。早くても、薬が出来るのは明日になるでしょう』

急《せ》かされても無理だと念を押すように伝えてみたが、ジュリアは晴れやかな笑みで頷いてくれた。

『目覚める可能性があるとわかれば十分だ。すぐに皆へ伝えなければ』

『姫様、それは止《や》めておくべきです。下手に城の者へ知れ渡り、もし王が目覚めなければ、彼だけでなく城全体に影響を及ぼしかねません』

『……そうだな。これ以上、兄さんに突っかかる連中を調子付かせるのはよくないか。しかし黙っているのも』

『せめてご兄弟には伝えてはどうでしょうか？　家族ならば知る権利があると思います』

『王を診てくれた事には感謝するが、あまりこちらの事情に口出ししないでもらいたい』

『だが彼の言う通りでもある。後で私から兄さんとアシュレイに伝えるとしよう』

複雑な表情だが、ジュリアに言われては逆らえないのだろう。

フォルトが仕方なく下がったところで、出番を待っているリースに俺はある治療を施すように耳打ちで頼んでいた。

『ついでに体調も整えておいた方がいいでしょう。リース、頼んだよ』

『うん、やれるだけやってみるね。えーと、悪いものを流すイメージで……』

『ほう……水で体全体を覆うなんて初めて見る魔法だな。彼女は何をしているんだい？』

『体の外と中から同時に治療しているんです。効果はすぐに表れますよ』

正確には浄化作用のある水で体内の悪いものを洗い流しているのである。膨大な魔力を秘めた精霊を操れるリースだからこそ可能な魔法だ。

フォルトが口にした通り、王には様々な薬を投与されていたせいで体内に異常が複数見られたが、これで大分緩和されるだろう。

『おお、父上の顔に生気が！　リーフェルから聞いた以上の腕前だ』

『これは一体……』

『後は私が用意する薬を飲めば目覚めるでしょう。それまでは他の薬を試したり、触れたりしないようお願いします』

『そんな事は言われずともわかっている！』

『父上に近づく者には気を付けるよ。君たちを城へ招いてくれた兄さんに感謝しないとな』

こうして必要な材料を書いた紙を渡してから、俺とリースは部屋へ戻ってきたわけだ。

説明している間にエミリアが淹《い》れてくれた紅茶を飲んでいると、薬に必要な材料を知ってから微妙な表情をしていたリースが俺へ質問をしてきた。

「ねえ、シリウスさん。あの紙に書いていた素材、どこかで見た事があるんだけど……」

「あって当然だと思うぞ。あれはカレーを作る為のスパイス類だからな」

「え、カレーの匂いで王様が起きるの？」

「カレーの匂いって凄《すご》く美味《うま》そうだもんな。何か……カレーが食べたくなってきた」

「私も！」

「カレンは甘いカレーがいい！」

「……後でな」

食いしん坊たちは脱線し始めているが、エミリアとフィアは真剣に考えているようだ。

「調合法によって、カレー粉も薬になるのでしょうか？」

「それは考え過ぎだな。あれは薬に使う分じゃなくて、リーフェル姫たちに振る舞うカレーに使う予定なんだよ。薬は馬車に置いてある物で十分だからな」

「馬車の薬って、常備薬とか言ってたあれかしら？」

「ああ、気つけ薬があっただろ？　前にレウスに飲ませた、かなりきついやつだ」

「あ、あれか。確かにあの薬なら、死んでいても起きそうだな」

その気つけ薬とは、苦味や辛味を究極に高めた俺オリジナルの薬で、訓練で気絶したレウスを飛び跳ねる勢いで目覚めさせる程の代物である。薬の味を思い出したのか、レウスは苦々しい表情を浮かべながら体を震わせていた。

　そこまで説明したところで俺はフィアに目で合図をし、魔法で声が俺たちの周辺から漏れないように頼んでいた。

　すぐに頷《うなず》いてくれたフィアが魔法を発動してくれたところで、レウスが首を傾《かし》げながら質問してくる。

「あの薬を使うのはいいけどさ、似たようなのがもう試されているんじゃねえのか？」

「いや、起きるさ。実は王が目覚めない原因はすでに摑《つか》んでいるからな」

　薬を飲ませる時にその原因も取り除く予定だと伝えると、サンドール王の状態に心を痛めていたリースが不満そうに目を細めていた。

「わかっていたのに、すぐに治療しなかったのは何でなの？」

「黙っていてすまなかった。実は相手の出方を窺う為に一芝居打とうかと思ったんだ」

　サンドール城の……国全体の騒動を陰で操る黒幕の目的がはっきりとしないので、行動を起こさざるを得ない状況を作ろうと思ったのだ。

　半年近くも寝たきりにさせているのだから、王が回復したと知れば何かしらの動きを必ず見せるだろう。

「王様には悪いが、もう一日だけ眠っていてもらうとしよう」

「シリウス様。王様が眠っている原因は何だったのでしょうか？」

「あれは眠っているんじゃなくて、目覚める事が出来ないのさ。ここに埋め込まれた物によってな」

『スキャン』で調べた結果、王の首筋から感じた物が彼の覚醒を阻害しているようだ。

最初は毒針でも打たれた痕かと思っていたのだが、ある事に気付いた俺は咄嗟《とっさ》に原因はわからないと言って誤魔化したのである。

「前に獣王が治めていたアービトレイの城で見ただろう？　人の体内に潜み、宿主の体を操って騒ぎを起こした存在をさ」

そう……王の体内で見つかったのは、宿主を操って非道な実験を繰り返し、獣王の娘を攫《さら》おうとした謎の石と同じだったからだ。

しかしアービトレイのより石は小さく、意志らしきものはなかったが、微妙な魔力の反応も感じる点からあれが原因なのは間違いあるまい。

「思った以上にこの国は危険な状況のようだ。王たちが戻ってきたら、すぐに相談するとしよう」

事前に聞いた予定だと、前線基地へ視察に行っている各国の王や重鎮たちは今日中に戻ってくる筈《はず》だ。

俺が唐突に宿主を操る石の話をしたところで、冗談だと思われる可能性が高い。だが実際に被害を受けた獣王から説明してもらえば、少なくとも流される事はないだろう。

その後、今後の予定を改めて話し合いながら、俺たちは頼んだ材料が届くのを静かに待っていた。

しかし……事態は予想よりも早く動いた。

頼んでいた材料が届き、調合……カレー粉を作っている内に昼食となったので、俺たちはようやく手が空いたサンジェルたちと昼食を食べる事となった。

再び臣下になってほしいと勧誘はされたが、特に何事もなく昼食が済んだところで、ジラードから内密の話があると部屋に呼ばれたのである。

来てほしいのは俺一人だけという事なので、警戒をしながらジラードの私室を訪れてみれば、そこで重大な話を聞かされたのだ。

「……それは本当なのか？」

「はい。サンジェル様に不満を持つ者たちを扇動し、城内を混乱させている黒幕の正体はすでに判明しているのですよ」

「ならわざわざ俺を呼ぶ必要はあるまい。さっさと捕まえればいいだろう」

「彼を裁くのに、他の者の繋《つな》がりと罪の証拠を見つける必要があるのですが、中々尻尾を見せないのです。それにこれ以上時間を掛けるわけにはいかないのですよ。彼が動く前に対処しなければならないので」

「つまり俺に確保を……いや、俺一人って事はもっと血腥《ちなまぐさ》い話か？」

「理解が早くて助かります。これは貴方《あなた》の実力を見込んだ上での頼みでして……」

そして感情を完全に殺した顔で、ジラードは深々と頭を下げながら俺に言い放ったのである。

「革命で国を変えようと企《たくら》むフォルトを、始末していただけないでしょうか？」

……まさか呼ばれた理由が暗殺の依頼とはな。

出会って二日程度の相手に頼んでくるのもどうかと思うが、ジラードはこの国で神眼と呼ばれる知将でもあるし、俺ならそれが可能だと知った上で持ちかけてきたのだろう。この様子だと、これまで俺が裏で動いている事も知っていると思われる。

しかし革命ときたか。随分と穏やかではない話だ。

受けるかどうかは一度置いておくとして、このような話を持ちかけてきた以上は事情を聞いておくべきだろう。

「幾つか質問をしたい。フォルト将軍が革命を起こす理由は何だ？　根拠も含めて知っている限り教えてほしい」

付き合いは短くとも、フォルトの性格は多少理解している。

一見頑固そうな爺《じい》さんに見えるが、ジュリアに対して厳しいながらも親身に接しているし、国や王の為《ため》に忠義を尽くす実直な人物だと思うのだ。

とはいえ、それは俺個人の目線に過ぎないし、近い人からの見解も知りたいと思いつつ説明を求めてみれば、ジラードは溜息《ためいき》を堪《こら》える様に語り始めた。

「彼は昔のサンドールを美化し過ぎていまして、今の堕落した状態に我慢出来ないようなのです」

「だから革命を起こすと？」

「はい。革命で国の頂点に立ってから堕落した者たち全てを粛清し、その後はジュリア様に王位を譲って自らも消えるつもりなのでしょう」

己を犠牲に国の膿《うみ》を出し尽くす……というわけか。

正しいやり方とは思えないし、強引過ぎるとも言えるが、今のサンドールはそれくらいの覚悟がなければ変えられないのかもしれない。

「だが形はどうあれ、サンドールを本気で思っているが故の行動だろう？　命を奪うのはやり過ぎだと思うが？」

「その粛清の対象にサンジェル様が含まれているのです」

王の長男でありながら、愚かな連中をここまで増長させてしまった者に国は任せられないと判断しているらしい。

何よりフォルトにとって次の王位はジュリアしか認めていないらしく、サンジェルがいるのは面倒だから一緒に排除する予定だそうだ。

「サンジェル様に危険が及ぶのであれば、こちらも相応の手段を選ぶのみです。どのような汚れ仕事だろうと」

「忠義というやつか。なら余所者《よそもの》の俺に任せるよりお前たちがやるべきだと思うが？」

「そうしたいのは山々ですが、私たちでは無理なのです。部隊を率いた戦いなら別ですが、フォルト将軍の実力は私より遥《はる》かに上なので」

確かに木剣とはいえ、レウスとジュリアの剣を軽々と受け止める男だ。あれ程の実力者を密《ひそ》かに仕留めるとなれば、相応の人員と作戦を立てなければなるまい。

それにもし失敗してジラードが狙っていると知られてしまえば、自然とサンジェルにも追及が及んで状況が更に悪化するだろう。

「彼に怪しまれている私とルカは近づいただけで警戒されるでしょうし、唯一正面から戦えるであろうヒルガンは暗殺に向きません。つまり周囲に気取られずフォルト将軍を仕留められる者は、現時点においてシリウス殿しかいないのです」

「余所者を買いかぶり過ぎじゃないか？」

「ご謙遜を。シリウス殿の実力は闘武祭だけでなく、裏でも密かに伝わっているんですよ。彼は敵に回すべからず……とね？」

何だかんだで色々とやってきたし、情報収集や面倒な連中を排除する為に裏の世界に何度か関わっていたからな。知られていても仕方がないか。

「どうか引き受けてはいただけないでしょうか？　お礼は可能な限り用意させていただきます」

するとと俺が返事をするよりも先に、ジラードは椅子から下りて土下座をしていた。

己の実力を理解し、主《あるじ》の為に恥も外聞もなくここまでする忠義は見事だと思う。

その真《ま》っ直《す》ぐさは嫌いではないが……。

「悪いが、断らせてもらう」

たとえジラードの言葉が真実だとしても、国で名のある人物を仕留めるのは危険過ぎる。成功するかどうかの話ではなく、もし何か事情があってサンジェルが不利になる事があれば、この男は平然と俺を切り捨てるとわかっているからだ。

「どうしてもですか？」

「ああ。そこまでする理由はないからな」

何よりリーフェル姫を守る為とはいえ、これはさすがに家族や弟子たちを巻き込んでいい程の用件とは思えない。

断る事は決定事項だが、問題はジラードが何を企んでいるのか……という点である。

英雄と呼ばれている程の男ならば、この話を持ちかける危険性と、断られる可能性が高いのを理解している筈なのだ。駄目で元々か、あるいはそこまで形振《なりふ》り構わない状況なのかもしれないが、それにしては焦りという感情を全く感じられない。

静かに警戒を強める俺に、ジラードは深い溜息を吐《つ》きながら顔を上げた。

「やはりそうですか。ならば仕方がありません」

「……何をするつもりだ？」

「この好機を逃すわけにはいかないのです。この手は使いたくなかったのですが……」

意味深な言葉と共に立ち上がったジラードが手に持った杖《つえ》の先端で床を軽く叩《たた》けば、何者かがこの部屋に近づいている事に気付いた。この気配……彼の主であるサンジェルどころか、仲間のルカやヒルガンでもなさそうだ。

仲間を呼んで強引な手段に出るのかと思いきや、殺気は一切感じられないし、近づいてくる気配も一人分か。

そして控え目な扉のノックと共に現れたのは、ネグリジェのような薄手の服を着た美しいエルフの女性だった。

「お呼びですか、ジラード様」

長命であるエルフの外見年齢はわかり辛《づら》いものだが、俺の予想ではフィアより多少若い子だと思われる。

まさか彼女で色仕掛けするつもりなのかと思いきや、よく見るとそれを即座に否定したくなる程に彼女の様子は変だった。

服の隙間から覗《のぞ》く肌には痛々しい痣《あざ》や痕が見られ、目も意識があると思えないくらいに虚《うつ》ろで、今に倒れてもおかしくないからである。

「この女性に何をした？」

「乱暴を働いたのは私ではなくヒルガンですよ。彼は本能のままに行動しますから、女性を雑に扱うものでして」

「それもあるが、俺が聞きたいのは彼女から意志を感じられない事だ」

奴隷が付ける首輪らしきものは見当たらないので、奴隷という立場ではないと思う。

しかし彼女の目は誰も捉えていないらしく、ただ真っ直ぐ虚空を見つめる姿はまるで人形のようだ。明らかに普通ではないと、問い詰めるような言葉と視線を俺はぶつけるが、ジラードは淡々と語り続ける。

「それは当然でしょう。彼女の心はすでに壊れていますから」

「薬でも使ったのか？」

「全ては私の油断が招いた事故でした。彼女はもう、私の命令しか聞く事が出来ない傀儡《かいらい》になってしまったのです」

そう語るジラードの表情に欲望の色は見られず、寧《むし》ろ悔し気な表情を浮かべていたので、何か事情がありそうだ。

「私は植物について研究していました。そして森の民とも呼ばれるエルフ……彼女を調べている内に、エルフの肉体は植物と似た部分がある事に気付いたのです」

聖樹である師匠の話によると、聖樹から生まれたエルダーエルフの子孫がエルフという事なので、植物の部分が残っているのも当然かもしれない。

魔法による治療が主体であるので、この世界の医療レベルはあまり高くないのだが、この男は独自の技術で調べて確信を得ているらしい。

「そして私はある薬を開発し、それに自分の血を混ぜてエルフの体内に入れると、意志を奪って自在に操れる事を発見したのですよ。そこに立つ彼女のようにね」

「まさか……」

「ええ、シリウス様の想像通りです。昨夜、お二人が飲んだワインにそれを混ぜていました。ですがご安心ください。シリウス殿のような人族には全く無害なものですから」

エルフ本人にも害がないと認識させる薬らしく、体内をゆっくりと浸食して意志を奪う代物らしい。

それにしても、まさかエルフを……フィアを狙ってくるとはな。

この男が嘘《うそ》を吐いている可能性もあるが、そう判断するのは危険過ぎる。怒りや焦りを抑え無表情にジラードを睨《にら》みつけていると、立ち上がって椅子に座ったジラードが追い打ちをかけるように語り続ける。

「さて、貴方の奥さんであるシェミフィアーさんは今朝から調子が悪いと聞きましたが、原因は判明しているのですか？」

「……ただの二日酔いだ」

「それは本当ですか？　頭痛だけでなく指先が痺《しび》れて動くのも億劫《おっくう》になり、水を大量に欲しがる……そんな症状ではありませんか？」

正直なところ、二日酔い以外の症状は見られている。

一方的にまくし立てられて何も言い返せずにいる俺だが、ジラードもまた辛そうな表情を浮かべている事に気付いた。

「この手はあまり使いたくありませんでした。ですが私はどのような汚名や恨みを受けようと、サンジェル様を王にする責務があるのです」

「御託はいい。つまりどうしても俺にあの男を仕留めてほしいという事か？」

「その通りでございます。幸いな事に、王たちが戻るのは明日になりましたからね」

前線基地で行われている演習が予想以上に遅れたらしく、リースの父親や獣王、そしてアルベリオたちがここに戻るのは明日になった事を昼食後にリーフェル姫から聞いた。

王たちが戻れば城内全体の警戒が厳しくなるので、ジラードからすれば今が最大の好機というわけか。

「この依頼を果たしてくだされば、貴方《あなた》の奥さんの安全は保証しましょう」

「つまり、フィアが助かる方法があるわけだな？」

「もちろんです。それがなければ交渉が出来ませんからね」

これは交渉というより脅迫と言うのだが、そんな理屈は関係なさそうだ。

そしてジラードが懐から取り出したのは、緑色の液体が入った小さな容器であった。

「体内に取り込んで二日以内なら、この薬で無力化出来るのですよ。貴方の奥さんであるシェミフィアーさんは、まだ間に合うという事です」

このまま強引に薬を奪う事も考えたが、俺の実力を理解しているのならそれくらいは想定している筈《はず》だろう。

フィアの事もあるし、取り返しのつかない状況にならないように慎重に動かなければ。

「実に頼もしい言葉だ。しかし薬があるのなら、何故《なぜ》そこにいる彼女へ使わなかった？」

「完成した時には、すでに手遅れだったんです。見方を変えれば、彼女の尊い犠牲によって作る事が出来たともいいますね」

「……その薬は本物だろうな？」

「いえ、これは偽物ですよ。盗まれでもしたら意味がありませんからね。先に言っておきますが、薬の作り方は私しか知りませんし、今から作れば夜までには完成しますので、今日中に仕留めていただければ十分間に合いますよ？」

口調は丁寧だが、こちらを挑発して精神的に追い込み冷静さを奪ってきているようだ。

知恵が回る上に、主の為《ため》という大義名分もある存在は非常に厄介な相手だ。このまま脳天を撃ち抜いてやりたいところだが、今は従う他ないようだ。

「いいだろう。今夜にでも仕留めてやる」

「そう言ってくださると思いました。あの男は手強《てごわ》いので十分に気をつけてください」

「どんな相手だろうと、隙は必ず存在するものだ。くだらない心配をしていないで、お前はさっさと薬を用意しておけ」

すでに腹は括《くく》った。

後はこちらの被害が少なくなるよう、完璧に近い仕事をするだけである。

さっさと準備を始めるべきだろうが、少し気になる事があったので俺は隣で呆然《ぼうぜん》と立つエルフの女性へと近づいていた。

「ですから、彼女には何を言っても無駄ですよ。私以外の声は届きません」

「彼女はどういう経緯でここに来たんだ？」

「国で悪行を重ねる奴隷商人に捕まっていたところを私が助けたのですよ。そして事情を説明して実験に協力してもらっていたのですが……後は見ての通りです」

自ら語る事が出来ないので、本当に望んで協力したのかはわからない。

現時点でわかるのは、彼女が意志を取り戻す事はすでに不可能という事だけだ。ジラードの目を盗みながら『スキャン』で調べた結果、理解出来てしまったのである。

沸き上がる不快な感情を隠しつつ、俺は部屋を出る前にジラードへ忠告しておいた。

「今から準備を始めるが、余計な手出しは無用だ。仕事の邪魔をする存在は、お前の仲間だろうと遠慮なく排除する」

「わかっています。こちらが介入したせいで失敗なんて目も当てられませんから」

こういう場合は監視役を付けるものだろうが、下手な介入は邪魔になるという点は理解しているようだ。公になった場合に備え、俺と関わりがないと発言する為でもありそうだが、干渉してこないなら好都合である。

「そうだ、何か必要な物はありますか？　よろしければ私の方で用意しますよ」

「……なら毒物はあるか？　なるべく強力で、即効性のあるものだ」

「それでしたら、こちらをお使いください」

そう言いながら差し出してきたのは、先程ジラードが懐から取り出した容器だった。

「私が作った毒です。少量でも体内に入れれば、眠るように命を奪う優れものですよ」

「そんな物を薬とか言って見せたのか」

「毒も薬の一種ではありませんか」

一々こちらを苛《いら》つかせてくる奴《やつ》だが、言い返すのも無駄か。

俺は黙ってその容器を受け取り、背中を向けて部屋の扉を開けた。

「夜になったら報告に来る。約束の品を用意して待っていろ」

「お待ちしておりますよ」

そして深々と頭を下げているであろうジラードに振り返りもせず、俺はその場を去るのだった。


その後、宛《あて》がわれた部屋へと戻ってきた俺は、皆に荷物の整理をしてくると言い、俺たちの馬車を置いてある城内の倉庫へとやってきた。

ホクトは馬車の近くで大人しく伏せていたのだが、俺の姿を見るなり尻尾を振りながら擦り寄ってきた。

「オン！」

「よしよし。すまないが、今日はやる事が多いんだ。ブラッシングはまた今度な」

「クゥーン……」

「ホクトさん。今日は私もまだしてもらっていませんから、一緒に我慢しましょう」

一人付いてきたエミリアがホクトと慰め合っている中、俺は現時点で得た情報を元に作戦を練り続けていた。

実はフィアが人質にされている件は、まだ誰にも話してはいない。

本来なら皆へ説明をして対策を考えるべきかもしれないが、暗殺を依頼された以上は慎重な行動が要求されるからである。どこで聞き耳を立てているかわからないし、今は手の内がばれる事は極力避けたいのだ。

残念そうに尻尾を下げるエミリアとホクトの頭を撫《な》で、馬車から必要な物を探して袋に詰めていると、隣で作業を手伝っていたエミリアが真剣な様子で聞いてきた。

「シリウス様。何かあったのですか？」

「ん、何がだ？」

「その……あの御方《おかた》に呼ばれてから、どこか覚悟を決めたような雰囲気がしまして」

相変わらず、エミリアの観察眼には驚かされるな。

感情の乱れは表に一切出していない筈だが、俺の僅かな違和感に気付いたようだ。

「詳しくは言えないが、かなり複雑な状況になっている。それも急ぎでな」

「わかりました。私たちに手伝える事はございますか？」

説明しない俺に不満を見せるどころか、エミリアは微笑《ほほえ》みながら頷《うなず》いていた。

その信頼が嬉《うれ》しくて全てを語りたくはなるが、ここには周囲で作業している人たちがいるので説明するわけにもいかない。

今はいつも通りに過ごしてほしいと伝えてから作業を進めていると、突然体が引っ張られて、俺は馬車に備え付けてある長椅子に座らせられていた。

「……急にどうしたんだ？」

「申し訳ありません。少しだけお時間をいただけますか？」

こちらの非難を無視するエミリアは、俺に膝枕をしてくれてから慈しむように頭を撫で始めたのである。

普段は俺の作業を邪魔するような事はしないので、少し困惑しながらも好きにさせていると、やがてエミリアはゆっくりと語り始めた。

「口にし辛《づら》いのでしたら、言わなくても構いません。シリウス様ならば、何があろうと問題はないと私は信じておりますから」

「なら、どうしてこんな事をするんだ？」

「大変な時こそ、一度心を落ち着ける時間も必要だと私はシリウス様から何度も教わりました。余計なお世話でしたら、どうぞ叱ってくださいませ」

「いや……」

冷静なつもりではあるが、やはりフィアが狙われていると知って焦りもあったようだ。

俺はエミリアの言葉を受け入れ、一度深呼吸をしてから作戦をもう一度練り直す。失敗は決して許されないのだから。

ほんの数分であるが、目を閉じて心を落ち着けた俺は、母さんのように優しい笑みを浮かべるエミリアを見上げながら礼を告げた。

「エミリア、ありがとう」

「勿体《もったい》なきお言葉でございます」

「こんな時くらい、主従じゃなくて妻として受け取ってくれ」

「うふふ。ですが旦那様を支えるのも、妻としての役目ですからあまり変わりませんね」

この優しい笑みを曇らせる事は絶対にさせるわけにはいかない。

俺はエミリアの頬に触れながら、改めて決意を固めていた。


それから必要な物を揃《そろ》えた俺は、エミリアに皆への伝言を頼んでから城を出て町へと向かった。そのまま昨日と同じ方法を使い情報屋であるフリージアの下を訪れた。さすがに昼間からサンドール王の次男であるアシュレイは来ていなかったので、俺も遠慮なく交渉が出来そうである。

しかしサンドールの歴史や現状と違い、今回はかなり重要な情報を求めたので、常に微笑みを絶やさないフリージアもさすがに難色を示していた。

「それは……さすがに厳しいです」

「ですが知っているんですね？　ならばそれに見合ったものを用意すれば、教えてくれますか？」

「……昨夜と違い、随分と強引なのですね」

「少々状況が変わりまして」

困惑はしていても俺の様子を見て何か察したのだろう、フリージアは軽く息を吐いてから真剣な表情で答えてくれた。

「もちろん相応の対価があれば私も口を滑らせてしまうかもしれませんが、この国へ来たばかりのシリウス様に用意出来るのでしょうか？」

「なら前払いの一つとして、セニアとの約束を果たそうかと思います。完璧とは言いませんが、貴方の病状を改善させてみせますよ」

フリージアは過去に受けた毒により、目と足が不自由なだけでなく、この部屋に焚《た》いた香の中でしか呼吸が上手《うま》く出来ない。

まだ詳しく調べていないので正確にはわからないが、使われている香から考えるに呼吸器官を改善出来る方法があると俺は睨《にら》んでいる。

俺の話を聞いたフリージアは興味深そうに口元に手を添えていたが、表情はあまり嬉しそうには見えなかった。

「それは確かに魅力的な提案ですね。ですが私に取り入ろうと治療を持ちかけてきた者は大勢いましたが、そのほとんどが結果を残せませんでした」

「魔法や薬では難しいでしょう。貴方が外で呼吸が苦しくなるのは、香に体が順応し過ぎてしまったせいだと思いますから」

この部屋に焚かれている香は、麻酔程ではないが痛みを和らげる効果がある。

受けた毒が相当強力だったせいか、彼女はこの香の中で長く過ごしてきたそうなので、それが当たり前だと体が覚えてしまっているのだ。

それゆえに香を焚いた場所以外では拒絶反応が無意識に起こって呼吸が苦しくなるのだと、俺は前世の経験からそう推測していた。

「簡単に言いますと、香の濃度を薄くすればいいんですよ」

「それは無理です。香を薄くすれば、それだけ私の呼吸が苦しくなるのですから」

「酷な言い方ですが、それは耐えるしかありません。それと一気に薄くするのではなく、ほんの少し違和感を覚える程度で、ゆっくりと体を慣らしていくのです」

「私の体力では厳しい話ですね。ですがセニアが紹介してくれた御方の言葉ですし、前向きに考えさせていただきます」

普通、痛みは我慢しろと言われたらふざけるなと思うだろうが、彼女は笑みを浮かべながら頷いてくれた。ただの社交辞令かもしれないが、まだ目的の情報を得るには足りないと思うので俺は更に畳みかける。

「続いて目と足の方も診てみましょう。指先だけで構いませんので、貴方《あなた》の体に触れても構いませんか？」

「……構いませんが、殿下には秘密にしておいてくださいね。とても嫉妬しそうですから」

許可が出たのでフリージアの指先に触れて『スキャン』で診断してみれば、概《おおむ》ね予想通りの状態だったので、先程説明した方法を使えば改善する可能性は高いだろう。

そして彼女の目と足が上手く機能していないのは、毒によって体内の伝達神経が破壊されたせいだが、まだ辛うじて生きている神経を幾つか見つける事が出来た。

俺は手早く魔力による麻酔を施した後、極細の『ストリング』と再生活性を駆使し、彼女の鈍っていた神経を修復させた。

後は衰えた筋肉をリハビリで鍛え直せば、走るのは無理でも歩ける程度までは回復するだろう。

「これで一通り終わりましたが、どうでしょうか？」

「何やら目と足から痺《しび》れを感じますが、この感覚……懐かしいです」

「しばらくしたら麻酔が切れて……とにかく痛みが出ると思いますが、それは正常に近づいた証拠でもあります。念《ねん》の為《ため》に痛み止めも用意しましたので、我慢出来なければ飲んでください」

「はい、ありがとうございます」

なるべく負担は少ないように処置はしたが、今ので体力は相当消耗した筈《はず》だ。

それでも明確な違いがわかるのだろう、喜びを噛《か》み締めるようにフリージアは胸に手を当てながら微笑んでくれた。

「それとこちらの道具を使ってください。フリージアさんだけでなく、周りにとっても役立つと思いますから」

俺が馬車から持ってきたのは、いざという時の為に作っておいた組み立て式の車椅子である。簡単な説明書も入れておいたので、使えないという事はないだろう。

「セニアを疑っていたわけではありませんが、まさかここまでとは思いませんでした」

「前払いとしては十分だと思いますが、どうでしょうか？」

「そうですね……では、こちらからも一つお聞きしたい事があります。貴方はそれ程の力を持ちながら、何故《なぜ》その情報を求めるのですか？　サンドールの事は貴方には関係ありませんし、これ以上関われば戻れなくなりますよ？」

「家族を守る為に、どうしても知る必要があるんです。ついでにもう一つ、耳に入れておいてほしい事が……」

更にジラードとフォルトに関する情報を伝えれば、フリージアは信じられないとばかりに目を見開いていた。出会って間もない余所者《よそもの》の言葉に説得力はないだろうが、彼女も疑問を覚えてはいたのだろう。真剣に受け止めて思考し始めている。

しばらく目を閉じて悩んでいたフリージアだが、やがて覚悟を決めたのかゆっくりと語り始めた。

「わかりました。まずフォルト様についてですが、彼は……」


こうして作戦における裏付けを取り、同建物内にいたローズに仕事を頼んでから準備を済ませた頃には、もう夕日が沈む時間帯になっていた。

必要な物を手にして城へと戻り、弟子たちに今回の作戦内容を伝えた俺は城から離れた森の中……今朝ジュリアと模擬戦をした森で身を潜めていた。この場所なら城の目も簡単には届かないので、暗殺には持って来いであろう。

そして装備の点検を済ませ、『サーチ』で弟子たちが作戦通りに行動しているのを確認していると、足音を響かせながらこちらへ近づく気配を捉えた。

「……来たぞ。姿を見せろ」

隠れていた木の陰から確認してみれば、目標であるフォルトで間違いない。俺が部屋に忍び込んで置いてきた手紙に書いた通り、彼一人で来たようだな。

明らかに罠《わな》なのにこうも簡単に誘い出されたのは、フリージアから聞いたフォルトの秘密を手紙に書いたからである。彼にとって周囲に知られては不味《まず》い事を書かれては、さすがに無視は出来なかったようだ。

潜んではいても隠れるつもりはないので俺が姿を現せば、フォルトはこちらを睨みつけながら殺気を放ってきた。

「サンジェル様の客人だと見逃していたが、もう見過ごせん。どこであれを知った?」

「ちょっとした伝手《つて》を頼りました。そしてわざわざ貴方にご足労をかけたのは、少々お願いしたい事があったからです」

「ふん、あの小僧の差し金か。少しは骨のある者だと思ってはいたが、所詮その程度の男だったか」

状況から俺の狙いを早くも察したらしい。特にうろたえもせずフォルトは冷静に腰に差した剣を抜いていた。

「申し訳ありません。こちらにも事情があるのです」

「ならば、その事情とやらを力尽くで吐かせるとしよう。私の目の前に堂々と姿を現したのだ。勝利を確信しての行動だろうが……」

情報によると、フォルトの愛用する武具は槍《やり》と盾だと聞いている。

戦いでは常に前線へ立ち、大軍を軽々と薙《な》ぎ払う槍と、無数の攻撃を受け止めた立派な武具を持っているそうだが、今の彼は長剣しか持っていない。

だがその堂々たる構えは達人の域に達しており、俺は自然と剛剣の爺《じい》さんと相対する覚悟で身構えていた。

「王の盾である我が命、簡単に取れると思うでないぞ！」

凄《すさ》まじい速度で迫るフォルトの剣を紙一重で避けながら反撃するが、相手の腕を狙った剣はあっさりと避けられた。

そのまま俺は後方へ飛びながら投げナイフを数本投擲《とうてき》するが、フォルトは軽々と剣で弾《はじ》きながら距離を詰めてくるので、俺は更に後方へ下がりながら仕掛けを発動させる。

「この程度で私を止められると思っているのか！」

木々の至る所に仕掛けておいた、枝と『ストリング』による簡易スリングショットから無数の鉄弾が放たれるが、フォルトの勢いは止まらない。

俺は再びフォルトの懐へ飛び込み、投げナイフを放ちながら剣を振るい続ける。

互いに一歩も引かない応酬はしばらく続いたが、先に崩れたのはフォルトの方だった。

「ぐっ!?　ぬ……う」

「ようやく効いてきたか」

力は俺より優《まさ》っているフォルトが、俺の一撃を受け止められず膝を突いたのである。

こんなにも早く疲れるとは思えないので、俺が途中で打ち込んだ毒針の効果がようやく出たようだ。剣と無数の投げナイフを囮《おとり》にし、口内に仕込んだ吹き矢から放った極小の針は、歴戦の戦士でもさすがに気付けなかったようだな。

「おの……れ、この程度の……毒で……」

「無駄な足掻《あが》きは止めてください。そんな状態でこれ以上戦えるとでも？」

針が小さかったので時間は掛かったが、毒の効果はしっかりと現れているようだ。

すでに意識が朦朧《もうろう》としているフォルトだが、こちらを睨む目の闘志は全く衰えていない。

しかし達人同士の戦いとなれば、もはや絶望的な状況だろう。武人として生きてきた相手にこのような手段はあまり取りたくはないが、今回ばかりは別だ。

俺は剣を仕舞ってからナイフを手にし、ゆっくりとフォルトへと近づき……。

「貴方に恨みはないが、死んでもらう」


――　ジラード　――


「……終わりましたか」

国の到《いた》る箇所に仕掛けた根からの情報により、森で争っていた二つの内、片方が完全に動かなくなった事を私は知った。

杖《つえ》から手を放して繋《つな》がりを断ち、椅子に深々と背を預けたところで私は自然と笑みを浮かべていた。私たちにとって一番面倒で厄介な存在が片付いたのだ、笑みが零《こぼ》れるのも仕方がないかもしれない。

そんな私の様子で察したのだろう、隣で控えていたルカとヒルガンが声を掛けてきた。

「ジラード様。予定通りでしたか？」

「ええ、彼で間違いないでしょう。あの口煩《くちうるさ》い男の反応はわかり易《やす》いですから」

「本気で餓鬼に負けたのかよ、あの糞爺《くそじじい》は。どうせなら俺の手で殺してやりたかったぜ」

「貴方がやっては意味がありません。それと何度も言っていますが、貴方は今後も彼等《かれら》と関わってはいけません。面倒事が増えますから」

気に入った女性がいるからと接触し続けたせいで、関わりを疑われては意味がありません。釘《くぎ》を刺すように睨みつければ私が本気だと気付いたのか、ヒルガンは目を逸《そ》らしながら舌打ちをして近くの椅子に座っていた。

「ち、それで俺は何時《いつ》までここにいればいいんだ？　いい加減、もう寝たいんだがな」

「貴方の場合、寝ると言うより女でしょ？　実験体をあれだけ壊しておいて、まだ足りないっていうの？」

「うるせえな。どんだけ綺麗《きれい》なエルフだろうと、反応がないとつまんねえんだよ！」

「二人とも落ち着きなさい。彼が戻って来るまでですから、もう少しですよ」

明日まで大丈夫と伝えたとはいえ、彼も家族の安全は少しでも早く確保したいでしょうし、すぐにやってくるでしょう。

約束の薬を渡したところで、こちらを攻撃してくる可能性を考えてヒルガンを呼んでいましたが、ここまで騒がしくなるなら失敗だったかもしれません。

溜息《ためいき》を吐《つ》きつつも、再び杖を通して彼等やサンジェル様の位置を確認してみましたが……特に怪しい動きはなさそうです。

「サンジェル様は、まだ彼の仲間たちと一緒のようですね」

「まだ話しているのですか？　向こうから誘われたとはいえ、王族が長々と冒険者たちに関わるのもどうかと思いますが」

「彼を勧誘している以上、自然と関わるようになるのです。必要な事ですよ」

「へ、男なんかどうでもいいが、早くあの女たちを連れてこいってんだ」

サンジェル様が頑張っているのですから、私たちも怠けているわけにもいきませんね。

用意した薬を掌《てのひら》で転がしていると、音もなく部屋へ近づく反応を捉えたので、ルカに命じて扉を開けさせれば、革袋を手にしたシリウスが部屋に入ってきました。

「……国の英雄が勢揃《せいぞろ》いとは、随分と物々しいな」

「これから私たちは同士ですからね。それより、そちらは上手《うま》くいきましたか？」

「ああ。これでいいんだろう？」

彼が血の匂いを発する革袋を広げれば、切断する際に切れた毛髪に塗《まみ》れた男の生首があった。顔に刻まれた特徴的な傷痕に顎鬚《あごひげ》、そして年季の入った無数の皺《しわ》は私が暗殺を依頼したフォルトの首で間違いないようです。

「はは、どんだけ偉かろうが首だけになれば無様なもんだぜ」

「最後まで武人であろうとした者を侮辱するような言葉を吐くな。騒がしい」

「ああ!? 爺さん一人仕留めた程度で調子に乗ってんじゃ……」

「ヒルガン？」

「……ちっ！」

全く……躾《しつ》け方を間違えたせいか、いつまで経《た》っても成長しない駒になりました。即座にヒルガンを睨《にら》んで黙らせた私は、彼に薬を渡しながら褒め称《たた》えました。

「あのフォルト将軍を容易《たやす》く仕留めるとは。噂《うわさ》以上の腕前ですね」

「世辞はいい。とにかくこれでお前からの依頼は達成という事でいいな？」

「はい。城の者たちも気付いていないようですし、実に見事な手際でした。後は私の方で後始末をしておきますので、早くそれを奥さんに飲ませてあげてください」

「言われなくとも、そうさせてもらう」

欲に塗れた単純な貴族連中と違い、彼は冷静で助かります。渡された薬が本当に効くか判明しておらず、まだ大人しくしているのですから。

もちろんこの薬で奥さんが助かれば反撃してくるとは思いますが、その備えもすでにあります。

「念《ねん》の為《ため》、明日にでも奥さんと話をさせてください。その方が安心でしょう？」

先程渡した薬を飲めば自我は消えませんが、実はもう私の命令には逆らえないのです。本人が嫌がっても体は従ってしまうのだから、尚更性質《なおさらたち》が悪いかもしれませんね。事実を知れば彼は本気で怒るでしょうが、先に私へ手を出せば自害するようにエルフへ命じておけば、彼はもう私に手が出せません。

その後、貴方《あなた》たちには興味がないと私が言えば、聡《さと》い彼ならばどうするか？　おそらくエルフを私の声が聞こえない所へ逃がす為、この国を出ていくでしょう。

フォルトを殺《あや》めた罪を背負ってくれて……ね。

「元凶が何をほざいている。だが、フィアの無事を確認する為には必要か」

予想通り、不快ながらも受け入れましたか。

やはり守るべき者がいる相手には、このやり方が一番効果的です。

エルフだけでなく他にも妻がいるそうですが、彼は特にエルフを気に掛ける傾向が見られますし、彼女を狙ったのは正解だったかもしれません。

とにかく、これで彼等はもう用済みですね。

「もちろん償いはします。どうもシリウス様はサンジェル様の臣下になるつもりはないみたいなので、その口添えも手伝いますよ」

全て私の計算通りだと内心でほくそ笑んでいると、先程まで真剣な表情で薬を眺めていたシリウスが私を睨みつけている事に気付きました。

「償いの代わりに、お前には幾つか聞きたい事がある」

「奥さんはよろしいので？」

「どうしても気になる事がある。この際はっきりと聞くが、お前の本当の目的は何だ？」

何かを確信しているような鋭い視線を向けられますが、一体何の事でしょうか？

「目的も何も、昼間に教えた通りです。私はサンジェル様を王へとする為に……」

「恍《とぼ》けるのも大概にしろ。あの男に手をかけた以上、俺はもう関係者であり、後戻りは出来ないんだ。こちらも真実を知る権利がある」

真実？　まさかそこまでは……。

「ジラード……いや、かつてこの城に仕えていた魔法技師のラムダ……だったか？　その男の目的だよ」

この男、私の正体に気付いて……。


――――シリウス――――


「ジラード……いや、かつてこの城に仕えていた魔法技師のラムダ……だったか？　その男の目的だよ」

かつてサンドールには、天才と呼ばれた魔道具を作る技師……魔法技師の『ラムダ』という男がいた。彼は平民でありながらも独自に魔法陣や魔道具について学び、当時では斬新で画期的な魔道具を作っていたらしい。

その実力が認められて城に召し抱えられた後も、ラムダは新たな魔道具を開発してサンドールの発展に貢献し、二十歳という若さで魔道具開発の最高責任者となったそうだ。

だが……その出世も長くは続かなかった。

ラムダは城の財産を許可なく研究費として使用したり、罪のない人を攫《さら》って魔道具の人体実験をしている事が判明したのである。城の財産が膨大に使われた事と、能力の高さを妬んでいた周囲の者たちの後押しにより、ラムダには極刑が下されて歴史から姿を消した。

ジラードはそのラムダであると俺がはっきりと告げれば、ジラードを名乗っていた男は困惑した表情を浮かべながら杖を握り直していた。

「突然何を言い出すかと思えば、私がラムダ？　シリウス様はもう少し聡明《そうめい》な方だと思っていましたが、私の過大評価でしたかね？」

「正気なの？　ラムダなら私も知っているけど、彼はとっくに死んでいるのよ？」

「ならジラードはもうおっさんってか？　冗談きついぜ」

三人から心底呆《あき》れた目を向けられるが、俺の考えは変わらない。

情報屋のフリージアから聞いた通りならば、それは二十年以上も前の話なので、もしラムダが生きていたとしたら彼はもう五十歳は過ぎている筈《はず》なのだ。

しかし目の前のジラードは良くて二十歳前後に見えるので、誤魔化すのも限度はある。

何よりラムダに下された刑は、サンドールで『島流し』と呼ばれる極刑だ。

それは名前の通りの刑で、送られる場所は多くの魔物がはびこる魔大陸な上に、罪人は縛られた状態で小舟に乗せられて運ばれるそうだ。

碌《ろく》な装備もなく、拘束された状態で魔物の巣窟へ送られるので、普通なら生きている筈がないのだが……。

「それを承知で俺は言っているんだ。聞くところによると、島流しになった罪人の中で、ラムダだけは様子が違っていたそうじゃないか」

島流しの刑は沖合の船で待機している者たちが、魔物に襲われる罪人を確認してから完了となる。本来ならば、魔大陸の浜辺に着くと同時に襲われてすぐに終わるのが、ラムダだけは到着と同時に拘束を解き、魔物に追われながらも近くの森へ逃げ込んだらしい。

森にも多くの魔物が潜んでいるので確認しに行ける筈もなく、更に戦闘経験のないラムダが生き残れるわけがないという事で、ラムダは死亡したと判断された。

それは極一部の者しか知らない話なのに俺が知っているのは、昼間にフリージアから聞いたからである。当時は彼を妬んでいた者たちが最後を見届けようと一緒だったらしく、その連中から娼婦《しょうふ》を通してフリージアへと伝わったわけだ。

つまりラムダは生存しているとは思えないが、明確な死亡は確認されていないのである。

「何せ魔道具を作っていた男だからな。こっそり忍ばせていた魔道具を使い、生き延びていたという可能性はある」

「随分と想像力が豊かなようですが、魔大陸はそんな甘い場所ではありませんよ」

もはや呆れるどころか、憐《あわれ》んでいるような視線を向けられている。傍《はた》から見れば突拍子のない妄想としか思えないし、そう捉えられても仕方がない。

実際のところ、逃げ伸びた云々《うんぬん》の話は俺の勘だ。

しかしただの勘ではなく、数々の死線を潜《くぐ》り抜けて磨かれた勘なのだ。

それを無視する事が出来なくて個人的に情報を集めていたわけだが、今回の件で確証へと変わりつつあった。

「人の手が入っていない大陸だ。俺たちには予想も付かない事が起こる事もあるんじゃないのか？」

「はぁ……では仮にラムダが生きていたとしたら、一体何だというのでしょう？」

「地獄から生きて戻った男が何をするか……という話だよ」

記録では罪人であるラムダだが、実は冤罪《えんざい》の可能性が高かったそうだ。

他人との付き合いが苦手で、魔道具の事ばかり考えている変人だったそうだが、実際は家族想《おも》いの優しい男でもあったらしい。城に自室が用意されていたのに、わざわざ家族のいる町の実家で寝泊まりしていたとか。

更にラムダは平民から魔道具開発の最高責任者に成り上がっているのだ。

彼を妬む連中は多かった筈だろうし、家族を人質にされて反論すら出来なかった……なんて事が想像出来る。

要するに俺が言いたい事は……。

「ラムダは名前と姿を変えて国に戻り、復讐《ふくしゅう》の機会を窺《うかが》っている……とは思わないか？」

「ふむ……多少強引ですが、全くないとは言い切れませんね。ですが、私がラムダだと言うのはさすがに無理があります」

「あのねぇ、客人だからっていい加減にしてほしいわね。誰よりもサンジェル様を支えている彼を罪人と一緒にするなんて信じられないわ！」

我慢が出来ないのか、ジラードを心から慕うルカが殺気を放ちながら俺を睨んできた。

確かに、彼等《かれら》の言う通りジラードの正体がラムダという証拠はない。

だが奴《やつ》はそれを裏付けるような行動をしている。

俺へ暗殺を依頼したように、この男はサンジェルを次の王にする為ならば何でもする覚悟を持っているようだが……。

「本当にお前は主《あるじ》であるサンジェル様を王にしたいのか？　俺から見ると、お前がやっている事は随分と中途半端な行動ばかりだぞ」

「それは聞き捨てなりませんね。私はサンジェル様に命を預けているのですよ」

「神眼と呼ばれる程の力を持ちながら、連中を好き勝手させているのにか？」ジラードは『神眼』と
現場にいなくても相手の位置や動きを完全に把握出来る事から、ジラードは『神眼』という二つ名を貰《もら》っている。

その能力の正体だが、おそらく俺がリーフェル姫の部屋で発見した植物の根であり、それを通して人々の位置を把握していると思うのだ。

まあ真実はどうあれ、そんな能力があるというのに、サンジェルを邪魔する者たちを未《いま》

だにのさばらせているのは変なのだ。相手の位置が把握出来るのなら、不正や怪しい談合をしている現場を押さえて相手の弱味等を握れる筈である。

「サンジェル様を王にする義務があるとか言いながら、お前は明らかに手を抜いている。いや、意図があって動いていると言うべきか？」

革命を起こそうとしているのはフォルトではなく、この男という考えも浮かんだが、それも何か違う気がする。

そんな風に考えれば考える程に違和感が生まれ、俺なりに調べ続けた結果……。

「お前は主に仕えながら、敵対している連中とも組んでいるんじゃないのか？」

どちらにも与《くみ》し、情報を流して継承権の争いを激化させたりと、まるで盤面ゲームの打ち手のように全体の流れを操作する。

つまり俺とフリージアが考えていた黒幕の正体がこの男という事だ。一番辻褄《つじつま》が合う……とも言う。

次に考えたのは、こんな事をしている目的である。

もし玉座を狙っているのであれば、サンジェルを王にさせるのが一番手っ取り早い。サンジェルとは十分な信頼関係を築けているのだから、王にさせた後で裏から操ったり、毒を盛って継承権を譲る遺書を書かせたりと方法は幾らでもあるからだ。

なのに問題を積極的に解決せず、逆に混乱を招いているのが不思議だった。

「サンドールを内部から崩そうとしているように見えるから、他国の間諜《かんちょう》という線もあったが……それも違うようだな」

矢継ぎ早に語り続けていたので静かに聞いていたジラードだが、俺が間諜を否定したところで不敵な笑みを浮かべていた。

「いいえ、貴方の考えは間違ってはいませんよ。この短期間でよく気付きましたね」

「ジラード!? それ以上は……」

「ここまで気付いているのなら、下手に誤魔化さず真実を教えていた方がいいでしょう。私は隣国から送られた間諜ー……」

「誤魔化すのはその辺にしたらどうだ?」

間諜とは常に状況に合わせて行動し、非情な手すら躊躇《ためら》わない冷静さが必要となる。目の前の男にはその能力や覚悟はあるようだが、前世でエージェントとして生きて数々の同類と相対してきた者からすれば、この男はそんな存在ではないとわかるのだ。

目を見れば……わかる。

「お前は復讐どころか破壊を望む者だ。そのどす黒い感情を奥底に秘めた目を、俺はよく知っている」

そもそもこんな妄想のような結論に至ったのは、この男とよく似た存在を俺は知っているからだ。

様々な裏切りに遭って全てに絶望し、己の目的を遂げる為《ため》に泥を啜《すす》りながらも成り上がり、大企業の頂点に立って世界を破壊しようとした復讐者。

そう……この男は前世で俺が死ぬ直前に戦っていた、あの復讐者の目と同じなのだ。

「答えたくないのなら、俺が当ててやる。お前の真の目的は、この国を崩壊させる事だ」

復讐となれば特定の誰かになるだろうが、ラムダにとっては国全体が復讐の対象となっているのだろう。こんな回りくどい事をしているのが証拠の一つでもある。

はっきりと断言してやれば、男は笑いを堪《こら》えるように口元へ手を当てていた。

「ふふ、ははは！　僅かな手掛かりでここまで辿《たど》り着くとは。先程は侮辱するような言葉をぶつけましたが、訂正しましょう。貴方《あなた》は私の予想を遥《はる》かに上回る御方《おかた》です」

「つまり認めるって事か？」

「はい。貴方の仰《おつしや》る通り私はラムダであり、この腐った国を滅ぼそうと動いています。それにしても、他人からその名で呼ばれるのも久しいですね」

そう語るジラード……いや、ラムダは、口を三日月のように歪《ゆが》ませながら笑っていた。

暴虐で残忍さを嫌でも理解させられる笑み……これがラムダの本性か。

光さえも届かない底なし沼のような闇を秘めた目と、得体の知れない雰囲気を隠す事なく曝《さら》け出しているが、その変化に最も反応していたのは隣のルカとヒルガンだった。

「よ、よろしいのですか!?　このような男に明かして何かあれば！」

「あーあ。こりゃあ生かして帰すわけにはいかねえよな。俺がこいつを始末してやるから、あの女たちは俺に寄越《よこ》せよ？」

「貴方たち、少し落ち着きなさい。彼が私の正体を知ったところで、最早《もはや》どうしようもないのですから」

そんな二人と違い、ラムダは余裕の笑みを浮かべながら軽く手を振っていた。

「この内容を言い触らそうと、あまりにも飛躍し過ぎた内容ですし、ただの冒険者が……いえ、今や国の重鎮を殺した逆賊の言葉を誰が信じるのでしょうかね？」

依頼されたとはいえ、実際に手を下したのは俺なのだから言い逃れは出来ない。

ラムダに関する話も、魔大陸から生き伸びて戻ってきた者がいるとは思えないだろうし、それを認めてしまえば国の恥を晒《さら》す行為でもあるのだ。たとえ真実だったとしても、俺の言い分は間違いなく無視されてしまうだろう。

「それに貴方はもう私に逆らえないのですよ。すでに察しているとは思いますが、勝手な行動は慎んでもらいますよ」

「そうか。やはり偽物か」

「いいえ、本物ですよ。ただその薬では完全に治らないだけです」

嫌な笑みを浮かべながら語る説明によると、あのエルフのように自我は失わなくなるが、ラムダの命令だけは逆らえないらしい。

思わず放った殺気を軽々と受け流すラムダだが、ここで予想外の事を語り出したのである。

「貴方のやる事はもう何もありません。このまま何も語らず、すぐにでも仲間を連れて国を出て行きなさい」

「見逃すってわけか。もっと厄介な事をやらされると思っていたんだが」

「私の計画は最終段階に入っています。それさえ済めば、後はどうでもいいのです」

こちらを始末する手間を惜しんでいるのかわからないが、ラムダにとっては復讐が最優先なわけか。

まだ不明な点は多いが……これで俺の目的は達した。

ようやくここまで来たのだと言わんばかりに遠い目をしているラムダへ、俺は殺気を抑えてから告げる。

「お前からすればせっかくの慈悲なんだろうが、無理な話だな」

「私の話が信じられませんか？　気持ちはわからなくもありませんが、貴方が選ぶ道は一つしかありません。一度部屋に戻って、考え直してみてはどうでしょう？」

「そうじゃない。すでに手遅れだからだ」

俺がその言葉を告げると同時に、この部屋へ近づく激しい足音が聞こえてきた。

足音の正体に気付いたのだろう。ラムダがジラードとしての仮面を被《かぶ》り直していると、部屋の扉が蹴破る勢いで開かれた。

「……ジラード」

現れたのは、怒りや悲しみが入り混じる複雑な表情を湛《たた》えたサンジェルだった。

全力で走ってきたせいか呼吸が激しく乱れているが、それを整える間もなくサンジェルはラムダへと詰め寄る。

「サンジェル様、どうかなされたのですか？　彼等とのお茶会で何か……」

「なあ、お前は本当にこの国を滅ぼすつもりか？」

「っ!?」

さすがにその言葉は予想出来なかったのか、微笑を浮かべていたラムダも目を見開いていた。今頃、何故《なぜ》それを知っているのだと必死に考えているに違いあるまい。

「なあ答えろ！　答えろってんだ！　お前は……お前は！」

「お、落ち着いてください！　一体何の事か……くっ、何をしたのです！」

弟子たちとサンジェルがいた部屋はここから十分に離れており、叫ぶ勢いでなければ声が届く筈《はず》がない。

だというのに、まるで先程の会話を聞いていたかのようにサンジェルはラムダの胸倉を摑《つか》んで荒れ狂っていた。そのあまりの勢いに、ラムダは碌《ろく》に弁明させてもらえないようだ。

そんなサンジェルの怒号が響き渡る中、開けっ放しだった扉から俺たちの仲間が現れたのである。

「シリウス様。こちらは万事予定通りでございます」

「兄貴……この野郎を殴るなら俺もやらせてくれよ。絶対許せねえ！」

「ちょっと二人とも、急ぎ過ぎだよ。フィアさんはまだ本調子じゃないんだから」

「そんなに心配しなくても大丈夫よ。軽く走るくらいなら問題はないわ」

「そういう油断が駄目なのよ。ちゃんとリースの言う事を聞きなさい」

「姫様。貴方も過去に似たような事をしていましたよね？」

家族である四人に続いてリーフェル姫とメルトもやってきたが、その背後から更に現れたのは……。

「……何か怪しいとは思ってはいたが、まさかこれ程とはな」

「本気で笑えねえな。こりゃあ、予想以上に不味《まず》い状況だろ」

サンドール王の長女と次男である、ジュリアとアシュレイだった。

王の子供たちが勢揃《せいぞろ》いとなる状況に、ラムダたちの混乱も極まっているようである。

「こ、これは一体!?」

「おい、余所見《よそみ》してんじゃねえ！　お前は俺を王にしてやるって……全てを捧《ささ》げるって言ったじゃねえか！　あれも嘘《うそ》だってのか！」

「兄さん。気持ちはわかるが、少し落ち着くのだ！」

「うるせえ！　お前たちは黙ってろ！」

「いいから離れろって。兄者がそんなんじゃ話が進まねえだろ」

もはや手がつけられない暴れっぷりを見せるサンジェルだが、それも当然だろう。

誰よりも信頼していた臣下であり、親友でもあった相手に裏切られたのだから。

しばらくしてサンジェルは妹と弟によって強引に引き離されたが、まだラムダは状況を完全に把握していないようなので、とある魔道具を手にしたエミリアが俺の隣に控えたのを確認してから説明を始めた。

「今ので理解したんじゃないのか？　さっきまでの俺との会話は、ここにいる全員へ筒抜けだったという事にな」

「いや……それは。魔法を発動した形跡はなかった筈」

「発動させていたさ。ただし、お前が知らない魔法だがな」

遠くの相手へ声を届けたり、聞こえるようにする風の魔法は、発動させると風と魔力の流れが生まれてしまう。

故に魔力に精通する者や、勘が鋭い者ならすぐに気付かれてしまうが、俺が使っていた魔法は針の穴さえ通せる極細の『ストリング』で、魔力の流れは皆無に等しい。

更に城には魔力を持つ根が無数に伸びているので、糸が紛れ込んだところで気付き辛《づら》いだろう。万が一気付いたとしても、魔力の糸だけでここまでの事が出来るなんて想像もつくまい。

「『ストリング』で？　そのような初級魔法で一体何が……」

「全ては使い方次第さ。魔力の糸は俺が持っているこの魔石と、彼女が持つ魔道具に繋《つな》がっているんだが……エミリア」

「はい、いつでもどうぞ」

エミリアが蓄音機のような形をした魔道具を起動させたところで、ベルトから外した魔石……周囲の音を吸収する魔法陣を刻んだ魔石へ声を掛ければ……。

『このように、魔石周辺の会話が魔道具から聞こえるわけだ』

「なっ⁉」

以前……ミラ教の騒動の際に、同じ魔石で盗聴器のように使っていたが、あれは『ストリング』を伸ばす俺にしか聞こえないものだった。

それだけでも十分使える代物だが、他の用途にも使えるように受信専用の魔道具を作り、周囲の人たちへ聞こえるようにしていたのである。

「おお、本当にそれを通して聞こえていたんだな。俺も一つ欲しいぜ」

「色々と使い道がありそうな魔道具ね。今回に至っては、国の一大事を救う切っ掛けとなったみたいだし」

真実を知るのが俺一人ならどうにか出来たかもしれないが、これだけの王族たちが証人となれば簡単に言い逃れは出来まい。

「……このような魔道具があるとは。どうりで素直だったわけですね」

「余裕がある程、油断が生まれるものだ。ましてや、取り返しのつかない弱味を握ったとなれば尚更《なおさら》だな」

ただ問い詰めたところで、奴《やつ》は自分がラムダだと認めはしなかっただろう。

だからこそ俺は従った振りをし続けて、油断を誘ったのである。正直気乗りしない事は多かったが、その甲斐《かい》もあって聞きたかった言葉を自白させる事に成功したのだ。

「お待ちください、サンジェル様！　その者はフォルト様を手にかけた者ですよ？　そこに証拠の首もございます！」

何も言い返せずにいるラムダに代わり、ルカが足元の赤く染まった袋を指差していた。確認してもらってから袋の口は閉じておいたが、真っ赤な染みと匂いでそれが何かを皆が察したところで、ルカとヒルガンが更に訴える。

「そこにいる男は、我が国の優秀な人材を手にかけた罪人なのです！」

「そうだそうだ！　さっきの言葉もそいつに言えって言われたんだよ」

「長く貴方を支えてきた私たちではなく、このような男を信じるのですか？　私たちの事はどうなっても構いませんが、せめて貴方の友であるジラードは信じて……」

「勘違いしているようだが、フォルトは死んでいないぞ」

だが……その訴えもジュリアの一言によって覆る。

「フォルトは私たちがいた部屋で眠っているぞ。しばらく目覚めないそうだが、五体満足なのは皆が確認している」

「そんな筈は!?　確かに奴の首が……」

「どけっ！」

苛立《いらだ》ったヒルガンが袋を拾おうとしたが、それよりも先に俺が回収していた。

「確認せずともこれは偽物だ。準備に手間取った分、よく似ていただろう？」

実は袋の生首はフォルトのではなく、彼と似た輪郭をした罪人の首なのだ。

似ているとは言え、さすがにそのままではすぐにばれるので、俺は罪人の首をフリージアの店にいた死化粧を生業《なりわい》にしている男……女性のローズに依頼し、フォルトそっくりに整えてもらったのである。

フリージアの情報を元に比較的似た町の罪人を捜し、その首をローズの所へ持ち込んだ時には結構ぎりぎりの時間だったが、彼女は何とか時間までに仕上げてくれた。

最後に、フォルト本人から拝借した髪の毛や血を首全体に塗《まぶ》せば、近くでじっくりと見ない限りは本物に見えなくもない。

人は全体ではなく、目立った特徴で相手を判断してしまいがちだからな。フォルトのような目立つ古傷があるなら尚更だろう。

そしてラムダの能力をある程度把握していたので、俺はそれを利用させてもらった。

先程から妙にラムダが大人しいのは、生きていると知ってフォルトの反応を探っているからだろう。しばらくしてジュリアの言葉が真実であると気付き、拳で机を叩《たた》いていた。

「何故だ!? 奴の命は確かに消えた筈なのに……何故反応がある!?」

「もちろん死んだからさ。一時的に……な」

ラムダが渡した毒を使用したと思っていたのだろうが、俺が使ったのは生命活動を極限まで下げる……所謂《いわゆる》、仮死状態にさせる薬であった。本来は敵地で相手の目を逃れたり、虚を突く為《ため》に死んだふりをするものである。

実はまだ改良の途中で、下手に使えば本当に命を失う危険性があるのだが、すぐにリースの治療を施せば後遺症もなく蘇生《そせい》出来るのだ。故にリースがいないと意味がない代物だったりする。

とまあ、かなり危険な賭けではあったが、こうして俺はラムダたちを騙《だま》す事に成功したわけだ。

そして最も重要な問題も……。

「こんな筈では……いや、まさか!?」

「気付いたようだな。人質を取って有利になったつもりだろうが、お前は根本的に勘違いしているのさ」

フィアの件だが、実はもう解決済みなのだ。

それだけ己の研究成果に自信があったのだろうが、策が通じなかった可能性も考慮しておくべきだったな。

「あいにくと、俺の妻は普通のエルフとは違うんでね。お前が飲ませたものなんて全く効いていないのさ」

何故ならフィアの体内には、規格外の存在である師匠の……聖樹の種があるのだから。

次代の聖樹候補として渡されるその種は、宿主を守る為に加護を与える。実際、あれからフィアは全く病気にかからないどころか、毒物に対する耐性が非常に高くなったのだ。

相当な研究を重ねたのだろうが、やはり植物の頂点に立つ聖樹の加護を上回る事は出来なかったらしい。

「えーと……つまりフィア姉は体調が悪い振りをしてたってわけか?」

「ええ。体の調子を見てもらった時に、今日はなるべく部屋から出ないようにってシリウスに言われていたのよ。まあ……調子が悪かったのは本当なんだけどね」

「「フィアさん……」」

「貴方《あなた》ね……」

可愛《かわい》らしく舌を出しているフィアだが、周囲からの目が痛そうである。

念の為、密《ひそ》かに確保していたあの時のワインを師匠から貰《もら》ったナイフに浴びせて調べてもらったが、全く問題はないと言ってくれた。代わりに、よくも不味いものを飲ませてくれたなと凄《すご》く怒られたが。

こうして形勢が完全に逆転したのを理解してもらったところで、俺は再びラムダを問い詰める。

「さて、これだけの証人がいればもう正体を隠す必要もあるまい。ついでにお前の計画とやらを聞かせてもらいたいところだな」

「はぁ……見事です。ここまでされては、もう笑うしかありませんよ」

「なあ、頼むから冗談だって言ってくれよ。俺を王にする為の試練だったとかよ……」

「貴方は本当に頭が悪いですね。己の耳で聞きながら、まだ私を信じているのですか？」

拳を握っていたラムダも最早《もはや》取り繕う必要もないと判断したのか、悔しそうにしているサンジェルを見下すように笑っていた。

そしてラムダは残酷な言葉を放ちながら手にした杖《つえ》で床を叩こうとしたので、俺は咄嗟《とっさ》に『マグナム』を放って杖を撃ち砕く。

「それ以上下手な動きをしたら、次は腕を狙うぞ」

「おお、怖いですね。でも残念ながら、狙いはそちらではありませんよ？」

人数差に加え圧倒的に不利な状況だというのに、ラムダの表情に焦りは見られない。何かを発動させる杖は破壊した筈《はず》だが、他に策があるのか？

いや……違う。ラムダは囮《おとり》で、本命は……。

「来なさい！」

「ほらよっと！」

ルカとヒルガンの方か！

全員がラムダに気を取られていた隙にルカは口笛を吹き、ヒルガンは背後の壁を殴り壊して外への道を作っていたのである。

『……――オォォンッ！』

同時に警戒を促すホクトの遠吠《とおぼ》えが聞こえた。レウスの通訳によると、城で飼われていた竜たちが一斉に小屋から飛び立ったらしい。

あの壊した壁から外に脱出し、竜に乗って逃走を図るつもりか。

個人的な事情を含めて聞きたい事が山程あるので、頭部ではなく足を狙おうと俺はラムダへ掌《てのひら》を向けるが、それよりも早くレウスとジュリアが飛び出していた。

「逃がさねえ！」

「これ程の事をしておきながら、逃がすと思っているのか！」

「へっ、やってみろよぉ！」

剣を抜いてラムダへ迫るレウスとジュリアだが、二人の前に不敵な笑みを浮かべるヒルガンが立ち塞がった。武器を忘れたのかヒルガンは丸腰なので、二人の実力ならば一撃で終わるだろうと思いきや……。

「「なっ!?」」

「おいおい、この程度かぁ？」

相手の左腕を狙ったジュリアの剣は折れ、右腕を斬り落とそうとしたレウスの大剣は腕を斬る半ばで止められてしまったのである。

護身用と思われるジュリアの剣は細身なので折れるのはわかるが、レウスの振るう大剣を腕だけで止めてしまうのは明らかに異常だ。本気ではないだろうが、手加減はしていなかったからな。

「ほらよ、出直してきなぁ！」

そして二人が動揺している間に、ヒルガンは止めた大剣を乱暴に摑《つか》んでレウスごと近くの壁へ放り投げた。

口調は軽くとも凄《すさ》まじい力が込められているのか、投げられたレウスは壁を軽々と砕き、それどころか更に奥の壁を何枚も破壊しながら消えてしまったのである。

レウスの様子は気になるが、今は構っている余裕はなかった。一旦距離を取ろうとしていたジュリアが、巨体に似合わない速度で迫ったヒルガンに捕まっていたからだ。

「くっ!? は、放せ痴《し》れ者《もの》が！」

「へへ、ようやく手に入れたぜ」

ヒルガンはジュリアの美しい金髪を乱暴に掴み、舌舐《したな》めずりしながら見下ろしている。

「性格はあれだが、極上の女には違いねえからな。俺がじっくりと調教してやるよ」

「お、おのれ！　貴様は剣士の風上にも置けない本物のクズだ！」

「剣士とか言うけどよ、お前の無駄に長い髪は何だってんだよ？」

確かに、ジュリアの長い髪は剣士としては褒められたものではあるまい。剣士であれば近接戦闘が主になるので、今のように髪を掴まれてしまうからだ。

しかしジュリアがそれを理解していないとは思えないので、おそらく何らかの事情があって髪を伸ばしているのだろう。窮地に陥っているのに、まだ刀身が残っている剣で己の髪を切ろうとしないのだから。

「女だから馬鹿にするなとか言いながらよ、女を捨てらんねえ半端者が剣士を名乗るなよ」

「黙れ！　貴様に何がわかる！」

痛みに堪えながら折れた剣をヒルガンの腕へ振るうが、浅い傷が付くだけである。

さすがにこれ以上は不味《まず》いので、俺は『マグナム』を放ってヒルガンの頭部と胸を撃ち抜いていた。

「ん？　今、何かしたか？」

レウスが斬った時点で予想はしていたが、どうやら痛みすら感じていないようだ。

それ以前に頭部と心臓を撃たれながらも平然としているどころか、目に見えて傷口が塞がっていくので、最早人ですらないようである。

いや、倒せるかどうかは後だ。まずジュリアを助ける為にも、彼女を掴んでいるあの頑丈な腕を何とかしなければ。

超振動ワイヤーの原理を応用した『ストリング』で切断しようと考えたその時、ある事に気付いた俺はヒルガンの顔面へ『インパクト』を直撃させた。

「ぶっ!?　何しやがる！」

「母上……すまない」

そしてジュリアの覚悟を決めるような言葉と同時に、破壊音と共に銀色に輝くものが飛んできたのである。

「いい加減に……しやがれぇっ！」

雄叫《おたけ》びを上げながら現れたのはレウスで、その身はすでに呪い子と呼ばれる狼《おおかみ》人間の姿だった。そして『インパクト』による目眩《めくら》ましの隙に相手の懐へ飛び込んだレウスは、ジュリアを掴んでいた腕を一太刀で斬り飛ばしていた。

「どらっしゃあぁぁぁ――っ！」

間髪を容れず剣から片手を離したレウスは、彼の爺《じい》さん直伝の『ウルフファング』をヒルガンの顔面へ叩き込んだ。しかしヒルガンは咄嗟に反対側の腕で防いだので、その一撃はヒルガンを少し後退させるだけであった。

それでもジュリアの救出には成功したので、レウスはすぐさま彼女の髪に残った腕を外し、忌々しげに睨《にら》むヒルガンの足元へ放り投げた。

「この……犬野郎が！　俺様の邪魔をするとはいい度胸だな！」

「うるせえ！　お前こそ、女の髪を掴んでんじゃねえぞ！」

「はぁ？　一体何を言ってー……」

「ジュリアが髪を切らねえのは、大事な理由があるからに決まってんだろうが！　そんな事も気付かねえ野郎が、女の髪に軽々しく触れてんじゃねえ！」

「レ、レウス……なのか？」

変身しているせいか、言葉が少し荒い。

だが……レウスの師として誇らしい行動なのは間違いない。特に女性を理解している点は大きな成長だと思う。そんなレウスの怒りを面倒臭そうに聞いていたヒルガンだが、落ちていた腕を拾って切断面にくっ付けながら言い放つ。

「たかが髪でうるせえ犬だな。女ってのはな、俺様のような強い男に抱かれて奉仕するのが最高の名誉なんだよ」

「……もういい。これ以上、お前と話したくねえ」

語るだけ無駄だと、レウスは再びヒルガンへと斬りかかった。

ちなみにヒルガンのくっ付けた腕は何事もなく動いていたが、レウスも予想はしていいたのか動揺する事なく攻めている。

変身して身体能力が上がった今のレウスなら負けはしないだろうが、とにかく得体の知れない相手なので、俺はレウスに意識を向けつつ視線をラムダとルカへ向けた。

あの二人はエミリアとリースが足止めをしていたのだが、見たところあまり状況が芳しくないようだ。

「その程度かしら？　ラムダ様、今の内にお下がりください」

「ふう……さすがは竜族ですね」

「うん。それに守り方も上手《うま》い」

エミリアとリースが放つ無数の魔法を、ルカはその身で全て受け止めていた。

竜族の頑強な肉体は生半可な魔法を弾《はじ》く上に、傷を与えたとしてもヒルガンと同じく即座に再生してしまうので、ラムダには一発も届いていないようである。

「でも、何か変じゃない？　あの人……カレンちゃんの所にいた竜族より、学校で戦った竜族と似ている気がする」

「確かに気にはなりますが、今は足止めを優先しましょう。今度は私があの人を惹《ひ》きつけますので……」

「うん、任せて。皆……お願い！」

城内という事で加減をしていたらしいが、このままでは足止めすら無理だと判断した二人は気持ちを切り替えたようだ。

エミリアは遠慮なく『エアショットガン』を連射してルカの視界を塞ぎ、その合間を縫って放たれたリースの『アクアカッター』がラムダの片足を切断したのである。

「ラムダ様!? き、貴様等《ら》ああぁぁぁ――っ!」

「煩い。貴方がグズだった点は後で話すとして、早く足を持ってきなさい」

どれだけ攻撃を受けようと冷静だったルカが、ラムダが負傷した事で激しい動揺を見せている。己よりラムダが最優先なのは理解していたが、こちらが思っている以上にルカはラムダに心酔しているようだ。

「も、申し訳ございません! すぐに持ってまいります!」

「待ってください。その場から動かなければ私が治して……えっ!?」

リースにしては強引な手段であるが、切断面が綺麗《きれい》なら彼女の治療魔法でくっ付ける事が可能なので、おそらく治療を持ちかけて逃走を阻止しようとしたのだろう。

しかしルカが足を運んでくると、切断面から無数の植物が伸び始め、切られた面と結びつくと同時にラムダは平然と立ち上がっていたのだ。

ルカやヒルガンとは違うが、どちらにしろ驚異的な再生速度である。これでは『マグナム』を放ったところであまり効果が見られまい。

「全員が再生能力持ちか。厄介だな」

「良くない状況ね。向こうが逃げるつもりだから、こちらへの危険は少ないけど……」

メルトに守られているリーフェル姫が、全体を観察しながら苦々しい表情で呟《つぶや》いていた。

フィアは体調が万全ではないし、ホクトは先程預けておいたカレンと倉庫にある馬車を守るように命じているので呼ぶわけにもいかない。

更にリーフェル姫だけでなく冷静さを失っているサンジェルや、兄を羽交い締めで押さえているアシュレイを守らなければいけないので、俺が積極的に攻めるのは厳しいのだ。

「姫様、危険ですからもう少し私の後ろに」

「ええ、頼りにしているわよ。ところであの連中だけど、要は再生能力を上回る一撃を叩《たた》き込まないと駄目ってわけよね？」

「なら貴方《あなた》の魔法ならいけるんじゃないの？　竜の鱗《うろこ》すら貫通したあれなら……」

「可能だとは思うが、あの位置だと城内の人を巻き込む可能性が高いな。それに連中から聞きたい事があるし、なるべく生け捕りにしたい」

「貴方たちはこういう敵と何回か戦ってきたんでしょ？　何か弱点はないのかしら？」

「あるにはありますが……ん？」

今までの経験上、こういう相手は体内のどこかに核のようなものがある筈だ。

その核の位置を特定し、狙撃して再生能力を奪ってしまいたいところだが、どうやら探している暇すらなさそうである。

「やはり簡単に逃してくれませんか。ルカ……やりなさい」

「わかりました」

ラムダの命を受けたルカが両腕を広げると、体中に無数の魔法陣が浮かぶなり膨大な魔力を放ち始めた。エミリアとリースが阻止するよりも早く、ルカの全身に生えた鱗が逆立つのを見た俺は反射的に叫ぶ。

「全員、防御だ！」

「っ!? 貴方たち、防いで！」

「お願い！」

そして俺たちを包みこむ水と風の防壁をリースとフィアが生み出したと同時に、ルカの全身の鱗が周辺へと一斉に発射されたのである。

数百を超える無数の鱗は鋭い棘《とげ》となって一帯へと突き刺さり、部屋中が穴だらけになっていたが、俺たちは二人の魔法によって事なきを得た。

気になるのは、防御魔法の範囲外で戦っていたレウスとジュリアだが……。

「……大丈夫か？」

「あ、ああ。レウスの御蔭《おかげ》で無事だ。君こそ平気なのかい？」

「これくらい、大した事ねえよ」

咄嗟《とっさ》にヒルガンを突き飛ばして距離を取ったレウスが、その身を挺《てい》してジュリアを守ったようだ。そのせいで背中や肩に鱗が幾つか刺さっているが、変身後の頑丈な肉体によって傷は浅いと思われる。あれくらいならすぐに治るだろう。

突然の範囲攻撃によって周囲が散々となったが、全員無事で何よりだ。

だが俺たちが皆の無事を確認している間にラムダたちは移動を済ませており、気付いた頃にはすでに壁に開いた穴から飛竜の背に乗って空へ飛んだ後だった。

「では、私たちは失礼させていただきますよ。これから忙しくなりますので」

「そんなに急がなくてもいいんじゃないのか？」

少し距離はあるが、あの位置ならまだ届く。

俺が逃さないとばかりに放った魔力の弾丸はラムダの右腕を貫いたものの、やはり傷口はあっさりと塞がってしまう。

しかし今のが攻撃ではないと、ラムダはすぐに気付いただろう。

『ストリング』で繋《つな》いだ魔力の弾丸……通称アンカーショットにより、奴《やつ》の右腕を魔力の糸で搦《から》め捕った事にだ。

「これは……さっきの糸ですか？」

「もう少し付き合ってもらうぞ。お前たちの能力、本当に己の力だけで……」

「お断りします」

だがラムダは躊躇《ちゆうちよ》なく左腕を振るい、まるで玩具《おもちや》のパーツを外すように己の手刀で右腕を切り捨てたのだ。

「ラムダ様の足だけでなく腕までも……絶対に許さない！」

「ルカ、いい加減にしなさい。この程度の事で貴方は騒ぎ過ぎなのです」

「しかし！　いえ……わかりました。ですがせめて……」

ラムダたちを乗せた飛竜が上昇していく途中、ルカが己の頭部から生える角に手をかけたかと思えば、肉と血を撒き散らしながら角を強引に引っこ抜いたのである。

その異常な光景に皆が息を呑《の》む中、顔を真《ま》っ赤に染めたルカが角をこちらへ放り投げてきたので……。

「エミリア、飛ばせ！」

「はい！」

咄嗟に角を遠ざけるよう、エミリアに指示を飛ばしていた。

そして魔法による風で遥《はる》か上空へと運ばれた角は、激しい炎を辺り一面に撒き散らしながら爆散したのである。竜族にあんな能力があるとは聞いた事がないが、置き土産に爆弾とはやってくれる。

いや……あれはもう竜族ではないかもしれない。

鱗を飛ばした時に見せた体中に浮かんだ魔法陣からして、改造人間という方が適切だと思う。連中を尋問する理由が更に増えたので、俺は奥の手を発動させるべく、事前に仕込んでおいた罠《わな》に『ストリング』を繋いで魔力を流した。

「逃がさん！」

逃走を予想し、外に仕掛けていた魔石が『ストリング』を通して発動すれば、魔力の糸による網が空一面へ広がったのである。広範囲をカバーする分、膨大な魔力を秘めた魔石でも数分が限界だが、足止めとしては十分だろう。

更に『ストリング』の多様性を見せていた御蔭もあり、警戒したラムダが飛竜の進みを止めていたので、俺たちは距離を詰めるべく駆け出していた。

「仕方がありませんね。これはあまり使いたくはなかったのですが……」

しかしラムダが何かを呟くと同時に、周囲の地面から無数の巨大な木の根が飛び出したのだ。巻き込まれそうなので足を止める俺たちを余所《よそ》に、まるで生物の触手みたいに動き回る木の根は、魔力の網へと殺到して強引に引き千切っていった。

一体どれ程の力を隠しているのかと思いつつラムダを見上げるが、奴が何か意味深に微笑《ほほえ》んでいる事に気付き、俺は咄嗟に声を張り上げていた。

「全員、止まれ！　これ以上、奴を刺激するな！」

「何でだよ！　あの野郎を逃がしていいのかよ！」

「私の上級魔法ならまだ届くと思います」

「いいから止まれ！　下手に挑発すると、この城の根が動くぞ！」

使うのを渋ってはいたが、下手にラムダを追い詰めれば、城中に張り巡らされた根を動かして城を破壊する可能性も十分あり得るのだ。城に思い入れがあるわけではないが、さすがに壊れるのは寝覚めが悪い。

その根も俺の魔力を流し込めば枯らす事は出来そうだが、今はそれをする暇もないので、今はラムダたちを見逃すしかなさそうである。

そして俺の言葉の意味に気付いて他の皆も悔しそうに足を止めるが、まだ諦めずに追いかける者がいた。

「だから待てよ兄者！　もうあいつは行っちまうから、諦め……あっ!?」

「待ちやがれぇ！　ジラードォォ――――っ!!」

アシュレイの羽交い締めを力尽くで振り解《ほど》いたサンジェルだ。

友への想《おも》いか、裏切られた怒りか……気持ちに整理がつかないまま叫び続けるサンジェルであるが、そんな彼をラムダはただ冷たい目で見下ろすだけだった。

「最後まで情けない姿ですね。どれだけ言葉を重ねようと、私には届かないと認めたらどうです?」

「うるせえ！　さっさと下りてきやがれ！」

「ふぅ……本当に未熟者ですね。そんな甘さで国を支えるなんて、呆《あき》れたものです」

「そんな事知るか！　ぶん殴ってやるから、戻ってきやがれってんだ！」

「さようなら。愚かな王子よ」

「畜生があああぁぁぁ――――っ！」

やり場のない怒りを晴らす事も出来ず、悲しみに満ちた男の雄叫《おたけ》びは……夜の闇に虚《むな》しく響き渡るのだった。

《新たな命と目覚めし者たち》

サンドールの英雄……謀反す。

ラムダたちの騒ぎによって眠っていた者たちは完全に目覚め、城内は混乱していた。

少しでも混乱を鎮めようと、ジュリアとアシュレイが事情を説明している中、俺たちはジュリアたちに言われて自分たちの部屋へ戻っていた。

『情報が伝わり次第、すぐに会議が開かれるだろう。それまで部屋で休んでいてくれ』

『…………』

『兄者、しっかりしろよ。落ち込んでいる場合じゃねえだろ？』

『……ああ』

『本来なら国の一大事を救ってくれた君たちに恩賞を授けたいのだが、今はその余裕もないようだ。それと非常に厚かましい頼みだが、君たちも会議に参加してもらえないか？色々と意見を聞きたいのだ』

国を救った英雄たちが国を破壊しようと企《たくら》んでいたのだ。様々な事情も含め、説明するには時間が必要だろう。

今頃、城の重鎮たちへ話が伝わり、緊急会議の準備が進んでいるのだろうが、『サーチ』

で反応を調べていると思わず溜息《ためいき》が漏れてしまった。

この非常事態だというのに会議室への集まりが悪いどころか、未《いま》だに部屋から出ていない者も見られるからだ。

ある程度はわかってはいたが、これがサンドール国の現状か。とても大国に仕えているような者たちとは思えないが、おそらくこれもラムダの仕業だろう。

サンジェルを隠れ蓑《かくみの》とし、欲望に忠実な連中と裏で接触し、密《ひそ》かに協力して真面目な者たちを次々と城から追い出していたらしい。

そして残った連中はラムダの誘導によって堕落していき、サンドールは内部から徐々に腐っていったわけだ。

その気になればいつでも国を亡《ほろ》ぼせそうなのにこんな面倒なやり方をしているのは、それだけラムダは国を憎んでいるのだろう。

これからサンドールはどうなるのかわからないが、それはサンジェルたちの仕事でもあるので、俺は一度思考を切り替えてこれからについて考える事にする。

あの明らかに一線を越える化物染みた能力と、ワインを調べる時に聞いた師匠の言葉から、連中の秘密についてある程度は推測出来ていたからだ。

『何だろうねぇ……癪《しゃく》だけど、連中から私と似たものを感じるよ』

フィアに手を出した件もあるが、師匠の言葉によって放っておけない存在になったので、俺はもうラムダたちと戦う覚悟は決まっていた。

問題は、相手が予想以上に謎が多く厄介な存在というところだ。

俺の『アンチマテリアル』は通じるとは思うが、あの再生速度を考えると体の半分を吹き飛ばしても普通に再生してしまいそうだ。連中への対策が早急に必要である。

椅子に座り、エミリアの淹《い》れた紅茶を飲みながら思考を続けていると、部屋の隅で落ち込んでいるレウスの溜息が聞こえてきた。

「はぁ……畜生……」

変身してからの戦いは拮抗《きっこう》していたものの、結局ヒルガンは素手のままだったからだ。退けはしたが、相手は二つ名である天王剣とやらも使っていないので、レウスから見れば負けみたいなものだろう。

そんなレウスを、俺たちの部屋に来ているリーフェル姫たちが慰めていた。ちなみにラムダと話している間、フォルトの様子を見ていたセニアもとっくに合流している。

「ほら、そんなに落ち込まないの。貴方《あなた》はジュリアを守ったんだから、もっと自分を誇りなさい」

「それはいいんだけどさ、あの野郎はまだ力を隠している気がするんだ。本気で戦ったのに手加減されていた気がして悔しいんだよ」

「だが、生きているならば問題はあるまい。剛剣殿と戦った事のあるお前なら、その意味がわかるだろう？」

「レウス様らしくありませんね。気持ちの切り替えは素早くでございます」

「……だな。次は負けねえ！」

落ち込んではいるが、闘志は衰えていない。レウスにとって、すでにヒルガンは避けて通れない相手となっているようだ。

レウスは三人に任せておけば問題なさそうなので再び思考を続けていると、紅茶のおかわりを注ぐエミリアと、向かい側に座るリースが俺をじっと眺めている事に気付いた。

「シリウス様。少しよろしいですか？」

「ん、二人揃《そろ》ってどうした？」

「えーと……何て言えばいいかな？　何だかいつものシリウスさんらしくない気がするの」

「先程の戦いにおいて、シリウス様らしからぬ行動が目立ったのですが、何か問題でもあるのでしょうか？」

確かに先程の戦いで、俺は守りを重視して攻撃への積極性が足りなかったと思う。

予想外の攻撃に備えて皆を守る為《ため》なのだが、一番の理由は連中の裏に何か大きな存在が隠れていると考えたからだ。つまり彼に知識を授けた存在や、もっと手強《てごわ》い仲間がいるのかもしれないのである。

だから確実に仕留められない状況である限り、こちらの手札は隠しておきたかったとエミリアとリースに説明するが、二人の表情からしてまだ納得はしていないようだ。

「それだけではありません。他にもお聞きしたい事がございます」

「フィアさんを人質にされたり、私たちに作戦を秘密にしていた負い目かなと思っていたけど、落ち着いて思い出してみたら今朝からそんな状態だった気がするんだよね」

「はい。フィアさんを見る目が明らかに違います」

「べ、別に嫉妬とかじゃないよ。こう、いつもより過剰に心配しているというか……」

「あー……それはだな……」

「ふふ、心配なのはわかるけど、シリウスがそうなるのも仕方がないと思うわよ？」

二人に言われずとも、我ながららしくない部分があるのは十分理解している。

だが、今回ばかりは勘弁してほしい。

大切な人たちに順番を付けるつもりはないのだが、今はどうしてもフィアを意識してしまうのだ。

思わず言葉に詰まってしまう俺の代わりに、隣に座っていたフィアが自分のお腹《なか》に手を当てながら答えていた。

「だってシリウスは、お父さんになるんだからね」

「「「「……えっ!?」」」」

そう……フィアのお腹には、俺の子供がいるのだ。

最初に気付いたのは今朝で、フィアが二日酔いだと報告してきた時である。

朝食を食べ終わり、二人きりになった後でフィアの体を『スキャン』で詳しく調べていたら、彼女が懐妊していると判明したのだ。

『……しばらく酒は禁止だな』

『えっ!? 確かに体はだるいけど、そこまで酷《ひど》い筈《はず》が……』

『もう君だけの体じゃないって事だよ。体への負担は控えるようにしないとな』

『それって……あっ!?』

その言葉と俺の視線で察したのだろう、自分のお腹に触れていたフィアを俺は優しく抱きしめていた。

『おめでとう。遂《つい》にやったな』

『本当……なのね。ふふ、まだまだ時間が必要だと思っていたけど、こんなにも早いとは思わなかったわ。私こそ、ありがとう』

以前、二人目を懐妊したノエルを抱えて喜んでいたディーの気持ちがよくわかる。

しかしまだ本調子ではないフィアに負担を掛けるわけにもいかないので、俺の気持ちが伝わるようにとフィアを優しく抱きしめた。

そのまましばらく抱き合った後、すぐに皆へ懐妊の報告をしようかと思っていたのだが、フィアが待ってほしいと言い出したのである。

どうせならリーフェル姫たちも一緒に……という提案があり、夜に全員を集めて報告しようと決めたところで、ラムダからフォルト将軍の暗殺を持ちかけられたわけだ。

というわけで急遽《きゅうきょ》作戦を考えた俺はフィアだけに事情を説明し、ラムダに従った振りをしていたわけだが、正直なところフィアが人質と聞かされた時の俺はかなり心が乱されていた。

前世では保護した子供を育てはしたが、血の繋《つな》がった子の父親になったのは初めてだったからだ。聖樹の加護でラムダの盛った毒が効く筈がないと思っていたとはいえ、師匠から問題はないと言われるまで心から安心出来なかった。

だからエミリアが膝枕で落ち着かせてくれなければ、何か致命的な失敗をしていたかもしれない。従者として、何より奥さんとしてエミリアの機転には助けられたものだ。

そこまで説明を終えたところで、疑惑の表情だったエミリアとリースが満面の笑みでフィアへと駆け寄っていた。

「ああ……シリウス様のお世継ぎが遂に！　おめでとうございます、フィアさん！」

「おめでとう！　ねえ、お腹を触ってみてもいいかな？」

「ふふ、まだ出来たばかりだから何も変化はないわよ」

普段は姉のような立ち位置であり、エミリアとリースには妹のように接しているフィアだが、今は母親を思わせる優しさに満ち溢《あふ》れていた。早くも母親としての自覚が出始めているのかもしれない。

そしてフィアの許可を得てお腹に触れた二人が喜びの声を上げている中、いつの間にか近づいてきたレウスが何か迷っているように尻尾を振っている事に気付いた。

「もしかして、レウスも触ってみたいのか？」

「あ……うん。でも男の俺が触るのはあまり良くねえよな？」

「貴方は私の義弟なんだから、遠慮なんかする必要はないわよ。ほら、レウスの元気も分けてちょうだい」

「……おう！　へへ、兄貴とフィア姉の子なら、すげぇ強い子に育つんだろうな！」

新たな家族が増える喜びを噛《か》み締めているのか、レウスはフィアのお腹に触れて満面の笑みを浮かべていた。

そんな弟子たちに続き、リーフェル姫たちも祝いの言葉を送ってくれる。

「全く、リースより先になんてやるじゃない。さすがにこの年でおばちゃんなんて呼ばれるのは嫌だから、私の事はお姉さんと呼ぶように教育しないと」

「姫様。ここは素直におめでとうと伝えてください」

「子育ての経験はございますので、私で良ければ何でもご相談ください」

何だかんだ言いながらも、心から祝福してくれるリーフェル姫たちに笑みが溢れる。

ラムダの件といい、ここ数日は気が抜けない事ばかりだったが、皆へ良いニュースを届けられて何よりだ。

気が早いがそのまま名前について話し合おうかと思ったところで、フィアは笑みを浮かべながらエミリアとリースの肩を叩《たた》いた。

「随分と待たせちゃったけど、次は貴方たちの番ね」

「はい……と、言いたいところですが、私はもう少し待とうと思います」

「そう？　あんなにも欲しがっていたじゃない？」

「私たちが同時に子を生《な》しては皆の負担が大きいので、せめてフィアさんの赤ちゃんが生まれてからでも遅くはないと思います。何よりシリウス様のお世継ぎなら、私はすぐさま授かれる自信がありますから」

俺が言うのも何だが、凄《すご》い自信である。その自信がどこから来るのかわからないが、エミリアなら当然ではと思えるから不思議だ。

そんな堂々と答えるエミリアと違い、リースは頬を染めながら遠慮がちに語っていた。

「私も焦らずにゆっくりいいかな？　お母さんになるのってまだ全然想像出来ないけど、赤ちゃん……可愛《かわい》いんだろうなぁ」

「妹に先を越されたらちょっと悔しいけど、リースの子供なら私も楽しみだわ。父さんは人前でも泣いて喜びそうね」

リースの父親……カーディアスは娘を溺愛しているからな。もしリースが懐妊したと知れば、王としての威厳を忘れて泣き叫びそうである。

しかしまずは結婚の報告が待ち受けていると考えていると、ある事を思い出したレウスが窓へを視線を向けていた。

「なあ、兄貴。カレンを迎えに行かなくていいのか？」

「これから会議に呼ばれる予定だからな。それが終わったら迎えに行くつもりだが、カレンならとっくにー……んっ？」

　すでにカレンなら寝ているだろうと思いながら『サーチ』で調べてみれば、俺たちの馬車で寝ていた筈のカレンが移動している事に気付いた。

　ホクトが傍《そば》にいるので安全だとは思うが、あの位置は……。

「シリウス様、どうかなされたのですか？」

「いや、どうもカレンとホクトが馬車の付近にいないようだ。今いる場所は、ラムダたちと飛び去った竜が飼われていた小屋だと思う」

「え、それって不味《まず》くないかな？」

「危なければホクトが騒ぐだろうし、心配はないと思うが……」

「セニア、何か聞こえる？」

「……内容まではわかりませんが、その周辺で何か怒鳴るような声が聞こえます」

　聴力に優れたセニアの報告を聞き、もう一度『サーチ』を放って調べてみれば、カレンとホクトは複数の反応と対峙《たいじ》しているのがわかった。

　危険な状況ではなくても、すぐに様子を見に行った方が良さそうだ。

　何かあれば『コール』の魔道具を通じて連絡してくれと伝えてから、俺はエミリアだけを連れて部屋を出るのだった。

　客人でも勝手に歩き回るのは不味いと思った俺とエミリアは人目を避けながら移動を続

け、カレンの反応があった竜を飼っていた小屋へとやってきた。

「普段は眠っている時間なのに、何故《なぜ》あの子はこのような場所へ来たのでしょうか?」

「気になると勢いのまま行動する子だからな。まあ今回の場合はラムダの騒ぎが元凶だとは思うが」

先程の騒ぎと破壊音は城中に響き渡っているので、カレンが目を覚ましてもおかしくはあるまい。だが普段から睡眠の欲求に抗《あらが》えないあの子が、何故二度寝をせず動き回っているのだろうか?

そう思いながら竜がいた小屋を確認してみれば、大きな建物が見事な程に倒壊していた。おそらくルカに呼ばれた飛竜たちが、天井を突き破って飛び出したせいだと思う。

その崩れた小屋の前に、カレンとホクトの姿があった。

「駄目! それ以上近づいたら駄目なの!」

「ええい、邪魔な小娘めが! おい、早く追っ払え!」

「む、無茶を言わないでください」

「あんな化物、俺たちでどうにか出来る筈が……」

「……オン」

そんなカレンとホクトの前にいるのは、城で働いているであろう貴族と二人の兵士だ。

何やら不穏な空気だが、ホクトがカレンの横で大人しくおすわりしているので特に被害はなさそうだ。

カレンが無事で何よりであるが、あの子は何故両手を広げて貴族たちの前に立っているのだろうか？

普段は見せない必死さに首を傾《かし》げながら近づくと、ホクトが俺たちの存在を教えるように小さく吠《ほ》えた。

「オン！」

「ひっ!?　くそ、この魔物さえいなければ……ん？　貴様は誰だ？」

「私はその子の保護者であり、従魔の主《あるじ》です。申し訳ありませんが、一体何があったのか説明していただけないでしょうか？」

「その人たちが、ヒナちゃんを苛《いじ》めようとするの！」

貴族が答えるより先に、ルカと一緒に竜の世話をしていた少女の事でカレンが吠えた。

『ヒナ』とは確か、ルカと一緒に竜の世話をしていた少女の事である。

それを思い出すと同時にカレンの背後へ視線を向けてみれば、怯《おび》えた目で子供の竜を抱きしめている少女……ヒナの姿があったのだ。

「そこのお前。早くこの小娘と従魔をさっさと追い払え！　邪魔で敵《かな》わん」

「もちろん連れて行きますが、あの子はどうするつもりですか？」

「知れた事を。あれは此度《こたび》の騒ぎを起こした仲間なのだから、罪人として捕まえるに決まっているだろうが！」

状況はどうあれ、あの子がラムダたちと関わっていたのなら話を聞く必要はあるだろう。

だからヒナを確保するのは理解出来るのだが、この貴族……何か妙だ。

考えている間にエミリアがカレンへの下へ向かったので、俺は彼女たちを守るように貴族の前へと立った。

「あの子は町で雇われた子供ですから、何も聞かされず竜の世話をしていただけだと思いますよ。罪人として考えるのは早過ぎるかと」

「そんなものは聞いてみないとわからんだろうが！　それに子供とはいえ、あいつが抱えているのは竜だぞ？　暴れる前に捕まえるべきだ！」

「竜ならばうちの従魔が押さえてくれますし、怯えている子供に尋問したところで碌《ろく》な証言は得られないと思いますよ？　そこで提案ですが、うちの子があの女の子と仲が良いのでこちらに任せていただければ……」

「余所者《よそもの》が我々のやり方に口を出すな！　お前たちも反逆罪で捕まえるぞ！」

言っている事は正しいのに、やけに焦っているのが目立つ。

高貴そうな身形《みなり》と偉そうな態度からしてこの貴族は城の重鎮か、それなりの爵位を持った者だとは思うが、そもそも何故彼はここにいるのだろうか？

「わかりました。すぐに撤収しますが、その前に一つ質問があります。今は城で緊急会議が行われていると聞きましたが、貴方《あなた》はそちらに参加しなくても大丈夫なのですか？」

「だからその会議にそこの小娘を連れて行くつもりで……」

「つまり会議室より先にここに訪れたという事ですね？」

上に頼まれたと言うのならわかるが、会議室よりも先にここに来ているとか、たった数人の兵しか連れていない時点で怪しいものである。

ならば何をしにここへ来たのかというわけだが、貴族の視線がヒナへ……いや、彼女が抱えている子竜に向けられている事で察した。

竜を欲しがる好事家は結構いるので、貴族の狙いはヒナではなく竜という可能性が高い。重要な会議を後回しにするどころか、どさくさに紛れて欲しい物を確保しにくるとは、随分と欲望に忠実な御方《おかた》のようだ。

しかし俺と問答を続けている内に苛立《いらだ》ちも限界に達したのだろう。貴族は強硬手段に出ようと背後の兵士たちへ命じていた。

「これ以上、貴様等《ら》に構っている暇はない！　おいお前たち、あの小娘を捕まえ……」

「止《や》めよ！」

仕方なくヒナへ近づこうとする兵たちだが、突如響いた地鳴りのような大声によって動きを止めた。

振り返って声の主を確認してみれば、そこには坊主頭をした男の姿があり、凄《すさ》まじい威圧感を放ちながらこちらへ近づいてきたのである。

「今の声は貴様か！　私を誰だと思っている！」

「そちらこそ私がわからぬとはな。見た目で相手を判断出来ぬ腑《ふ》抜《ぬ》けが、よくもまあ意見してくるものだ」

「ん……ま、まさか!?」

そう……すっかり変わってはいるが、この坊主頭の男は少し前に俺が倒したフォルトである。ラムダを騙《だま》す為《ため》とはいえ、髪の毛を全て切ったので罪悪感が半端なかったりする。

実に頭がすっきりとしたフォルトは、不機嫌な表情を隠しもせず貴族の前へ立った。すると先程まで偉そうな態度だった貴族は、フォルトの圧力に屈して怯え始めた。

「貴殿は何故ここにいる？　緊急の会議が行われると通達があった筈《はず》だ！」

「そ、それはそちらも同じだろう！　お主こそ、このような場所へ何をしに来たのだ！」

「私はジュリア様の命を受けて客人を捜しにきたのだ。後は私に任せて、貴殿はすぐに会議室へ向かうがいい」

「いや、私は……」

「城の一大事より大切なものがあると言うならば、是非教えていただきたいものだな」

俺たちの会話が聞こえていたのだろう。フォルトの言葉に何も言い返せなくなった貴族は、兵を連れて逃げるようにその場から離れて行った。

これで邪魔者は消えたが、安心するにはまだ早い。作戦とはいえ、俺は彼の命を奪おうとしたのだからな。

ジュリアから事情は聞いているとは思うが、恨まれていてもおかしくはないので静かに警戒を高めていると、フォルトは厳しい面持ちのまま俺を見下ろしていた。

「先程話した通りだ。ジュリア様が呼んでいるので、私と一緒に会議室へ同行願おう」

「それは構いませんが、少しだけ時間をいただけませんか？」

　エミリアから渡された手拭いでヒナの涙を拭いているカレンに視線を向けたところで、フォルトは俺が言いたい事を察してくれたようだ。

「奴《やつ》の関係者か。何か話は聞けたのか？」

「いえ、見ての通り混乱していますのでまだ何も。置いて行かれた点からして有意義な情報を持っているとは思えませんが、あの子はうちのカレンに任せてくれませんか？」

「……いいだろう。何か情報を得られたらすぐに報告しろ」

　そんな予想外の返答と同時に、先程までの威圧感が消えている事に気付いた。

　そういえば、まだ俺はフォルトに謝罪をしていなかったので、この場を借りて謝る事にした。

「……ふん、全ては私が弱かっただけの話だ。結果的に私は生きているし、髪だけで反逆者を特定出来たのであれば問題はない。私の手で解決出来なかったのが心残りだが、貴様がどうしても気になるのならば……」

　そこまで語ったところで、フォルトは俺を真《ま》っ直《す》ぐ見据えながら口元だけ笑みを浮かべたのである。

「この状況が落ち着いたら、私ともう一度戦え。今度は本気でな」

「それならば喜んで。ですがその前に、うちのレウスと戦っていただきたいところですね」

「いいだろう。奴の剣が私の盾をどれだけ震わせるか楽しみだ」

どれだけ厳しい者だろうと、根は武人というわけか。

恐ろしいのは、リースの治療を受けたとしても半日は碌に動けない薬を盛られたのに、すでに歩き回っている点だ。どこぞの剣の変態と同類みたいなので、彼ならばレウスの剣を軽々と受け止めてしまいそうである。

とにかくフォルトは俺たちの行動を止めるつもりはなさそうなので、一旦俺はカレンの前で膝を折って目線を合わせた。

勝手な行動をしていた自覚はあるのだろう。不安そうな面持ちでこちらを見るカレンだが、俺は優しく微笑《ほほえ》みながらカレンの頭に手を置いていた。

「酷《ひど》い事はされなかったか？」

「うん。あの人たち凄《すご》く怒っていたけど、カレンには何もしてこなかったよ」

「そうか、ホクトがいてくれた御蔭《おかげ》だろう。色々と話を聞きたいところだが、ここだと落ち着かないから一旦俺たちの部屋に戻ろうか。もちろん、カレンのお友達も一緒にな」

「いいの？」

「ああ。ヒナちゃんの傍にいてあげなさい」

「うん！」

部屋に連れて行くと勝手に決めてしまったが、フォルトは何も言わないので構わないようだ。

一方、子供の竜を抱いて震えていたヒナであるが、笑顔のカレンが差し出した手を恐る恐るながらも摑《つか》んでいた。

「一度部屋へ戻ってあの子を仲間たちに預けてから会議室へ向かいますね」

「ならば私も行くとしよう。少し事情があるのでな」

疾《やま》しい事はないし、同行を断る理由はないだろう。

調子に乗ってホクトも一緒でいいかと聞いてみれば許可してくれたので、俺たちはフォルトを連れて部屋へと戻るのだった。


予想以上に人数が増えて戻ってきた事に皆は首を傾げていたが、カレンの無事な姿を見て全員が安堵《あんど》の息を吐いていた。

「怪我《けが》は……ないね。カレン、あまり勝手な行動をしちゃ駄目だよ」

「ごめんなさい」

「まあまあ、反省はしているみたいだからその辺にしてあげなさい。ところで、その女の子は誰なの？」

「カレンのお友達のヒナちゃんだよ」

ここまでカレンに手を引かれてやってきたヒナであるが、リースとリーフェル姫たちの視線を受けるなり、カレンの背中に隠れてしまった。

知り合いと一緒にいた竜たちが一斉に消えた上に、周りは見知らぬ相手ばかりなのだから当然の反応だろう。ちなみに子供の竜はホクトに怯えているのか、呻《うめ》き声《ごえ》すら上げずヒナの胸の中で大人しくしている。

ヒナを落ち着かせようとエミリアが紅茶やお菓子を用意する中、ベッドに座っていたフィアが俺に手招きしていたので近づいた。

「子供相手にこういう事は考えたくはないけど、あの子を連れてきて本当に大丈夫なの？」

「さっき調べてみたが、怪しい反応はなかったよ。それに悪意に敏感なカレンが気を許しているし、少なくとも危険はないと思う。すまないが俺は会議に出ないといけないから、状況を見て何とか話を聞いてみてほしい」

「そう、わかったわ。こっちは任せておいて」

ラムダが密偵として残していた可能性を考え、部屋へ戻る途中でヒナと子供の竜を『スキャン』で調べてみたが、特に魔法的な反応は見られなかった。

ちなみに俺たちについてきたフォルトだが、部屋に入るなりレウスへ話しかけていた。

「え？　俺も会議に出ないといけないのか？」

「そうだ。シリウス殿と一緒に参加してもらう」

「行かねえと駄目なのか？　俺は姉ちゃんたちを守らないといけないんだけど」

「だからその百狼《びゃくろう》を部屋に入れる許可を出したのだ。他にも私の信頼出来る部下を部屋の近くに待機させておこう」

「うーん……ホクトさんがいるなら平気か？」

レウスが俺に視線を向けてきたが、ホクトがいるのなら守りは万全なので問題はないと頷《うなず》いておいた。

許可が得られた事で頷いたフォルトは、部屋の扉を開けながら俺たちへ振り返る。

「行くぞ。これ以上ジュリア様を待たせるわけにもいかないからな」

「あ、度々申し訳ないのですが、会議室の前に一つ寄りたい場所が……」

俺の言葉に呆《あき》れた表情を浮かべるフォルトだが、その理由を説明すれば即座に許可してくれたのだった。

そして寄り道を済ませてから会議室へとやってきたわけだが、室内は怒号が入り乱れる混沌《こんとん》と化していた。

騒いでいるのは武官や文官が入り混じった城の重鎮たちで、怒りや困惑の空気からして今回の事件について粗方説明が終わったところだろうか？

会議室内の巨大なテーブルの上座に座ったジュリアは、真剣な面持ちで重鎮を宥《なだ》めようと声を張り上げており、その隣に座るサンジェルは俯《うつむ》いたままだ。

よく見ると、二人の弟であるアシュレイだけがこの場にいない事に気付いた。王族として重大な会議に参加していないのもどうかと思うが、アシュレイの場合は日常茶飯事らしく、いてもいなくても変わらないという事で皆も諦めているらしい。実際、アシュレイがいない事を誰も気に留めていない。

そんな会議室に余所者《よそもの》の俺とレウスが現れた事でより騒ぐ者がいたが、俺たちの後に入ってきたフォルトの睨《にら》みによってすぐに黙っていた。

「ジュリア様。彼等をお連れしました」

「来てくれたか。ではシリウス殿とレウスはそちらの席に座ってくれ」

ジュリアが指したのは彼女の隣の席で、客人が座るとは思えない位置である。

しかし指定された以上は座る他ないので、俺は改めて室内を見渡しながらレウスと並んで席に着いた。

改めて周囲を確認してみれば、会議室に集まった重鎮の数は三十人くらいだろうか？

その半数以上が席に座った俺へ怒りと疑惑の目を向けているのだが、レウスとフォルトの睨みによってすぐに逸《そ》らされる。こんな鬱陶しい視線をぶつけられても不愉快なだけなので、妻たちまで招かれなくて本当に良かったと思う。

最後にフォルトがジュリアの背後に控えたところで、重鎮の一人が俺たちを睨みつけながら口を開いた。

「ジュリア様。先程説明されたのが、その者たちですか？」

「そうだ。国を混乱させようと暗躍していたジラード……いや、ラムダの策を暴き、最悪の結果を回避してくれた恩人たちだ」

何故《なぜ》か妙に誇らしげな表情で讃《たた》えてくれるジュリアであるが、重鎮たちが向ける疑惑の目は変わらなかった。

「本当にそうなのですか？」

「その者たちはサンジェル様に取り入ろうと、卑劣な手を使ってジラード殿を追い出したのかもしれませんぞ？」

「英雄である彼等《かれら》より、こんな得体の知れない冒険者たちを信じろと言うのですか？」

まあ、予想通りの反応である。自分が胡散臭《うさんくさ》いのは自覚しているし、ジュリアとサンジェル以外はラムダの裏切る現場を見ていないので、そう思われるのも仕方があるまい。

だが国を治める王の子たちが言い出した事なのだから、少しは危機感を覚えてもいいとも思う。

なのに大半の重鎮が即座に否定している点から、ラムダがじっくりと浸透させた堕落の毒は想像以上に酷いようだ。仕舞いには俺たちを断罪すべきだと言い出す者まで現れるが、その全ての野次を跳ね返すようにジュリアが声を張り上げた。

「ならば何故彼等はここにいないのだ？　仮にも英雄と呼ばれた者たちが、我が国の財産である竜たちを奪って逃げだしているのだぞ？」

「そうは言われましても、我々は本当にジラード殿がやったかどうか見ていないのです。それで急に信じろと申されましても」

「うむ。あのジラード殿がそのような事をするとは思えません」

反論する者たちは、ラムダから甘い汁を吸わせてもらっていた連中だろうな。

他人からもたらされた楽な道ばかり進んでいたせいで、己の決断力が鈍り、誰かに依存しなければ前へ進めなくなっているのかもしれない。

だから現状を受け入れたくないとばかりに反発しているようだが、フォルトが威圧するように語り出した。

「奴が騒ぎを起こしたからこそ、ジュリア様はこのような時間にお前たちを集めたのだ。この非常事態が判断出来ぬ程に寝ぼけておるのならば、私が目を覚まさせてやろうか？」

「「「うっ……」」」

フォルトの厳格さを嫌でも知っているのか、彼の怒声と威圧感から冗談ではないと重鎮たちも認め始めたようだ。

結果的に脅しみたいな感じになってしまったが、余計な茶々を入れられても鬱陶しいだけなのでジュリアは止める事をしなかった。

ようやく全員が黙ったところで、改めてジュリアは語り出す。

「さて、逃げたラムダたちの行方はわからないままだが、サンドールを滅ぼすとはっきり口にした以上、必ず何か仕掛けてくるだろう。皆には警戒を強めるようにお願いしたい」

「何を悠長な事を！　我等が国に手を出すような痴《し》れ者《もの》には、すぐに追っ手を差し向けて殲滅《せんめつ》させるべきかと！」

「空を飛んで消えた者たちだぞ？　一応フォルトの部下に追わせているが、連中の拠点を掴む事は難しいだろう。だから備えておくようにと私は言いたいのだ」

「う……申し訳ありません。少し気が逸《はや》っていました。すぐに城内へ通達を……」

「お待ちください。その前に問い質《ただ》す事があるのでは？」

伝達の為《ため》に兵を呼びつけようとしたところで、数人が手を上げながらサンジェルへと視線を向けていた。

「サンジェル様。此度《こたび》の責任、どうお取りになるつもりですかな？」

「………………」

「黙っていても結果は変わりませぬぞ？　奴等《やつら》が貴方《あなた》の臣下であるのは周知の事実です」

「うむ。主《あるじ》として、臣下が起こした暴挙の責任を取るべきかと」

俺の次はサンジェルに狙いを定めたか。

言っている事は間違っていないが、責任を全てサンジェルへ押し付けようという魂胆が見え見えだ。

余所者の俺が口を挟む資格はないが、サンジェルだけを攻める光景は見ていて不快だし、弾劾する連中は己の保身しか頭にないようで現状をまだ理解出来ていないようだ。

少しばかり口を挟ませてもらおうかと、俺が声を掛けようとしたその時……。

「いい加減にしやがれ！」

ずっと俯いていたサンジェルが、机に拳を叩《たた》きつけながら叫んだのである。

会議室を揺るがす程の怒声に全員が驚く中、サンジェルは机を叩いた勢いのまま立ち上がって重鎮たちを睨みつけた。

「黙って聞いてりゃ好き勝手言いやがって！　てめえ等も奴に頼っていたくせに何を言っ

ていやがる！」

「何を言うのです！　サンジェル様の臣下である彼を我々が頼る筈《はず》が……」

「俺はもう全部知っているんだよ！　親父《おやじ》が眠ってから急にてめえ等の仲間が増えたのは、裏であの野郎が手を貸していたからだって事をな！」

「苦し紛れも程々にしていただきたいですな」

「なら聞くが、てめえ等は親父が倒れた後の手際が妙に良かったよな？　まるで親父が倒れるのを知っていたとしか思えないんだが、そこんとこを詳しく教えてくれよ？」

「この短期間で、身に覚えのない罪で私の仲間が何人も城から出て行った。実に不思議だとは思っていたが、その辺りの手腕を聞かせてもらいたいものだな？」

サンジェルに同調するように、フォルトも口を挟んでいた。

二人の見透かしていると言わんばかりの視線を受け、一部の者がばつが悪そうに視線を逸らしながら言葉を詰まらせている。

「状況はどうあれ、あの野郎は逃げた。つまりてめえ等も俺と同じく踊らされていたんじゃねえのか？　だったら俺に文句を言う資格はねえよな？」

「しかし上に立つ者として、責任を取らなければ下の者への示しが……」

「だからよ、今は責任だとかそういう問題を言い合っている場合じゃねえんだよ！　何でジュリアがそいつを呼んだと思っていやがる！」

もはや逆切れに近いが、怒りによってサンジェルの調子が少し戻ってきたようだ。

とはいえ、いい加減本題に入りたいところだと密《ひそ》かに溜息《ためいき》を吐《つ》いたその時、思わぬ人物が会議室に現れたのである。

『……無様だなぁ』


決して大きくはないが、身が引き締まるような重く威厳溢《あふ》れる声だった。

その馬鹿にするような声に怒りの声を上げる者がいたが、開かれた扉から現れた声の主を確認するなり、全ての者たちが金縛りに遭ったかのように口を閉ざしたのである。

「ったく……ちょっと寝ていたら、随分と情けない状況になっていやがるな」

「ち、父上!?」

「……親父」

口調は荒々しいが、この場の誰よりも威厳に溢れる男……サンドール王が部屋に入って来たのである。

長い間眠り続けたせいか頬は痩せこけ、獅子《しし》の如《ごと》き立派な髪と髭《ひげ》は艶を失っており、更に神輿《みこし》のように兵たちが抱えている椅子から立ち上がれないようだが、王としての貫録は微塵《みじん》も失ってはいないようだ。

その証拠にあれだけ騒いでいた重鎮たちが一斉に頭を下げ、王がジュリアの横にやってくるまで呻《うめ》き声《ごえ》一つ上がる事はなかった。

「父上。ようやくお目覚めになられたのですね」

「まあな。気分は最悪だが、ようやく動けるようになった」

どうやら眠っているように見えても少しは意識があったらしく、サンドール王は自分のおかれた状況をある程度は理解していた。

何故俺がそれを知っているかだが、実際に彼から聞いたからである。

そう……会議室へ向かう前に寄り道した場所は王の寝室で、彼が眠っていた原因を取り除く為だったのだ。

「よう、兄ちゃん。無理はするなとは聞いたが、やっぱり我慢出来なくてな。ちょっと邪魔させてもらうぜ」

「わかりました。ですが、不味《まず》いと思ったらすぐに止めますからね」

眠り続けていたせいで碌《ろく》に体が動かない筈なのに、笑みを浮かべるどころか軽く手を上げているのだから凄《すさ》まじい。

おまけに原因を取り除き、目を開いてからの第一声が『腹が減った』だからな。ジュリアとフォルトと同じ類というか、彼は間違いなく武闘派の王であろう。

そんな王が椅子ごとジュリアの横にやってきたところで、サンジェルは先程の勢いを失ってまた落ち込み始めたのである。

ラムダに裏切られた事に加え、城を滅茶苦茶《めちゃくちゃ》にされてしまった己の不甲斐《ふがい》なさを情けなく思っているようだ。

「何だ？　娘と違って随分としょぼくれてやがんな。さっきまでの威勢はどうした？」

「……うるせえよ」

「へ、状況は大体聞いているが、裏切られた程度でぐだぐだ悩むんじゃねえよ」

「はあっ!?　親父に何がわかる！」

「はん、怒鳴る元気はあるじゃねえか。言っておくが、王になれば裏切りなんて当たり前だぞ？　落ち込むなとは言わんが、それを表に出しているんじゃねえよ」

相棒に裏切られたのだから落ち込むのも当然だろうが、王として多くの者と関わり、戦ってきた父親の言葉は何よりも重く、サンジェルは何も言い返せずにいた。

「まあ王としては未熟だが、俺の国を守ろうとする心意気だけは立派なもんだ」

「……守れてねえだろ」

「だから心意気だけって言ってんだろうが。てめえはまだひよっ子なんだから、失敗すんのは当たり前なんだよ」

そんな中、ようやく立ち直り始めた重鎮たちが、緊張した面持ちで王へ語り掛け始めた。

「王よ。お目覚めになられて何よりでございます」

「ん？　おお、すまんすまん。話の途中で割り込んで悪かったな」

「いえ。王が目覚めたのならば些細《ささい》な問題でございますが、先程の言葉は一体どういう事でしょうか？」

「無様と申していましたが、まさか我々の事では？」

「てめえ等に決まってんだろ。聞いているだけで苛々《いらいら》するくらい情けなかったからよ」

何を言っているとばかりにサンドール王は心底呆《あき》れた表情で答え、重鎮たちを見下しながら続きを口にする。

「責任とかほざいてばかりで、国がやばいって事に気付いていねえ無能ばかりだってんだからな。逃げた連中がどういう奴なのか、もう一度よく考えてみやがれ」

「ご冗談を。かつて英雄と呼ばれていたとはいえ、たかが三人ですぞ？　我が国の戦力の前では大した相手ではありませぬ」

「そんな大した事のない奴に、好き勝手やられていたのはどこのどいつだ？」

「王よ。それ以上我々を愚弄するのは止《や》めていただきたいのですが」

「餌を待つばかりの老犬が吠《ほ》えるな！」

王として、以前の彼等を知っているからこその言葉なのだろう。ラムダの魔の手が伸びるまでは、王から見れば有能な者たちだったのかもしれない。

「俺はてめえ等の貪欲さを買っていた。飢えた狼《おおかみ》のように手柄を立てて、俺の玉座を狙う気概をな。だがちょっと見ない間に、牙や爪を抜かれるどころか、他人から貰《もら》った手柄で踏ん反り返る腑《ふ》抜《ぬ》けになっちまった。そんな野郎は俺の国にはいらねえ」

「お、お待ちください！　全てはジラード……いや、ラムダの策略でございます！」

「これからは心を入れ替えて……」

「奴から何を吹き込まれたかは知らねえが、そうなったのはてめえ自身のせいだ。後で色々聞かせてもらうから、余す事なく吐けよ。処分を決めるのはそれからだ」

もはや死刑宣告のような言葉に身に覚えのある重鎮たちは絶望の表情を浮かべるが、王は不敵な笑みを浮かべながら更に言葉を重ねる。

「先に言っておくが、向こうに寝返るのは止めといた方がいいぜ。なあ、兄ちゃんよ？」

「……そうですね」

ここで俺に会話のバトンを渡すときたか。

本来なら、国がどれだけ崖っぷちにあるかという事をじっくり理解させていこうと考えていたのだが、王によって色々と省略されてしまったな。

まあ手間が省けたのは事実なので、俺はこの会議で伝えるべき重大な説明を始める。

「私的な見解ですが、今のラムダは憎しみのあまりに心が壊れていると言っていいでしょう。そうでなければ、わざわざ憎い国の英雄、復讐《ふくしゅう》すべき相手を助力する回りくどい手段を取る筈がありませんから」

「しかしラムダたちは内部から国を弱体化させていたのだ。私たちの戦力を警戒しての行動ではないのかい？」

「それもあり得ますが、もっと別の理由があると思います。お二人が見たようにラムダたちの能力は未知数で、その気になれば城をも軽々と破壊出来たのですよ？」

そこで許可を貰い、近くの壁に穴を開けて内部に伸びる無数の植物を皆へ見せた。

ただの植物だと首を傾《かし》げる者が大半だったが、外に堂々と残る、俺の『ストリング』を破る為にラムダが伸ばした巨大な植物を思い出したのか、俺の言葉が冗談ではないと理解したようだ。

「何時《いつ》でも復讐を果たせた筈なのに手を下さず暗躍をし続け、正体がばれるとあっさり逃げ出した。その詳しい理由はわかりませんが、一つだけわかる事があります。おそらくただ殺すのではなく、絶望を味わわせないと気が済まないのでしょう」

人は喜びが大きい程、失敗した時の不満が大きくなるものである。

サンジェルを隠れ蓑《かくれみの》にして憎んでいる相手に裏から手を回していたのは、夢である玉座が届く地位まで成り上がらせた後で全てを破壊するつもりだったと思うのだ。

こんな面倒な事を本気でやるには、心が壊れる程に憎んでいなければ到底出来まい。

「要するに復讐だろ？　恨まれている連中を引き渡せば解決するんじゃねえのか？」

「――っ!?」

数人の犠牲で国が守れるのであれば、王は躊躇《ちゅうちょ》なく差し出すだろうな。

その冷徹な言葉に反応する重鎮が見られるが、俺は首を横に振って否定した。

「いえ、すでにこの国が存在する事自体が我慢出来ないと、本人がはっきりと言っていました。サンドールが滅ばない限り、ラムダは止まらないでしょう」

国を捨てて逃げるのも一つの選択だが、奴は地の果てまで追いかけてくるので無駄だろうと補足したが、サンドール王の表情からしてそのつもりはないようだ。

「過去はどうあれ、ここまで俺の国を荒らしたんだ。逃げるつもりなんか微塵もねえな」

「私もです、父上。兄さんを裏切った者を許せませんし、ヒルガンのような痴れ者《しもの》は斬らなければ気が済まない！」

実に頼もしい王とその娘であるが、問題はここに並ぶ重鎮たちの方だな。

一部は王に賛同するように意気込んでいるが、不安気な表情で必死に考えを巡らしている者も多々見られるので、そんな逃げ腰な連中へ俺は告げた。

「念《ねん》の為《ため》に伝えておきますが、もしラムダたちから接触があったとしても手を貸すのは止めるべきですね。用が済めば、死ぬより辛《つら》い目に遭わせるのが目に見えていますから」

お前の命だけは助けてやる……とでも囁《ささや》かれてしまえば、簡単に乗ってしまいそうな者が多そうだからな。

もうどちらかが滅ぶまで戦うしかないのだと、俺は脅しつつ釘《くぎ》をしっかりと刺しておくのだった。

こうして皆が現状を理解したところで、サンドール王が一旦会議を終わらせると宣言した。ラムダと関わりがあった者たちから事情聴取をし、処分の決定をする為である。

「いいかてめえ等《ら》。方針が決まるまで、無断でこの会議室から出ようとしたり、城を離れようとする者は裏切者と見なす。疾《やま》しい事がないのなら大人しくしていればいいし、身に覚えがある奴《やつ》はどちらにつけば命が助かるか、よーく考えておけよ」

これから一人一人別室に呼びつけて審問を行うらしい。

この場で問い詰めてもいいのだが、個人なら保身の為に他との繋《つな》がりを吐き易《やす》いだろうと考えての事だ。顔に様々な表情を浮かべ、緊張した面持ちで椅子に座っている重鎮たちと王は徹夜確定だろうな。

俺とレウスは部屋に戻っても構わないと言われたので、城内に張り巡らされた植物の処分でもしようかと考えていると、突然思い出したかのようにサンドール王が語り始めたのである。

「それじゃあ、俺もけじめをつけるとするか。こんな状況で暢気《のんき》に寝ていたのは事実だからな」

「親父《おやじ》がそんな事をする必要はねえだろ。悪いのは簡単に振り回されていた俺たちだ」

「父上は卑劣な手で眠らされていただけです」

「いや、そもそも俺がしっかりと決めていなかったのが原因でもあるんだ。というわけで、俺はこの問題が片付いたら王を辞めるから、次の王はサンジェルで決定な」

「「「……………はあ？」」」

国の一大事でもある王の引退と継承宣言を、彼はまるで夕食の献立を決めるようにあっさりと言い放った。

一般的に考えて、長男であるサンジェルが継承するのは別段おかしくはないのだが、こんなにもあっさりかつ今の状況で決めるのはどうなのかと思う。

唐突な発表に誰もが唖然《あぜん》とする中、王はサンジェルの背中を叩《たた》きながら豪快に笑うばかりである。

「心意気だけは十分なんだ。後はてめえ等が支えるか、鍛えてやれば一端の王になれるだろ。何せ俺の子だからな」

「ちょ、ちょっと待てよ！　今の俺にそんな資格があるわけねえだろが！」

「資格がどうとかは俺が決める事だ。それに、奴に騙《だま》されていた連中の中でお前は苦労していたそうじゃねえか？」

誰かが手を抜けば、その分だけ他に皺寄《しわよ》せがいくものである。

楽な仕事ばかり選んでいた重鎮たちの不足分を、サンジェルが補ってきたのだ。もちろん一人だけでやっていたわけではないが、サンジェルの負担は相当なものだった筈《はず》だ。

それも全てラムダの暗躍によるものだが、少なくともここ数日でサンジェルが楽をしている光景を俺は見た事がない。

「それに失敗や苦労を味わっている奴は強くなれるもんだ。まあお前が嫌だって言うなら、ジュリアかアシュレイだな」

「アシュレイは……無理だろ。あいつは王になる気は微塵《みじん》もねえし」

「ならジュリアだな。おい、お前はサンドールの女王になるつもりはあるのか？」

「いえ、兄さんがいるのならば玉座を継ぐつもりはありません。それに私は遂《つい》に見つけましたので」

「見つけたって、何がだ？」

「おお!? そうか、お前の目に適《かな》う奴が現れたのか！」

そこでジュリアは爽やかな笑みを浮かべたかと思えば、レウスの前で片膝を突きながら宣言していた。

「レウス。この言葉はサンドールの王族ではなく、一人の女性としての言葉だ。心して聞いてほしい」

「ああ、とにかく聞けばいいのか？」

「うむ。私はレウスに求婚を申し込む。どうか私の伴侶になってくれないだろうか？」

「…………え？」

これまで会議に呼ばれた理由がよくわからなかったレウスだが、ここにきてようやく判明した。まあ……うん。告白は結構なのだが、一般的に見ると立ち位置が逆なので微妙にシュールである。

英雄たちの裏切りから始まり、軽々と宣言された王の引退と継承者の指名に、王女の求婚宣言。今日一日だけで、一体どれだけの衝撃がこの国を襲ったのだろうか。

別な意味で再び騒がしくなった会議室と、告白で呆然《ぼうぜん》とするレウスを眺めながら、俺はどうやってこの部屋から脱出しようかと考えるのだった。

「……そのような事情があったのですね」

「ああ。ただでさえ大変なのに、もう滅茶苦茶《めちゃくちゃ》だったよ」

会議室を騒然とさせたジュリアのプロポーズから数分後。

俺とレウスは仲間たちが待つ部屋へと戻り、何があったのか皆へ報告したわけだが、予想を超える展開に皆もどう反応すればいいかわからないようだ。

王の継承やラムダの問題も大事ではあるが、今の俺たちが一番気になるのはジュリアの婚約宣言である。

俺から説明を聞いたエミリアは、何かを誤魔化すようにテーブルの菓子を食べ続けているレウスへと鋭い視線を向けた。

「それで？　貴方《あなた》はジュリア様の告白に何て答えたのでしょうか？」

「い、いや。いきなり言われてもわからねえから、ちょっと待ってほしい……って」

「うーん……さすがに今回はレウスの気持ちがわかるかも」

「そもそもあんな場で告白するのが変なのよ。で？　貴方は何でここにいるのかしら？」

「もちろん、レウスの家族に改めて挨拶をする為さ」

当たり前のようにレウスの隣で座っているジュリアに皆の視線が突き刺さるが、当の本人は何が問題だと言わんばかりに紅茶を優雅に飲んでいる。

「あのような場で告白をしたのは、私の気持ちがどうしても抑えきれなかったからだ。情けないが、まだまだ心が未熟な証拠だよ」

「思い立ったら即行動ね。良くも悪くも貴方らしいわね」

「あの、それよりジュリア様は向こうにいなくても平気なんですか？」

今頃サンドール王は、次期継承者であるサンジェルと一緒に重鎮たちを一人一人審問している筈だ。ジュリアが絶対に必要とは言わないが、せめて王族として一緒にいるべきではないかと思う。

しかしその問い掛けに対し、ジュリアは気にした風もなく笑うだけだ。

「父上から必要はないと言われているから問題はない。寧《むし》ろ運命の相手を見つけたのならば、力尽くでも手に入れて来いと言いながら、快く送り出してくれたよ」

確かにあの王ならばそう言いそうである。

それでいいのかと思わず首を傾げるエミリアとリースであるが、そんな二人へジュリアは王子様のように爽やかな笑みを向けていた。

「一つ頼みがある。臣下がいない場では、私の事を様付けで呼ぶのを止《や》めてほしいんだ。特に貴方たちは、将来私の義姉《ねえ》さんになるのだからね」

「呼び方については追々話すとして、今はレウスを優先しましょうか。この際、はっきりとお聞きしますが、ジュリア様は何故《なぜ》レウスを伴侶に選んだのでしょうか？」

「そうね。相手がいなければ剣と結婚するとか冗談を言っていた貴方が、いきなりそんな事を言い出すんだもの。是非とも理由を聞かせてほしいものね」

「やっぱりジュリア様……さんを守ってくれたからですか？」

これまでの状況から考えるに、ジュリアは強い男が好みだと思う。

更にレウスはジュリアとの模擬戦で勝ち、ヒルガンの手から救ってくれた上に敵の攻撃から身を挺《てい》して守ってくれたのだ。

だからジュリアが惚《ほ》れるのもわからなくはないが、彼女の様子からするとそれが決め手ではない気がする。

「確かに私はレウスを知る内に彼へ惹《ひ》かれていた。しかし伴侶にしたいと思った一番の理由は、私の髪を守ってくれたからなのだ」

己の長い髪を慈しむように撫《な》でるその姿は、彼女と出会ってから初めて見た女性らしい仕草だったかもしれない。

俺が何度も思ったように、剣士を志す者にとって長い髪は邪魔なので何故切らないのか疑問には思ってはいたが、その理由をジュリアはゆっくりと語り始めた。

「幼い頃に亡くなった母上は、私を本当に可愛《かわい》がってくれた。王の妻という立場でありながらも、私の世話を侍女に任せたりはせず、毎日のように私の髪を櫛《くし》で梳《す》きながら綺麗《きれい》だと褒めてくれたのだ」

「それは……素晴らしいお母様ですね」

「私のお母さんも毎日梳いてくれたなぁ」

「私が剣を習いたいと言った時も、やりたい事が出来たのなら精一杯やってみなさいと背中を押してくれたのだ。私にとって母上は、父上より尊敬する御方《おかた》でもある」

あの王の妻だけあって、芯が強そうな女性のようだ。

すでに思い出としてふっ切れているのか、悲しそうな雰囲気をジュリアは見せなかったが、真剣な表情で己の髪に巻いたリボンに触れていた。

「そんな母上がよく言っていたのだ。強くなる事は大切だし、男の子みたいに振る舞うのは構わないが、貴方もいつか好きな男性を見つけて結ばれる女の子だから……と」

「やはり母親として、その辺りを心配はしていたようね」

「もしかして、髪を大事にしている理由って……」

「ああ、髪は大切にしなさいと、母上は亡くなる間際まで口にしていたのだ。私の綺麗な髪に惹かれた男の子たちの中に、運命の相手が見つかるかもしれないから……と」

ジュリアの母親は運命と口にしていたようだが、そこまで深い意味はなかったと思う。

おそらく自分より剣に夢中なジュリアに、少しでも女性らしさを残してもらいたいという苦肉の策だったのかもしれない。まあ彼女の輝くような金髪は男女問わず相手を魅了しているので、母親の策は成功したとも言える。

「私にとって髪は母上との絆《きずな》だ。その大切な髪をあの痴れ者は遠慮なく摑《つか》んだが、レウスは私の髪ではなく奴の腕を斬って助けてくれた上に、本気で怒ってくれたのだ」

「あれは……あの野郎が許せなかっただけだ。ジュリアの為だけじゃねえよ」

最初は二人の剣をヒルガンは生身の腕で止めていたからな。

だからヒルガンの腕を狙ったのは、単純に斬れなかったからだとレウスは否定する。

「それでも私の為に怒ってくれたのは事実だろう？　君が発したあの言葉は私の心を激しく揺さぶったんだ。自分が女だというのを、これでもかと思い知らされたよ」

自分より強く、強者を挫《くじ》き弱者を守れる優しさに溢《あふ》れ、女性の髪の大切さを知っている。

つまりジュリアの好みにレウスはド直球だったわけだ。正に運命の相手が現れたようなものだろう。

「思えば君の真《ま》っ直《す》ぐな剣を受けた時から、この気持ちは芽生え始めていたのかもしれないな。だがあの時の私は怒りに任せて君を追いかけ回すという、実に無様な姿を晒《さら》してしまった。我ながら本当に情けないと思う」

これで頬を染めて恥ずかしそうにしていれば、さぞ多くの男を魅了したかもしれないが、相変わらずジュリアは凛々《りり》しい表情である。

そんな事を考えている俺と違い、女性陣はジュリアの真剣な想《おも》いを理解したのか納得するように頷《うなず》いていた。

「どこか抜けている私の弟を、そのように思ってくれて嬉《うれ》しく思います」

「まさか貴方がレウスを選ぶとはね。まあ色々と鈍くて子供っぽいところはあるけど、将来いい男になる素質は持っていると思うわよ」

「でも、レウスには……ねえ？」

「はい。ジュリア様にはきちんと伝えるべきでしょう」

そこで言葉を止めたエミリアは、貴方から話しなさいと言わんばかりに弟へ視線を送っていたので、レウスは少し考える素振りを見せてからジュリアへと体を向けた。

「あ、あのさ。ジュリアの気持ちは嬉しいんだけど、俺にはもう恋人がいるんだ」

「ふむ、何人だい？」

「へっ!? え、えーと……二人……かな？　ノワールとマリーナって子なんだけど……」

思わぬ返答と、もっとはっきり言いなさいと訴える姉たちの視線に困惑しながらも、レウスは何とか答えていた。

俺たちにとって家族のような存在であるノエルの娘……ノワール。

そしてレウスの親友であるアルベリオの妹……マリーナの二人がレウスの恋人である。

気になるのは、ジュリアが嫉妬する素振りどころか当然とばかりに人数を聞いてきた点だが、これは予想していたという事なのだろうか？

「待てよ。マリーナとは確か……アルベリオ殿の妹だったかな？　そうか、あれ程しっかりした彼女ならわからなくもない」

「ジュリアはマリーナと話した事があるのか？」

「面と向かって話した事はないが、アルベリオ殿の傍《そば》に控えて色々と補佐している姿を何度も見たよ。そうか、つまり私は三番目というわけか」

「え、三番目？」

「ノワール殿の事は知らないが、二人の後に告白したのだ。私が三番目なのは当然だろう？」

どうやら恋人が複数いる点は全く気にしていないらしい。

色々と突っ込みたい部分はあるが、まだレウスの本音が伝わっていないので、俺たちは口を挟まず二人のやり取りを眺めていた。

「なあ、そもそも俺はジュリアの事が好きかどうかさえわかっていねえんだぞ？　いきなり伴侶とか言われても困るって」

「それもそうか。嬉しさのあまりレウスの気持ちを考えていなかったよ。すまなかった」

「そっか。じゃあしばらくは……」

「では改めて聞くが、どうすれば私を伴侶にしてくれるんだい？　今まであまり意識はしていなかったが、私は男性に好まれる顔と体つきをしているそうだぞ？」

「だから急に決められねえって！」

少しでもレウスの気を惹けるならばとジュリアの攻めは続く。

それにしてもレウスの反応が微妙に変だ。普段ならもっとはっきり断ると思うのだが、今回はどこか迷っているように見えるのだ。

おそらく心のどこかでは、ジュリアを好ましく感じているのだろう。

レウスは見た目ではなく人の本質を見るので、それだけジュリアの真っ直ぐな性格と好意がレウスの心を揺さぶっているのだろう。

あるいは、初対面が模擬戦という剣士同士のやり取りから始まったせいか、ジュリアを女性としてではなく親友のような感覚で見ていたから戸惑っている可能性が高い。

その辺りは時間が解決しそうだが、二人には大きな壁が一つある。

三人も妻《めと》を娶っている俺が口を挟む資格はないと思い黙っていると、同じ考えに至っていたリースとリーフェル姫が代弁してくれた。

「あの……ジュリアさんはレウスを婿に迎えるつもりなのでしょうか？」

「そうよ。私たちは別に反対しているわけじゃないけど、レウスとの結婚は貴方の立場的に色々と厳しいんじゃないの？」

どれだけ俺たちに気さくだろうと、彼女は一国の王族なのだ。

二人のそんな質問に対し、ジュリアは特に動揺もせずあっさりと答える。

「婿になってくれるに越した事はないが、私はどちらでも構わないと思っているよ」

「つまり婿になれば、俺はこの国の王族になるって事か？　別になりたくねえんだけど」

「そうか。ならば私が嫁に行くとしよう。なに、次の王は兄さんで決まったから、私は自由にしても構わないだろう」

「えぇ……そんな簡単に決めていいのかなぁ」

「ちょっと！　もう少し悩むとか、せめて家族と相談……って、もうしていたわね」

「ああ。私に伴侶が出来るのを諦めていたから、父上は全力で応援してくれるさ」

国の王女が政略結婚に使われる話を聞くが、ジュリアの場合はそれに当て嵌《はま》らないらしい。更に重鎮全員が碌《ろく》に反論出来なかったジュリアの父親が応援している以上、身分差による問題は解決したようなものなので、後はレウスの心次第というわけだ。

他にノワールとマリーナの事もあるが、これはかりは実際に会わないとわからないので、今はどうする事も出来まい。

とりあえずレウスとジュリアはお互いをよく知る為《ため》に、テーブルを挟んで話し合う事となった。エミリアたちも会話に加わって……いや、監視しているので、何だか保護者同伴のお見合いみたいである。

「えーと……ジュリアの趣味は何だ？」

「私の趣味？　もちろん剣を振る事さ」

「俺もだ。剣を振っていると、何だか心が落ち着くんだよな」

とてもお見合いとは思えない会話だが、二人は楽しんでいるので間違ってはいない……と思う。とりあえず放っておいても大丈夫そうなので俺は席を外し、奥の部屋にいるフィアの下へ向かった。

そこにはカレンと子供の竜を抱いたヒナが仲良くベッドで寝ており、そんな二人と一体をフィアが隣のベッドに座って穏やかな表情で眺めていた。

「よく眠っているようだな」

「騒ぎが起こってからずっと気を張っていたみたいね。でもここが安全だって理解したら、気絶するように眠っちゃったわ」

「そしてカレンも限界を迎えたわけか」

どちらにしろ、子供ならすでに眠っている時間だからな。まだ解決していない問題は多いが、今は何もかも忘れてゆっくりと休んでほしいと思う。

そして近くで伏せているホクトの頭を撫でた後、俺はフィアの隣に座ってから小声で話し掛けた。

「ヒナと話して何か分かった事はあるか？」

「あまり会話は出来なかったけど、少なくともヒナちゃんはこの町の子供じゃないって事だけは判明したわ」

ラムダたちの説明によると、町に住んでいたヒナを雇ったと言っていたが、実際は別の大陸で奴隷として売られていた子供らしい。

本人は当時の事をあまり覚えておらず、この国に仕える前のラムダに買われてから、言われるがままにずっとついてきたそうだ。

「ヒナちゃんは命令された通りに竜の世話をしていただけで、重要な事は何も聞かされていないみたい。ただ、腕や足に怪我《けが》とは思えない傷痕が幾つもあるのが気になるわね」

「実験の結果かもしれないな。ラムダたちはこの子の秘密に気付いたからこそ、奴隷商人から買ったんだろう」

「危険はないって言っていたけど、ヒナちゃんの秘密って何？」

真剣な表情でこちらを見るフィアに俺はゆっくりと頷く。

会議室へ向かう前に行った『スキャン』では、ヒナの体内にラムダの手が加えられた形跡はなかったが、この幼い子には……。

「この子には竜の血が流れているみたいなんだ」

「それってまさか……」

「ああ。見た目は人族だけど、ヒナからは竜族と近い反応を感じたのさ」

自分は竜族と人族の間に生まれた子供だと語ったルカだが、あれは嘘《うそ》の可能性が高い。

彼女の体に触れて調べていないので確実とは言えないが、体中の鱗《うろこ》を弾丸のように放ったり、己の角を自ら引き抜いて爆弾のように投げてきた時点で竜族とは思えなかった。

ゼノドラに聞いた話によると、竜にとって己の角は魔力を集中させる重要な器官なので、あんな使い捨てのように消耗するなんて絶対にあり得ないそうだ。だからルカを……いや、あの三人を人や竜族という一般的な括《くく》りで考えては駄目だろう。

少し考えが逸《そ》れたが、とにかく人族と竜族の間に生まれたというのはヒナの事であり、ラムダたちは彼女の血や肉体を調べて竜を操る術を見つけたと俺は考えているのだ。

「殴られた痕はないから、虐待をされていないのがせめてもの救いかもしれないな」

「そうね。もしこの子が成長していたら、間違いなくあの大男に襲われていたわね。あの子みたいに……」

実験によって心を壊されたあのエルフの事を思い出しているのか、フィアの表情に少し陰が見られた。

ラムダの命令がなければ、会話すら出来ない人形になってしまったフィアの同胞は、現在ラムダの仲間だと疑われて城の牢屋《ろうや》に入れられている。

しかし自我を消されてしまった彼女が何も語れる筈《はず》もなく、尋問している者たちも困り果てているそうだ。ジュリアがしっかりと周りに言い聞かせておかなければ、間違いなく拷問も行われていただろう。

「彼女については後で王に相談してみる。もう少し待っていてくれ」

「お願いするわ。けど、この子も忘れちゃ駄目よ」

「ああ。カレンの友達になった子だし、何とか守ってやらないとな」

ヒナの身柄を引き取る事が出来たら、カレンの故郷に戻ってゼノドラたちに相談してみるのもいいかもしれない。

見た目と種族は違えど、姉妹のように仲良く眠る二人を眺めていると、俺の緊張も大分緩んできたのか自然と欠伸《あくび》が出てきた。

「ふぁ……これ以上起きていてもやる事はないし、少し休むか」

「貴方《あなた》に任せてばかりで悪いとは思うけど、壁の中にある植物は大丈夫なの？」

「そっちはもう済ませているよ」

ラムダが城中に張り巡らせた植物は、すでに俺の魔力を過剰に流して全て枯らしておいた。これで奴《やつ》に城が破壊される事もないし、情報が流れる事もあるまい。

今は審問が終わるまでゆっくりと休ませてもらおうと、装備を外した俺は空いたベッドへ座った。

「先に眠らせてもらうよ。何かあったら遠慮なく起こしてくれ」

「もう、心配し過ぎよ。こっちの事は気にせず朝までゆっくりと寝ていなさい」

「その通りです。私たちも頃合いを見て休みますので、後はお任せください」

先程までレウスの隣に控えていたエミリアだが、俺が眠ると聞いてすぐに毛布を持ってきてくれた。

その毛布を体にかけながらベッドに寝転がると、不意に添い寝をしてきたフィアが優しく俺の頭を抱きしめてくれたのである。

「ん？　まだ何か不安な事でもあるのかい？」

「違うわ。実際は聖樹様がくれた加護の御蔭《おかげ》だけど、貴方が守った二人分の命をしっかりと感じてほしいのよ」

「……全く。子供の母親どころか、俺の親にでもなったつもりか？」

「それが貴方の為になるなら、私は何にでもなってあげるわ」

フィアなりに俺を労《いたわ》ろうとしているので、ここは素直に甘える事にした。

愛《いと》しい人の鼓動と体温を直接感じた事で、改めてフィアだけでなく俺の子供が無事だと実感が湧いたのだろう、数秒も経《た》たず、自然と瞼《まぶた》が下りて意識が遠くなっていく。

「今日は本当にお疲れ様。ゆっくりお休みなさい」

「おやすみなさいませ」

最後にエミリアとフィアの優しい声を聞きながら、俺は眠りにつくのだった。

こうして長い夜は終わり、外が明るくなり始めた頃に俺は自然と目を覚ました。

甘い匂いと温《ぬく》もりを感じつつ横を見れば、穏やかな寝息を立てているフィアの顔が間近にあり、その反対側では……。

「うふふ……おはようございます」

「おはよう」

俺の腕に抱きついて頬を摺《す》り寄せるエミリアの姿があった。

エミリアが甘えてくるのは日常茶飯事ではあるが、いつベッドに潜り込んできたのか全く気付かなかったので、昨夜は俺も相当疲れていたようだ。

そして俺の匂いを十分堪能したところで起き上がったエミリアは、従者としてのスイッチに切り替えてから報告をしてくれた。

「シリウス様がお休みになってからは、特に何も起こりませんでした。ホクトさんだけでなく、セニアさんとメルトさんもいてくれたので部屋の警戒は万全でしたよ」

「彼女たちは部屋に戻らなかったのか？」

「はい。リーフェル様がしばらく全員が一か所に集まっておいた方がいいと仰《おつしや》いまして」

「そうか。気を遣わせてしまったようで申し訳ないな」

「いえ、そうでもないかと……」

複雑な表情を浮かべるエミリアの視線の先には、ベッドの上でリースを抱き締めて満足そうに眠るリーフェル姫の姿があった。一見すると仲睦《むつ》まじい光景だが、姉の方は無意識に力が入っているのかリースの表情がどこか苦しそうである。

すぐに起こすべきかどうか悩んでいると、皆の紅茶を用意していたセニアが会話に入ってきた。

「久しぶりにリース様と一緒のベッドなのです。もう少しだけリーフェル様の好きにさせてあげてくれませんか？」

「いや、リースが苦しそうなんだが……」

「ああ見えて加減はしていますので」

リースも寝ている時に抱きつく癖があるが、リーフェル姫はそれを上回るらしい。

その暑苦しい程の愛情に苦しむリースからそっと目を逸らせば、別のベッドで眠るレウスの姿が確認出来た。さすがのジュリアも同衾《どうきん》はしなかったようだ。

「ジュリア様ですが、レウスとしばらく語り合ってから自分の部屋へとお戻りになられました。今度、一緒に剣の素振りをする約束をしたようです」

「情熱的なアプローチが続いているようだな。ところで、エミリアはこの件についてどう思っているんだ？」

「そうですね。レウスが複数の女性を娶るのは構わないと思っていますが、鈍感なあの子がジュリア様だけでなく、ノワールちゃんとマリーナにまで気をしっかりと回せるか不安を覚えています」

「中々手厳しいな。だが、気持ちはわからなくもない」

「でもレウスの性格を知った上で付き合おうとしているんだから、大丈夫じゃない？　何かあれば皆で話し合って決めればいいのよ」

エミリアと話している間に目が覚めたフィアが、欠伸《か》を噛み殺しながら体を起こしていた。少し楽観的な気もしなくはないが、フィアの言う事も一理あるので今は静かに見守るべきかもしれない。

最後に部屋のソファーで休んでいるメルトを確認したところで、俺はベッドを降りて体をゆっくりと解《ほぐ》し始めた。

「ふぅ……あれから何もなかったって事は、まだ審問は終わっていないわけか」

「あの王様も元気よね。でもそれくらいの気概がないと王なんて務まらないのかしら」

「シリウス様。これからどうなされますか？」

「まずは食事だな。どうせ彼女がやって来ると思うから、それから食事にしよう」

何はともあれ、今日も色々とありそうだから食事で活力を得ないとな。

そう伝えながら体の柔軟を続けている内に皆も目覚めたので、各々が朝の身嗜《みだしな》みを整えていると、予想通りジュリアが現れた。

昨日と同じく相変わらず元気一杯のジュリアだが、今日は一人ではなく朝食の用意をした使用人を数人連れてきていた。

「父上が目覚めたものの、城内はまだ混乱しているからね。申し訳ないが、本日の朝食は運んでもらう形にさせてもらったよ」

「こちらとしてもその方が助かります。しかし朝から肉ですか……」

「うむ。やはり朝はしっかり食べないと力が出ないからな。もちろん野菜や果物も沢山用意してあるので、皆は好きなものを食べてくれ」

「全部大盛りで！」

「俺も！」

美女が朝から肉を大量に平らげる姿は中々の光景であるが、うちには鋼鉄の胃袋を持つハラペコ姉弟……リースとレウスがいるので大して気にはならない。

一方、目が覚めるなり逃げだそうとしたヒナだが、今はカレンと並んで朝食を食べていた。どんなに怖くても空腹には勝てなかったようだ。

「……美味《おい》しい」

「うん。でも先生やお姉ちゃんたちが作ってくれた物の方がもっと美味しいよ！」

「……いいなぁ」

「じゃあ一緒に食べよう。いいよね？」

「ああ。近い内に作ってあげるよ」

王を目覚めさせる薬用として用意させたスパイス類があるので、カレーでも作るかと考えていると、隣でずいぶんと場違いな気配を放っている者がいる事に気付いた。

その犯人はレウスの隣に座るジュリアで、何故《なぜ》か手にしたフォークを真剣な表情で見つめたまま固まっているのである。

「……レウス。実は先程、私の身支度を手伝ってくれる侍女たちに相談をしたんだ。意中の相手と仲を深めるには何をすればいいのかと」

「お、おう。いきなりそんな事を聞いたから、向こうも驚いたんじゃないのか？」

「うむ。泣いて喜んでくれたよ。中には殺気を放つ者もいたが、何故あんなにも怒っていたのだろうな？」

「俺に聞かれてもわからねえよ」

「とにかく侍女たちに色々聞いてみたところ、男女の仲を深めるとっておきの方法があると教えてもらったのだよ」

そう説明を続けながら、ジュリアは小さく切り分けた肉をフォークで刺してからレウスへと向けたのである。

「こうして私の手で相手に食べさせるそうだ。まるで幼子相手にするような行為なのだが、これは本当に正しいのだろうか？」

「兄貴と姉ちゃんがよくやっているし、間違ってはいないと思うぜ」

「そうか。なら早速……」

普段から俺とエミリアのやり取りを見ているせいか、この行為が恥ずかしいとレウスは全く思っていないようだ。

そんなレウスに後押しされるかのように、ジュリアが手首に力を込めたかと思えば……。

「はぁっ！」

「うおっ!?」

レウスの口元目掛け、完全に仕留める勢いでフォークを突き出したのである。

でもあるまい。

咄嗟《とっさ》にレウスは顔を逸《そ》らして回避したが、この場にいる全員が唖然《あぜん》となったのは言うま
「な、何すんだよ!?」

「いや、全力で突き出せと言われたのだが……違うのか？」

「どう見ても俺を刺すとしか思えなかったぞ！」

侍女の助言を独自に解釈した結果がこれらしい。何にしろ、あのレウスが突っ込み役に回るのは珍しいものだ。

「これはお互いの実力を信頼し、息を合わせて相手に食べさせるものではないのか？　私は鍛錬の一つではないかと睨《にら》んでいるのだが」

要するに、突き出したフォークを歯で白刃取りをしろ……という事だろうか？

根っからの武闘派というものは、何気ない行動でさえ鍛錬へと結びつけてしまうのかもしれない。

「だから違うって！　ああもう、俺が手本を見せてやるからちょっと口を開けてくれ」

「そうか。では頼む。私は一度で肉を齧《かじ》り取ってみせよう」

「普通に食べればいいんだよ！」

こうして正しいやり方でレウスから肉を食べさせてもらったジュリアは、満更でもなさそうな表情を浮かべながら深く頷《うなず》いていた。

「なるほど、悪くない。言葉で上手《うま》く表現は出来ないが、嬉《うれ》しいのはわかるよ」

「ほら、次はジュリアの番だぞ。突き出すんじゃなくて、普通に食べさせるんだからな」

「うむ。同じ失敗は二度と繰り返さん」

　レウスの新しい恋人候補は、様々な意味で大変そうである。

　近い将来、ここにマリーナとノワールも加わるのだから、これからレウスは一体どうなる事やら。


　そんな騒がしい朝食が終わった後も審問は終わっていなかったので、昨夜の約束通りレウスはジュリアと剣の素振りに出掛け、俺はリースとセニアを連れて城の調理室へとやってきていた。

　まだ何もする事はないし、カレンの約束も兼ねて料理でも作ろうかと思ったのである。

　というわけで城の調理室を借りてカレーを作っていると、匂《ひ》いに惹かれて城の料理人たちが集まってきた。そして互いの料理について一通り情報交換したところで、大鍋二つ分のカレーが完成した。

　その頃には昼前になっており、家族と味見を求めた料理人たちにカレーを振る舞った頃、王の使いが現れて審問が終わったと報告してきたのである。

　これから会議室で審問の結果を発表するそうだが、その前に俺と話がしたいと言われたので指定した部屋に一人で向かえば、サンドール王とサンジェルが昼食を食べていた。

「何だ、もう食わねえのか？　全部俺が食っちまうぞ」

「十分食ったよ。親父《おやじ》こそ、寝起きでそんなに食って大丈夫なのかよ？」

「食わねえと治らねえだろうが。それにこいつならいくらでも入っちまいそうだ」

徹夜明けのせいか、サンジェルの表情には濃い疲労が窺《うかが》える。

それに対し、病み上がりな筈《はず》のサンドール王は疲れを見せるどころか、元気な様子でカレーにパンを浸けて食べ続けていた。

あのカレー……もしかして俺がさっき作った分だろうか？

昨夜から一度も会っていない二人があれを何故食べているのかと首を傾《かし》げていると、俺の存在に気付いた王が笑みを浮かべながら手を上げた。

「おお、兄ちゃん。このかれーってやつは最高だな！　もっと作ってくれよ」

「構いませんけど、その料理を作ったのをどこで知ったのでしょうか？」

「さっき昼食を持ってきた料理人たちから美味《うま》そうな匂いがしたからよ、聞いてみたら兄ちゃんの料理だと聞いたから分けてもらったんだ」

カレーが完成した時、城の料理人たちに場所を使わせてもらった礼も兼ねて数人分を分けたのだが、二人はそれを食べているわけか。

そしてカレーを全て平らげた王は、水を飲み干してから満足そうに息を吐いた。

「ふぅ……食った食った！　後は酒があれば最高なんだがな」

「寝起きでそんなに食って大丈夫なのかよ。五杯だぞ？」

「俺の腹はそんなに弱くねえよ」

数ヶ月寝たきりで、最低限の食事しかしていなかったのだ。本来なら胃が受け付けないと思うのだが、本人は至って平気そうである。

後で『スキャン』の診断をしておいた方がいいと考えていると、俺を呼んだ理由を思い出したサンドール王は少し真剣になってこちらへ視線を向けてきた。

「わざわざ呼びつけてすまねえな。うちのアホ共の処分を下す前に、兄ちゃんに聞いておきたい事があったんだ」

「俺の答えられる範囲で良ければ」

「そうか。なら簡単に聞くが、ラムダの野郎と関わりがあるヒナってお嬢ちゃんは、本当に何も知らなかったんだな？」

その件は今朝ジュリアにも説明したので王にも伝わっている筈だが、彼は己の耳でも確認しないと気が済まない性質《たち》らしい。

言葉を間違えてしまえば、恩人相手だろうと首を刎《は》ねそうな凄《すご》みがある眼力に緊張感が走る中、俺は真《ま》っ直《す》ぐ見返しながら返答する。

「はい。あの子はどこかの町で買われた奴隷であり、何も知らされず命令された事をやっていただけのようです。どちらかと言えば被害者の立場でしょう」

確証はないが、ヒナが竜族の血を引いている点は説明していない。

しかしそれはラムダたちの情報とは別問題だし、寧《むし》ろ戦いに利用されてしまう可能性も高いので俺は隠すつもりだ。

はっきりとした俺の態度が功を奏したのか、やがて王は不敵な笑みを浮かべながら己の髭《ひげ》を触っていた。

「ほう……何か隠しているようだが、俺が聞きたいものとは関係ないってところか？」

「俺が言える事は、あの子はラムダの事を何も知らないって事だけです」

「ならいいだろう。借りもあるし、今はそれで納得しておいてやる」

表情には全く出していなかったが、予想以上に鋭い。

勘や本能で俺の内心を察したようだが、見逃してくれたようだ。

「ありがとうございます。不躾《ぶしつけ》ながら私からお願いがあるのですが、その子は私が保護してもよろしいでしょうか？　受け入れてくれそうな場所に心当たりがありますので」

「いいぞ」

「それと、牢《ろう》に入れられたエルフの女性も……」

「おう、好きに連れて行け」

「親父!?」

断られるか、何か言われるかと思っていたのだが、この反応はちょっと予想外だ。

俺としては助かるのだが、さすがに見過ごせないのかサンジェルが待ったをかける。

「そんな簡単に決めんな！　俺もあまり言いたくはねえが、一応重要参考人だぞ？」

「どうせ何も知らねえか、喋《しゃべ》れもしねえんだろ？　てめえは反撃も何も出来ない子供と女を苛《いじ》めて楽しみたいのか？」

「そんなわけあるか！　言いたい事はわかるけどよ、周りがそれで納得するのかよ？」

「納得してもらうさ。あるかどうかもわからねえ情報より、今の俺たちにはもっとやるべき事があるんだからな。現状を理解もしねえ足手纏《あしでまと》いはさっさと消えてもらうだけだ」

城に勤める臣下たちの大半は堕落し、国が根幹から崩壊させられた状況なのだ。これでは仕掛けてくるであろうラムダたちと戦う以前の問題なので、王は国の立て直しを最優先に考えているのだろう。

「それに子供は子供に、エルフはエルフに任せておくのが一番だろ。ただし、勝手に外へ連れ出したりはするなよ」

他に情報が得られたら即座に報告しろと言われたので、俺はもちろんとばかりに頷いた。

話はこれで終わりなのか、食事が出来てもまだ歩くのは辛《つら》い王は、椅子を運ばせる兵を呼びながら不敵な笑みを浮かべていた。

「それじゃ、いっちょ腑《ふ》抜けた馬鹿共を懲らしめてやるか」

この人は本当に半年も眠り続けていたのかと思いながら、俺はサンジェルと共に王の神《み》輿《こし》の後に続くのだった。


王が決めた通り、重鎮たちは昨夜からずっとこの部屋で待機をしていたのだろう。半日ぶりにやってきた会議室は、独特な緊張感に包まれていた。

長時間の緊張と待機によって疲労困憊《ひろうこんぱい》な様子の重鎮たちだが、王が現れた事によって即座に背筋を整えている。

サンジェルとフォルト、そして途中で合流したジュリアに挟まれたサンドール王は、息を呑《の》んで待つ重鎮たちを見渡しながら口を開く。

「さて……てめえ等《ら》から色々と聞いたが、実にくだらねえ事ばかり判明したな。よくもまあ、この短期間でここまで堕《お》ちたもんだ」

「「………」」

「俺もやられちまった手前あまり強く言いたくはねえが、残念ながら見過ごせない内容ばかりだ。ちょいとばかり大掛かりな掃除が必要だな」

掃除と聞いて生唾を飲む重鎮たちを眺めながら、王は一人一人名前を挙げていく。

その中にはカレンとヒナに突っかかっていた男もおり、名前を呼ばれるなり顔を青白くさせながら震え始めていた。

結果……全体の半数近くが名指しされたところで、王は冷酷な目で更に告げる。

「今呼ばれた奴《やつ》は、各自の部屋で俺の命があるまで待機だ。部屋を出る事も許さん」

「き、謹慎……ですか？」

「本当にそれだけで？」

安堵《あんど》する重鎮たちの反応からして、地位の降格どころか首を切られる可能性もあったのかもしれない。そんな中、この場で平然と王に進言が可能なジュリアは、一部の者たちを代表するように疑問をぶつけていた。

「父上。事情はどうあれ、謹慎だけでは処分が甘いのでは？」

「細かい処分は後で考えるんだよ。数が多いからって、適当に処分していたら反感を生んじまうからな」

「では何故《なぜ》このような処置を？」

「俺の勘だが、今呼んだ奴は寝返る可能性があると判断し、一切の情報を断つ為《ため》に閉じ込める。お望みなら俺は牢屋《ろうや》でも構わねえぜ？　少なくともそこが一番安全だろうしな」

内乱を防ぐ為の一時的な処置だろうが、本当はラムダを警戒しているのだろう。あの男ならば、城内だろうと想像も付かない手段で接触してくる可能性も考慮しているのだ。

「ラムダの問題が片付くまで時間をくれてやる。今度俺と会うまでに性根が少しでも変わっていたら、改めて評価しようじゃねえか」

「うぐ……」

「わかり……ました」

審問で相当揉《も》まれたのだろう。名前を呼ばれた連中は誰一人言い返せずにいる中、名前を呼ばれなかった者たちが声を上げていた。

「王よ、彼等を庇《かば》うわけではありませんが、このままでは不味《まず》いですぞ」

「一人二人ならともかく、半数近くの者が動けなくなるのは厳しいのでは？」

今回指名された連中が大した務めを果たしてはいなくとも、上の者が一気にいなくなれば他への負担が増え、指揮系統に問題が生じるだろう。

当然その辺りは理解しているのか、不敵な笑みを浮かべたままの王は傍らにいるフォルトへ視線を向けた。

「要は人が足りねえって事だろ？　なあ、フォルト」

「はっ！」

王の声に敬礼で応えたフォルトは、徐《おもむろ》に会議室の扉を開くなり廊下へ向かって声を掛けていた。

そしてフォルトが定位置に戻ると同時に大勢の人が会議室に入ってきたのだが、何だか様子が変である。現れた者たちは周りの重鎮たちと同じような服を着ているが、やけに髪や髭をだらしなく伸ばした者が多いのである。

だが皆が一番驚いたのは、彼等の先頭に立つ人物だった。

「「アシュレイ!?」」

「よう、兄者に姉者。それと親父もようやく目覚めたようだな」

王族でありながらも会議に参加していなかった、次男のアシュレイである。

突然の登場に驚く彼の兄と姉であるが、アシュレイ本人はいつもの軽い調子のまま父親の前までやってきた。

「姿を見せねえと思ったら、お前はそっちに行っていたのかよ？」

「ああ。俺の愛を貫く為にな。彼女と結ばれる為なら、俺は王族なんか捨てたっていい」

「おいおい。親父といい、さっきからお前は何を言っているんだ？　それとお前と一緒にきた連中は一体誰だよ？」

「あれ、見覚えないか？　少し前まで一緒にいたじゃねえか」

アシュレイの言葉でサンジェルだけでなく他の者たちも思い出したのだろう、彼等の姿を眺めながら信じられないとばかりに目を見開いていた。

冷静なのは王とフォルトだけで、特に王は現れた集団を見渡すなり高らかに笑い始めたのである。

「ぶはは！　フォルトの坊主頭も最高に面白かったが、お前等も変わっちまったなぁ！」

「いやいや、笑い話ではありませんよ。我々も大変でしたのに」

「あれだけ寝ていながら、王は変わりませんな。笑っている場合ではないでしょうに」

「まあまあ。どれだけ寝坊しようと、王の性根は変わらないって事ですよ」

彼等の正体であるが、かつてこの城に勤めていた重鎮たちである。

彼等の態度から察するに、金や地位ではなく義によって王に仕える臣下たちなのだろう。

ラムダの暗躍によって真っ先に追い出されるわけだ。

まるで長年の戦友のように王と固い絆《きずな》で結ばれている者たちは、すでにやるべき事は理解しているのか、その大半は挨拶もそこそこに会議室を出て行った。おそらく抜けた者たちの穴を埋めようと元の役職へ戻る為だと思われる。

「お、親父。そいつ等は確か国から出て行った筈だろ？　何でこんなにも揃《そろ》って……」

「そもそも父上とフォルトは彼等がどこにいたのか知っていたのですか？　いや、アシュレイもですが……」

「当たり前だろ？　あいつ等がそう簡単に俺の国から消えるかよ」

「お二人には伝えられず、申し訳ありませんでした。王から口止めされていまして」

「そりゃあ、いざという時の備えだからな。アシュレイが一緒なのは予想外だったが、まあいいだろ」

ジュリアとサンジェルは驚いているが、俺は彼等がどこにいたのか知っていた。

この国を守る防壁の外にあった集落で、只者《ただもの》ではない雰囲気を纏わせていたあの道端にいた者たちである。

彼等は城を追い出された後も王への忠誠は失わず、外の集落に身を潜めて機を待ち続けていたというわけだ。そんな彼等を匿《かくま》い、留《とど》めていた人物が情報屋の長でもあり集落の統括者……フリージアだったりする。

初めて彼女と出会った時に備えはあると口にしていたが、その一つがこれなのだ。アシュレイが彼等を連れてきたのは、フリージアの為に一肌脱いだってところだろうな。

ちなみに余談であるが、謎が多かったフリージアの正体が昨日判明した。

「アシュレイ様。あの子の容体は如何《いかが》でしたか？」

「ああ、かなり元気になっていたぜ。何か昨日優れた医者と出会えたみたいでさ、しばらく頑張れば部屋から出られるかもしれないってさ」

「……そうですか」

あの雪のように白く儚《はかな》げなフリージアは、実はフォルトの孫だったのだ。

どうしてこのような状況になったのかは詳しくは知らないが、家族で王と国を守ろうとする姿勢は実に立派だと思う。

部屋から出られたらデートしたいと願うアシュレイを、何とも言えない表情でフォルトが眺める横で、王は混乱した場を落ち着かせようと口を開いた。

「これで人数の問題は解決だな。そんじゃま、この国を狙う連中と喧嘩《けんか》の準備を……」

「伝令！　伝令！　至急、王への御目通《おめどお》りを願う！」

ようやく場が整い、ラムダたちとの戦いへの本格的な準備に入ろうとした矢先……会議室に一人の兵士が飛び込んできたのである。

会議中だと知りながらも平然と飛び込んでくる様子から、余程の緊急事態なのだろう。

王が慌てふためく兵士を宥《なだ》めながら報告を促せば……。

「ぜ、前線基地から緊急連絡でございます！　突如魔大陸とこの大陸に道が繋《つな》がり、地を埋め尽くす程の魔物がサンドールへ迫っているそうです！」

後に俺は思うだろう。

この世界に転生してから最大規模となる戦いの始まりは、この時からだった……と。

《開戦・初日》

「ぜ、前線基地から緊急連絡でございます！　魔大陸とこの大陸に道が繋がり、地を埋め尽くす程の魔物がサンドールへ迫っているそうです！」

突如乱入してきた兵士の報告により、会議室は再び大騒ぎになっていた。

魔物の大群が迫っているのだから当然の反応かもしれないが、サンドールは数年毎に魔大陸の魔物の大群が押し寄せる『氾濫』と呼ばれる現象と戦い続けている国である。

つまりこういう事態には慣れており、備えもあるというのに、重鎮たちの動揺は過剰とも言えるくらいに激しかった。

「馬鹿な!?　いくら何でも早過ぎる！」

「だが実際に報告がきたのだぞ？」

「誤報では？　本当に氾濫が起こったのか、すぐに前線基地へ確認の連絡を……」

そもそも氾濫とは、現在俺たちがいるヒュプネ大陸と魔大陸が何らかの地盤の影響で隆起した岩礁で繋がってしまい、魔大陸に生息する魔物が大量に渡ってくる現象である。

しかし氾濫は大体十年単位で起こるもので、前回は数年前に発生しているので少なくとも後五年は起こる筈《はず》がないのだ。

なのに氾濫が起こるというあり得ない状況故に、彼等は慌てふためいているわけだ。

中には報告に来た兵士へ強引に詰め寄っている者もいたので、サンドール王は舌打ちをしてから全員を一喝していた。

「てめえ等、騒ぐだけなら黙っていやがれ！　おい、向こうはどうなっている？　もう少し詳しく話せ！」

「わ、私は魔物を直接見てはいませんが、早朝に監視塔から連絡がありまして……」

監視塔とは、魔大陸に最も近い防壁に建てられた高い塔の事らしい。

名前の通り魔大陸を監視する塔であり、異常があればすぐに前線基地を通してサンドールへと情報が伝わるわけだ。

「昨夜、魔大陸の方角から大きな音が聞こえ始めたかと思えば、海に陸地が現れてこの大陸と魔大陸が繋がったそうです。まるで氾濫のように」

「世の中、あり得ない事が偶《たま》に起こるってもんだ。氾濫と同じなら、慌てずいつも通り対処すればいい。向こうの連中もやる事はわかっている筈だ」

「そ、それが報告によると、魔大陸から現れる魔物たちの様子が明らかに異常だったそうです。オークやオーガどころかあのゴブリンでさえ剣や槍《やり》で武装しており、更に人と同じように統制された動きを見せたとか……」

「何っ!?」

知能の低いゴブリンとて、手頃な枝や人が捨てた武器を拾って使う知恵は持っている。

しかし人の手が入っていない魔大陸に武器が落ちているわけもないのに、報告によると人型の魔物のほぼ全てが手製の武器を所持していたそうだ。更に本能の如《ごと》く突撃してくる筈の魔物が、盾を構えて陣形を組んだりする姿も見せたらしい。

その用意された装備に加え、統制された動きを見せる状況は明らかな異常事態である。

「地上を埋め尽くす程の魔物たちだけでなく、空を飛ぶ魔物や中型の竜も多数見られたそうなので、すでに第一の防壁は……」

「落ちている……だろうな。こりゃあ第二防壁もあまり保ちそうにねえし、前線基地でも不味いかもしれねえ」

魔大陸側からサンドールを攻めるには、全部で四つの防壁を突破しなければならない。

魔大陸に最も近い監視塔がある防壁が第一防壁と呼ばれており、続いて中規模程度の戦力が常駐している第二防壁。そして戦力を最も配置している前線基地へと続き、サンドールの城と町を守る最終防壁となる。

氾濫の場合、第一防壁で魔物の規模を把握し、ある程度魔物を間引きながら第二防壁へと下がり、防壁に立て籠もって殲滅《せんめつ》するらしい。

つまり普段なら第二防壁、あるいは前線基地で片付くそうだが、今回の規模は前線基地も突破される可能性が高いとサンドール王は早急に判断したようだ。

「それは考え過ぎなのでは？　あの前線基地がそんな易々《やすやす》と抜かれるとは思いませぬ」

「ええ。魔物が武装しようと、あの壁を突破するのは不可能ですよ」

「甘ったれた事を抜かしてんじゃねえ！　突然氾濫が起きた時点で非常事態なんだから、最悪の状況は考えておくべきだ。攻めてきたのが早朝ならば、もう第二を突破されて前線基地でも戦闘が始まっているかもしれねえな」

サンドールから前線基地までは、起伏のない広大な平原が続いているだけだが、どんなに馬を飛ばしても半日はかかる距離らしい。

この伝達の兵士は道中の屯所で馬を代えながら最速で来たらしいが、すでに半日以上は経過しているので、今頃向こうでは激しい戦闘が行われている事だろう。

もはや国を立て直すどころではなく、すぐさま魔物たちへの対策と前線基地への支援を早急に行わなければならない状況であるが、俺たちにはもっと気になる事があった。

「ちょっと待て、親父《おやじ》。前線基地には各国の王たちがいるぞ？」

「向こうにはレウスの親友と恋人もいるのです。彼等《かれら》へ戻るように早馬を飛ばした方が」

「慌てなくても、今日中にはここへ戻ってくる予定なんだろ？　余程の馬鹿じゃねえ限り、そこからさっさと離れているだろうさ」

どちらにしろ伝令が前線基地を通っているのだから状況は伝わっているだろうし、時間的にも各国の要人たちは移動を始めている筈だ。

『サーチ』を広範囲で発動してみれば、少し懐かしい反応が近くに……いや、ちょうど城へ戻ってきたらしい。

それから謹慎を命じた重鎮たちを会議室から出し、事態を知って戻ってきた重鎮たちが揃って会議を始めようとしたその時、会議室の扉が開かれて各国の王たちが現れた。

「至急ゆえ、会議中に失礼する」

「む？　ほう、そちらはようやく目覚めたのだな」

「ああ、面倒掛けちまったようだな。それで、状況は俺の部下から聞いているか？」

「うむ、詳しく知ったのはこの城に戻ってからだが、我々が前線基地を出発した後で報告が届いたらしい」

「早馬が追い抜いた時は何事かと思ったが、まさかこのような事態になっているとは」

「なら話は早いな。正直、こちらも余裕がない状況でな。出来れば手を貸してほしいと言いたいところだが、無理強いはしねえ。あんたたちはすぐに国を離れる事を勧めるぜ」

各国の王たちは自国の兵を大勢連れてきているが、あくまで護衛なので最低限の戦力である。それに結局は他国の問題なので助力は難しいだろう。

それを理解しているサンドール王は元から当てにしておらず、各国の王たちも早々に見切りをつけ、己の臣下や他の王たちと話し合ってここから離れる事を決めたようだ。

すでに大陸間会合《レジエンディア》を行っている状況ではないので、サンドール王は各国の王たちへ各々の自由にしてくれと告げてから、重鎮たちと兵たちに指示を飛ばしていた。

そして各国の王たちが会議室を出て行った後、俺は一度仲間たちと話し合う為《ため》にサンドール王へ声を掛けてから部屋を出た。

俺が出てくるのを待っていたのだろう、会議室の外には臣下を連れたリースの父親……

カーディアスの姿があったのである。

「久しいな、シリウスよ。息災であったか？」

「はい。そちらもお元気そうで何よりです」

公共の場なので王としての振る舞いだが、俺を見る目は親愛の情が込められていた。

「色々と聞きたいところだが、ここで長々と話すわけにもいくまい。リーフェルかお前の仲間がいる場所へと案内してくれぬか？」

「リーフェル様ならば私の仲間と一緒にいますので、部屋にご案内しますよ」

「頼む。それで……何だ、あの子はどうだ？」

「彼女ならリーフェル様と一緒です。会えるのを楽しみにしていましたよ」

「うむ！」

落ち着いた声でも、早くリースに会わせろと目で語っていたので、俺はカーディアスを連れて部屋へと戻った。

「おかえりなさいませ、シリウス様」

「あら、父さん。ようやく戻って来られたのね」

「父親にそのような言い方はあるまい。それよりあの子は……」

「はいはい、わかっているって。リース、こっちへいらっしゃい」

「どうしたの？　あ!?」

「お、おおぉ……」

隣の部屋でカレンとヒナと話していたリースがやってくるなり、カーディアスの威厳溢《あふ》れる表情が一瞬にして崩壊した。

正に親馬鹿を体現するような蕩《とろ》けた笑みでリースに抱き付こうとするが、背後に控えた臣下がいる事を思い出し、咳払《せきばら》いをしながら動きを止めた。

「ごほん……すまぬが、お前たちは外で待っていてくれ。この部屋で私が襲われる事はあるまい」

「「はっ！」」

俺たちの事を知っているのか、臣下たちは特に口を挟まず部屋を出ていく。

それを確認したところで今度こそ……と思いきや、まだ面識のない者がいる事に気付いて再び動きが止まっていた。

「ふふ、フィアさんとカレンちゃんは私たちの事を知っているので平気ですよ、父様」

「そ、そうか。リースよ、会いたかったぞぉ！」

ようやく素が出たカーディアスは、万感の想《おも》いを込めながらリースを抱きしめた。

久しぶりに見るカーディアスの豹変《ひょうへん》ぶりに呆《あき》れつつも、リースは父親を抱き返しながら喜んでいた。

「おお……私の天使よ！　こんなにも可愛《かわい》く成長しおって！」

「そうかな？　姉様にも言われたけど、そこまで変わっていないと思うよ」

「いや！　私にはわかる。ローラに増々似てきたし、女性としての美しさも磨きがかかっているぞ！」

予想通り、一年以上溜《た》まっていた娘への愛情が爆発中である。

しばらく父親の好きにさせていたリースだが、いつまで経《た》っても離れようとしないので、僅かな隙を突いて鮮やかに抜け出していった。

「む!? 何故《なぜ》逃げるのだ！」

「このままだと話が進まないでしょ？ 父様に紹介したい人もいるし、今回はここまで」

「………そうだな」

冷静に振る舞っているが、娘から拒絶されたようで本気で落ち込んでいるようだ。

俺も娘から拒絶されたら、こんな絶望感を味わう……いや、彼が特殊なだけか。前世で娘のように育てていた子に思春期特有のあれで拒絶された時はあったが、ここまでは落ち込まなかったし。

もう少し親子の再会に浸らせてあげたいところだが、今は話し合いたい事があるので我慢してもらう事にした。

そのままフィアとカレンの紹介を手早く済ませた後、魔大陸から魔物の大群が迫っているという事を皆へ説明して情報の共有を図る。

「城内が妙に騒がしいとは思っていましたが、まさかこのような事態とは」

「大陸間会合《レジェンディア》も中止になったんだよね？ 父様はどうするの？」

「他の王たちと同じく、支度が整い次第サンドールを発《た》つつもりだ。見捨てるようで心苦しいが、今の我々が加わったところで大した助けにはなるまい」

どれだけ後味が悪くとも、王として無駄に臣下たちを危険な目に遭わせるわけにもいかないのだ。カーディアスの立場も理解はしているので、リースでさえその決定に反論はしなかった。

そんな中、真剣な面持ちのレウスが、会話が途切れたところでカーディアスに質問をしていた。

「あの……アルベリオとマリーナを知らねえかな？　狐尾族《フォックステイル》の兄妹《きょうだい》なんだけど」

「うむ、リースからの手紙で二人の事は知っているぞ。少し話をしたが、心地良い兄妹であったな」

「そっか。なら二人はどこにいるんだ？　一緒に帰ってきたんだよな？」

先程からレウスが落ち着きないのは、兄妹の気配や匂いを感じられないからだろう。

俺の『サーチ』でも兄妹の反応は城内から感じられないし、言い辛《づら》そうにしているカーディアスの様子からして……。

「お主にとっては残念だろうが、あの二人は前線基地に残った。魔物を食い止めると発言した獣王殿と共に戦う為にな」

「はあっ!?　な、何で？」

俺たちという共通する知人がいたせいか、アルベリオたちは獣王とよく話をしていたらしい。

次第に王だけでなく獣王の息子であるキースとも仲良くなったアルベリオは、友を見捨てられないと言って獣王たちと一緒に残ったそうだ。もちろん兄を放っておける筈《はず》もないマリーナも一緒にである。

「私も止めたが、自分に嘘《うそ》はつけないと真《ま》っ直《す》ぐな目で返されては何も言えなくてな」

「くそ、アルの野郎。どうして自分から厄介事に飛び込みやがるんだ」

「文句を言いたくなるのはわかるけど、向こうも貴方《あなた》には言われたくないと思うわよ」

「しかも彼は妻と近々生まれる子供が故郷で待っているそうだ。故に引き際は見誤らないとは思うが、前途ある若者を戦場に残して去るのは良い気分ではないな」

あのアルベリオの夫妻に子供が生まれそうなのは初耳だ。会ったらおめでとうと伝えなければ。

それにしても……アルベリオの故郷が魔物の大群に襲われそうになった時といい、結婚を控えている状態で戦場へ向かった時といい、相変わらず嫌なフラグを立ててしまう弟子である。そういう星の下に生まれている男なのかもしれない。

次に思った疑問は、他国の王である獣王が何故前線基地に残ったのか？

おそらく、獣王の国であるアービトレイがサンドールと同じ大陸にあるからだろう。

もしサンドールが滅んでしまえば、次は自国が狙われる可能性が高いので、敵の規模を実際に確認しておきたかったからだと思う。

さて、知り合いたちの動向がわかったところで、俺たちはどうするかだが……すでに方針は決まっている。

「兄貴……」

「そんな顔をしなくてもわかっているさ。向こうにいるのなら、こちらからアルベリオたちの下へ行くだけだ。力を貸す事も含めてな」

レウスの成長の為とはいえ、以前はアルベリオを見捨てるような言動を取ってしまったからな。そんな俺の言葉を聞いたレウスは、歯を見せて笑いながら拳を叩《たた》いていた。

しかし、これから向かう場所は魔物の大群が迫る前線基地だ。

やる気に満ち溢れているのはレウスだけで、他の皆は少し不安気な面持ちである。特にリーフェル姫とカーディアスは真剣な表情で深い溜息《ためいき》を吐《つ》いていた。

「貴方ならそうするんじゃないかと思ってはいたけど、本気なの？」

「お前たちの実力を疑うわけではないが、わざわざ危険な地に飛び込む必要はあるまい」

「意見は最もだと思います。ですが俺はアルベリオ以外にも気になる事があるんです」

サンドール王たちが魔物の対策に集中しているので、俺は別の側面から今回の状況について考えていた。

「サンドール王も気付いていると思いますが、今回の氾濫が自然に起きたとは思えないのですよ」

十年単位で起こる法則が崩れたという可能性もあるが、この世界では任意に地面を隆起させる方法……魔法が存在するのだ。

例えば『クリエイト』の魔法は土で想像した物を象《かたど》れる他に、地面を変化させて穴を掘ったり高台を作る事が出来る。つまり相応の魔力さえあれば、大陸間を繋《つな》げるような道を作る事も可能なわけだ。

大陸を変化させる程の規模なので桁違いの魔力が必要だろうが、数年かけて集めた魔石を惜しみなく使ったりすれば不可能ではない。

人為的に可能だとなれば、状況的に最も怪しい人物が……。

「今回の氾濫は、昨夜逃げたラムダが起こした可能性が高いでしょう。本人もそれらしい発言をしていましたから」


『計画は最終段階に入っています。それさえ済めば、後はどうでもいいのです』


そんな言葉を昨夜のラムダは口にしていたので、その最終段階というものが『氾濫』を意図的に起こす事ではないかと思う。

いや、意図的どころか明らかに手を加えている。報告で上がっているように、全ての魔物が武装をしている上に、人と同じように統率された動きを見せているのだから。

過去に魔物を操る敵と何度も戦った事があるし、ラムダも似たような手段を持っていると考えてもいいだろう。

「ラムダの目的はサンドールなのに、関係のない貴方がここまで関わろうとするのは何故かしら？　フィアを狙われたのがそんなに許せなかったの？」

「それもありますが、ちょっと個人的な事情がありまして」

師匠はラムダの事を、自分に似たものを感じると言っていた。

更に植物を操るような、常人とはかけ離れた能力からして、師匠の残した何かが関わっていてもおかしくはあるまい。

「私の旅は見聞を広める為《ため》でしたが、一年程前に別の目的が出来ました。師匠が各地に残した魔道具を見つける事です」

とはいえ、その目的もついでという感覚なので、積極的に探すつもりはなかった。本人もそうしろと言っていたし。

しかし一国を……いや、師匠の残したものが世界を揺るがすような事件に関わっているのならば、弟子として放ってはおけないのだ。

傲慢で、容赦がなくて、本能のままに生きて周囲に迷惑を撒《ま》き散らす師匠だが、死ぬ運命だった俺を拾って育ててもらった恩があるからな。

だから師匠の残したものが碌《ろく》でもない使い方をされていたら、それを破壊して師匠の汚点を少しでも拭ってやりたいのだ。

「師匠とは関係がない可能性もありますが、ここまで関わった以上、ある程度までは見届けないと気が済まないのですよ」

「はぁ……困った子たちね」

「では他の者たちは……リースはどうするつもりなのだ？」

父親と義姉からの複雑な視線を受けたリースだが、少し申し訳なさそうにしながらもはっきりと答えた。

「もちろん私も行くから！」

「向こうは激戦になるし、怪我人《けがにん》どころか最期を見る事になるぞ？　個人的には城で待っていてほしいが」

「だったら尚更《なおさら》じゃない。怪我をしている人が沢山いるだろうし、私の力が必要になるよ」

「……無理だけはしないようにな」

魔物が群れる恐ろしさは知っている筈だが、リースに怖気《おじけ》づく様子は見られなかった。自分に出来る事はあるのだと、確かな自信を持って頷《うなず》くリース自身がそう決めたのであれば、俺は止めるつもりはない。

その後、リースを心配して囲むリーフェル姫たちを確認したところで、俺は近くの椅子に座っていたフィアへと向き直った。

「フィア、すまないが……」

「ええ、わかってる。私はここに残るわ」

「いいのか？」

お腹《なか》に子供がいると言ってもまだ初期段階なので、多少の運動や戦闘はまだ問題はない筈だ。それでも万が一というのもあるし、とある事情も含めて残っていてほしいと思っていたのだが、フィアは俺の意思を汲《く》んで残ると言ってくれた。

「カレンとヒナちゃんはここに残すんでしょ？　だから私はこの子たちと一緒に貴方たちが戻ってくるのを待っているわ。夫の帰りを待つ妻ってやつね」

「……ありがとう。本当なら混乱しているこの国より、もっと安全な場所で待っていてほしいところだけどな」

「貴方の隣以上に安全な場所は知らないけど、私は守られるだけの女じゃないわ。こっちの事は気にせず、貴方のやりたい事を存分にやってきなさい。帰ってきたら、抱きしめて迎えてあげるからね」

　これから向かう先は子供には刺激が強過ぎるので、置いていくつもりだったカレンとヒナを守る役を自ら申し出てくれたのは本当にありがたいと思う。

　年長者としての余裕を見せるように、笑顔で送り出そうとしてくれるフィアに俺は感謝を伝える様に彼女を抱き締めた。

　その後、先程からカーディアスを観察していたカレンの前に立った俺は、片膝を突き目線を合わせてから今の状況を簡単に説明した。

「んー……カレンはお留守番なの？」

「今から向かう場所は危険過ぎるからな。フィアと一緒に待っていてほしいんだ」

「……わかった。ヒナちゃんと一緒に待ってる」

俺の感情を読んだカレンは大人しく頷いてくれたが、今回に至ってはヒナを心配して傍《そば》から離れたくない方が強いのだろう。何だか無性に褒めたくなったので、カレンの頭を存分に撫《な》でた。

これで前線基地へ向かうメンバーは決まったな。

「すでに向こうでは戦いが始まっているかもしれないし、すぐに準備を始めるとしよう」

「ちょっと待ちなさい。もう止めるつもりはないけど、そもそもサンドール王が許可してくれるのかしら？」

「王には借りがありますから、多分大丈夫でしょう。フィアたちの事を頼むついでに許可を貰《もら》ってこようと思います」

そのまま皆へ簡単な指示を出した後、俺は再びサンドール王がいる会議室へと向かった。

会議室は相変わらず慌ただしい雰囲気で、あちこちへ指示を飛ばすサンドール王は忙しそうにしていたが、俺の話はすぐに聞いてくれた。

「そうか、向こうへ行くのなら俺は一向に構わねえぞ。本当にお節介な兄ちゃんだな」

「色々と事情がありまして。まあ状況次第ではすぐに戻ってくるつもりですが」

「兄ちゃんたちが退《ひ》いた時点で、それだけ不味《まず》いってのが判断出来るな。どちらにしろ手伝ってくれるならありがたい話だ。可能な限り頼むぜ」

「では準備が整い次第、俺たちは出発しようと思います。それともう一つ、妻と子供たちについて相談がありまして」

そのままフィアとカレンたちについて話せば、サンドール王は何か閃《ひらめ》いたかのような素振りを見せながら頷いてくれた。

「確かに子供が行くような場所じゃねえな。よし、そのお嬢ちゃんたちは任せておけ。こいつがしっかりと面倒見てくれるだろうさ」

「はあっ!? 親父《おやじ》の下に誰かいるだろ。何で俺が……」

「この状況で他に手が空いているわけねえだろ。今のお前なら余裕があるだろうし、どうしても嫌だってんなら自分の信頼出来る奴《やつ》に頼むんだな」

「……もういねえよ」

少しは調子が戻ってきたようだが、相棒だと思っていた相手の裏切りがまだ応えているようだ。

サンジェルの様子は気になるものの、それ以上に彼の父親の考えが読めなかった。

何故《なぜ》なら俺はサンジェルに恨まれている可能性があるからだ。

結果的に敵の正体を暴き、騙《だま》され続けていたサンジェルを救ったかもしれないが、人は時に真実を知らない方が良かったと思う場合がある。俺がいなければ相棒が消える事はなかったのだから。

彼が俺たちと関わるのはあまり良くないとは思うので、父親に逆らい辛《づら》いのであれば俺から断りを入れるべきかと考えていると、王は息子の背中を叩きながら告げていた。

「預けられる相手がいないなら、自分で面倒を見るんだな。それに兄ちゃんたちの仲間は知らなくても、ヒナってお嬢ちゃんは知っているんだろ？」

「数回顔を合わせた程度だ。それに話した事なんて碌にねえよ」

「知らねえ奴よりましだろ？　ここはしばらく俺だけで十分だから、てめえはその辛気臭い面と頭を何とかしてきやがれ」

その言葉と共にサンジェルは会議室を追い出されていたので、俺は手短にサンドール王へ伝えるべき内容を伝えてから部屋を出た。

廊下には無力な自分を悔いるように拳を握るサンジェルの姿があったが、こちらに気付くなり溜息を吐きながら振り返った。

「親父はああ言ったが、本当に俺に任せるつもりか？　騙され続けていたこんな馬鹿野郎によ」

「一つお聞きしたいのですが、サンジェル様は俺たちを恨んではいないのですか？」

「……恨んじゃいねえ。お前たちがいなければ、俺はこのまま親父の国を壊す手伝いをし続けていたかもしれないからな」

どうやら余計な心配だったかもしれない。

落ち込んではいても現実をしっかりと受け止め、他人に怒りをぶつけるのはくだらないと理解はしているからだ。

サンドール王はそんな息子の性格をしっかり理解しており、今回の話は少しでもサンジェルの精神を落ち着かせる為に、現場から一旦遠ざけようと考えたのだろう。

「ならば構いません。妻と子供たちをよろしくお願いします」

「本当に変な奴だ。ああ……くそ、わかったよ。女子供は俺が出来る範囲で見ておいてやるから、さっさと用事を済ませて戻ってきやがれ」

「もちろんそのつもりです。ところで、一つだけよろしいでしょうか？」

「何だ？　他にも何かあるってのかよ？」

「色々と複雑なのは仕方がないと思いますが、サンジェル様は深く考える必要はないと思います」

「……どういう事だ？」

あまり触れられたくない話題にサンジェルが不機嫌そうな表情を浮かべるが、俺は真正面から彼を見据えながら語り続ける。

「あの男が何を仕出かそうと、サンジェル様がやるべき事は変わらないからです」

「俺の……やるべき事？」

「あの時口にしたように、相手を殴る事ですよ。向こうの事情はどうあれ、当時と関係のないサンジェル様を利用したのですから。寧《むし》ろそうしないと気が済まないのでは？」

「…………ああ、お前の言う通りだ。あの野郎はぶん殴ってやらねえと気が済まねえ」

時間が経《た》てば自然と立ち直りそうな気もするが、フィアと子供たちを頼むので少しだけ助言をしたくなったのだ。

色々と迷うサンジェルに道を示せるよう、今回の氾濫はラムダが関わっている可能性が高い点について説明した。

「もし今回の騒ぎと無関係だとしても、ラムダは必ず貴方《あなた》の前に現れます。殴るにしても、話を聞くにしても相手の陰謀を退けなければ何も始まりません。ですから、今は余計な事は考えず一つに絞って考える方がいいと思います」

「俺は殴る以外の事を考えちゃ駄目だってのか？」

「考えるなとは言いません。ですが現時点で最も適した対策を出せるのは、貴方のお父上とその臣下たちです。これはもう、サンジェル様が一人で考えたところでどうにかなる問題ではないのですから」

これまで何度も口にしてきた俺の持論だが、時には己の力を自覚し、弱さを認める事も必要なのである。

辛辣な言い方ではあるが、はっきりとそういう点について説明すれば、サンジェルも思うところがあるのか黙って話を聞き続けてくれた。

「サンジェル様が次の王であると、貴方の父親ははっきりと宣言されました。しかしそんな雑念と後悔に溺れた状態で、王としての振る舞いを学べるのでしょうか？　だから一度子供の面倒を見させ、貴方を落ち着かせようと考えたのでしょう」

「ち……俺はそれすら理解出来ていなかったってわけかよ」

「時に王は誰よりも早く冷静になれる事も必要ですからね。というわけで、まずはうちのカレンと話して癒されてみてはどうですか？　少し独特な女の子ですが、付き合ってみると可愛《かわい》い子ですよ」

「へ、何だそりゃ？　俺より若いくせに、親馬鹿みてえな発言するなよ」

付き合いは短いが、あの王の背中を見て育ったサンジェルならば知らない奴に預けるよりは信頼出来ると思う。

まだ空元気ではあるが、肩の力を抜いて笑みを浮かべてくれるサンジェルに、俺はフィアとカレンについて語るのだった。


それから部屋に戻ってきた俺とサンジェルは、部屋で待っていたフィアと子供たちに先程の内容を伝えた。

「へぇ、王子様……じゃなかった、次代の王様が来てくれるなんて思わなかったわ」

「まだそう呼ばれるのは早いから止《や》めろ。とにかく俺は可能な限り近くにいるから、遠慮なく頼ってくれ。俺も全力であんたたちを守るからよ」

そして子供二人の下へ向かおうとサンジェルが背中を向けたところで、俺はフィアの肩に手を置きながら改めて告げた。

「じゃあ、行ってくる。子供たちを頼む」

「行ってらっしゃい。ほら、カレンもね」

「うん。先生、頑張ってきてね！」

「……ん」

フィアの呼び掛けに、カレンが手を振って見送ってくれる。よく見ると控え目ながらもヒナも手を振ってくれたので実に微笑《ほほえ》ましい光景だ。必ず無事に帰ってこないとな。

少し後ろ髪を引かれながら部屋を出た俺は、すでに準備を済ませて馬車で待機している皆の下へ向かった。

馬車の前には俺の到着を待っていた姉弟とリース、そしてホクトの姿があるのだが……明らかに人数が増えている事に気付く。

「待っていたぞ、シリウス殿！　いや、ここはお義兄《にい》さんと呼ぶべきかな？」

「兄貴ぃ……」

妙に困った表情を浮かべるレウスの隣には、長い金髪を後頭部で纏《まと》め、動き易《やす》さを重点に置いた鎧《よろい》を装備したジュリアの姿があったのだ。レウス程ではないが巨大な剣を背中に背負っている姿は、戦乙女と呼ぶに相応《ふさわ》しい凛々《りり》しさと美しさを放っている。

そんな姿のジュリアがここにいる理由はすぐに察したが、一応理由は聞いておいた。

「もちろん、私も前線基地に救援へ向かうからだ。私兵を率いて向かうつもりだったが、君たちの馬車は速いとレウスから聞いていたのを思い出してね。私だけでも乗せてもらえないかと思って交渉しにきたのだ」

「……お父上の許可は？」

「使えるものは何でも使え。最低でも二日は保たせろと言われたよ」

「そうですか……」

あの親にしてこの子ありだな。色々と軽過ぎて頭を抱えたくなる。

現在、サンドールは全体の統制を整え直している状態なので、即座に纏まった戦力を前線基地へ送るのが難しいらしい。

それで内政より戦闘に向いているジュリアが、すぐに動かせる数百の兵を率いて前線基地に救援へ向かう事となったそうだ。

国の王女様でもジュリアはサンドールにおいて最強の一角であり、彼女が前線に立てば全体の士気も上がるので前線へ送るのは間違いではないとは思う。

だから俺たちの馬車でジュリアを連れて行くのは一向に構わないのだが、問題はもっと別にあった。

とりあえずジュリアの同行を許可してから、馬車の内部を覗《のぞ》き込んでみれば……。

「あら、無事に許可は貰えたようね。私たちはいつでも出られるわよ」

「……何故《なぜ》貴方がここにいるのでしょうか？」

そう……一番の問題はリースの隣に座るリーフェル姫である。

もちろん彼女の付き人であるセニアとメルトも一緒なのだが、突っ込むべき点はリーフェル姫が見送りに来たとは思えない身軽な服装をしている点だ。

その理由をすぐに察して視線で訴えてみるが、残念ながら彼女は本気らしい。

「もちろん、私たちも行くからに決まっているじゃない」

「姉様。やっぱり止めた方が……」

「私たちは戦う為《ため》に行くわけじゃないから安心しなさい。エリュシオンの王位を継ぐ者として必要だから行きたいのよ」

ジュリアと違いリーフェル姫は戦闘が得意ではないが、天性の勘と培ってきた知恵で臣下を従えてきた王女である。

つまり彼女は最前線に立つのではなく陣地で指示を飛ばす側だと思うので、わざわざ前線へ近づく必要はないと思うのだが、リーフェル姫は迷う事なく答えた。

「知識で知ってはいても、私はまだ大きな戦を経験した事がないの。だから一度は戦場の空気を感じておきたいわけ」

「それでも姉様に何かあったら」

「今みたいに、将来エリュシオンが戦火に巻き込まれる可能性がないとは言えないわ。私は戦場で臆するような女王になりたくないのよ」

経験が主な目的なのは間違いないと思うが、他にも事情がありそうな気がするな。

父親の許可も得ているようだし、ここまで言われたら断る理由もないか。それにもし置いて行ったとしても、自力でついてきそうな気がするから、まだ一緒に行く方がましかもしれない。

「私たちは基本的にリースの傍《そば》から離れないつもりよ。邪魔はしないから連れて行ってくれないかしら？」

「……わかりました。ですが馬車がかなり揺れますので、体を打たないように気をつけてくださいね」

前世の知識を参考に作ったサスペンションの御蔭《おかげ》で馬車の揺れは軽減しているが、ホクトが加減なく走ればあまり効果がないからな。

念の為、途中で車輪が外れてしまわないように馬車の点検をしていると、背後から野太い声が響き渡ったのである。

「「「ジュリア様ぁ――っ！」」」

その声の主は様々な種類の鎧を装備した百人程の兵士たちで、地響きを立てる勢いでこちらに向かって来ていた。

異様な暑苦しさを感じるその集団は、レウスにアプローチを繰り返すジュリアの前へ並び、一斉に跪《ひざまず》いて頭を下げたのである。

「申し訳ございません。我々の準備は整いましたが、まだ準備に手間取っている者も見られます。どうか今しばしのお待ちを！」

「「「お待ちを！」」」

ジュリアには命を賭けて付き従う親衛隊がいるそうだが、彼等《かれら》がそうらしい。

声も綺麗《きれい》に揃《そろ》える親衛隊を呆然《ぼうぜん》と眺めていると、真剣な表情をしたジュリアが代表らしき熟年の兵士を怒鳴りつけていた。

「私より遅いとは何事だ！　連帯責任で全員に罰を与えるから、後で覚悟をしておけ！」

「「「はい！」」」

怒られている筈《はず》なのに、親衛隊全員の表情と返事が喜びに満ち溢《あふ》れているのは気のせいだろうか？　こう……『ジュリア命』と書かれた鉢巻を巻いても違和感がない連中である。

ジュリアからの説教に目を輝かせる親衛隊であるが、次に放たれた言葉によって笑みが一瞬にして崩れた。

「それと一部予定が変更になった。私は彼等の馬車に乗せてもらう事になったので、お前たちは全員の準備が整ってから前線基地へ向かうのだ」

「「「っ!?」」」

「ジュ、ジュリア様！　馬車よりも馬で走った方が遥《はる》かに早いかと！」

「そうは言うが、あそこにいるホクト殿より速い馬がいるのだろうか？」

納得が出来ない表情をする親衛隊たちであるが、おすわりの姿勢で待つ立派な百狼《びゃくろう》の姿に誰も言い返す事が出来ないようだ。

「……わかりました。我々もすぐにジュリア様を追いかけます」

「頼むぞ。ところでレウス、君は馬車のどこに座るのだ？　私は君の隣に座るぞ」

「おお……ジュリア様があんなにも無邪気に……」

「我々に向けた事がない笑みを……くぅ！」

凛々しさから一転してレウスへ微笑みかけるジュリアを見て、親衛隊は心から悔しそうにしている。まあ突然現れた男に主《あるじ》を取られたのだから面白くはあるまい。

次第に憎しみを込められた視線がレウスへ集中するが、そこで馬車の点検が終わったので皆に中へ入るように声を掛けた。

「了解した。お前たちは体力を考えて追いかけてくるのだぞ。到着と同時に戦闘になる可能性は高いのだからな」

「「「はい！」」」

親衛隊にそう告げたジュリアと、姉弟が馬車に乗ったのを確認したところで、御者台に座った俺がホクトに出発を命じようとしたその時……。

「さあ、出発だ！　百狼の速さを私に見せてくれ！」

「……オン」

「む、どうしたのだ？　まだ出発ではなかったのか？」

普段から人の上に立つ立場故か、俺よりも先にジュリアが出発の号令を出していた。だがホクトが従う筈もなく、その場から動かずにいるのでジュリアが首を傾《かし》げている。

「ジュリア様。ホクトさんは主であるシリウス様の命令しか聞きません。そしてこのパーティーにおいて、リーダーはシリウス様でございます」

「おお、確かにその通りだな。私はこれから皆の義妹であり、新人になるのだからもっと自重をしなければ」

「兄貴。何かマリーナと会うのがちょっと怖くなってきたんだけど、何でだろうな？」

将来の義姉として上下関係を調教……教え始めるエミリアと、マリーナにジュリアの件を報告する事に不安を覚え始めているレウス。更に国の王女様が二人も同行したりと、実に混沌《こんとん》とした状況で、今から魔物の大群が迫る場所へ向かうとは到底思えない光景だ。

とにかく皆を上手《うま》く統制しなければと気を引き締めながら、改めてホクトに命じた。

「待たせたな。行け、ホクト！」

「オン！」

号令に応える様にホクトが吠《ほ》えると、馬車は激しい砂埃《すなぼこり》を巻き上げながら急発進した。

この速度なら半日は掛かる道のりも数時間で走破出来そうだが、予想以上に馬車の揺れが激しい。俺と弟子たちはある程度慣れているし、三半規管も鍛えているから大丈夫とは思うが、この揺れが初体験である王女様二人には厳しいかもしれない。

「素晴らしい！　百狼とは馬車を牽《ひ》きながらも、これ程まで速く駆けられるのか！　増々ホクト殿の背に乗りたくなったぞ！」

「ちょっと不謹慎だけど、リースと一緒に旅をしているみたいで楽しくなってきたわ」

「姫様。はしゃぐお気持ちはわかりますが、体を打たぬように気を付けてください」

「ならもっと私にくっ付いたらどう？　私を守るのがメルトの役目でしょ」

いや……予想以上に平気そうだな。

いざとなればエミリアとリースが魔法で補助出来るし、レウスもジュリアが怪我《けが》をしないように気を配っている。あちらは皆に任せておいて問題なさそうなので、俺は馬車の状態と速度に注意しながら前方を見据えるのだった。

――アルベリオ――

「キース。そろそろ下がろう。これ以上正門から離れるのは危険だ」

「だな。怪我した奴《やつ》はさっさと戻りやがれ！　足手纏いに構ってる暇はねえんだぞ！」

その日……世界一の大国であるサンドール国が築いた巨大な前線基地は、魔物の大群に襲撃されていた。

しかも襲ってきたのは普通の魔物ではない。

大部分を占める人型の魔物全てが剣や槍《やり》といった武器を手にしており、更に私たちと同じように隊列や陣形を組んで襲い掛かって来たのだ。

明らかに異常な状況に、氾濫という現象に慣れている前線基地の指揮官や兵士たちは浮足立ってしまい、碌《ろく》な準備や迎撃が出来ないまま魔物の接近を許して防壁に取り付かれてしまっていた。

それでも鉄壁と呼ばれる前線基地の戦力と装備、そして王族の中で唯一残った獣王様の的確な指揮により、全体の崩壊という最悪の事態は回避する事が出来た。

どれだけ魔物が束になろうと上級魔法でさえ軽々と受け止める頑強な防壁と、数人がかりでハンドルを回さなければ開閉出来ない頑丈な正門を破壊するのは不可能だろう。

だから防壁に群がる魔物を魔法や弓矢で数を減らしながら時間を稼ぎ、サンドールからの援軍と物資を受けて攻勢に出る予定だったが、魔物の数が予想以上に多い。

更に空を飛ぶ魔物も多く、その迎撃の為に地上への攻撃が緩んでしまうのだ。

それでも拠点の利を生かし、空から攻めてくる魔物と、壁に爪を引っ掛けて強引に昇ってくる魔物を何とか対処していたのだが、しばらく経《た》つと厄介な存在が現れたのである。

「ちっ！　もう次が来やがったか。親父《おやじ》の予想通りだぜ」

「まだ私たちは下がれそうにないな」

本能のまま正門を殴る魔物たちに交じり、巨大な破城《はじょう》槌《つい》を運ぶオーガの集団が現れたのだ。前線基地はこれまで何度も魔物の襲撃を退けてきたそうだが、破城槌を持ってきたのは初めてらしい。

丸太にロープを結んで作った簡単な槌《つち》でも、放っておくのは不味《まず》いと判断した獣王様は即座に精鋭の部隊を作り、地上に下ろして直接破壊に向かわせたのだ。

無茶苦茶なのは誰もが理解していたが、先を考えていない指揮官のせいで、オーガを倒せる魔法を使える者たちの大半が魔力切れになっていたのである。その部隊も獣王様の私兵だけなので、特に周囲から反対はされず作戦は実行された。

その部隊に私も加わり、正面扉に群がる魔物と破城槌持ちのオーガたちを倒す事は出来たのだが、再び破城槌を持つオーガが現れたのだ。

「アルベリオ、お前はもう戻れ。この国と関係のないくせに、妹と嫁を心配させるんじゃねえ」

「妹がいるのは君もだろう？　私はまだ戦えるし、何よりこれくらいで退《ひ》いていたら師匠と相棒に笑われるさ」

逃げ道すらなかったあの時の戦いに比べたら遥かにましだ。

とはいえ私の子供を身籠りながらも、何一つ文句を言わず送り出してくれた妻……パメラには本当に申し訳ないとは思う。こんな危険な事に自ら飛び込んでいるのだから。

だが私は友を見捨てるような父親になりたくはないし、ここで何もせず別れたら一生後悔し続けるだろう。必ず生き残ってみせると剣を握り直した私は、息を整えながら周囲の状況を確認してみた。

私の目から見て致命的な戦況ではない。物資も十分な備蓄があるので、少なくとも数日は持ち堪《こた》えられると聞いている。

しかし戦闘が始まってからすでに半日近く経過しており、そろそろ日が沈み始める時間帯なので、暗くなる前に破城槌を持つ魔物を全て仕留めておきたいところだ。

怪我人を下がらせ、ハルバードを手にしたキースが先頭に立ったその時、防壁の上から援護をしていた妹の……マリーナの声が聞こえてきたのである。

『兄上！　キース様！　獣王様から上に戻れとの命令がありました！』

「何だと!?　俺たちがここを押さえないでどうするんだ！」

風の魔法による妹の伝達にキースが大声で怒鳴り返していたが、意図を察した私はキースを宥《なだ》めながら近づいていった。

「おそらく私たちの疲労を考えての事だろう。戦いが長引くとあの御方《おかた》は判断したんだ」

「けどよ、まだ大きい連中が残っているだろうが」

「大丈夫だ。私たちの代わりもすでに送られてきている」

振り返ってみれば、新たな獣人たちがロープを使って防壁の上から飛び降りていたので、キースも仕方がなさそうに下がり、私も続こうとしたその時……。

「上だ、マリーナ！」

マリーナが戦っている場所に、一体の巨大な飛竜が迫っていたのである。

その飛竜目掛けて無数の魔法と矢が放たれるが、竜種だけあって生命力が強く、遠距離で仕留めきれず接近を許してしまっていた。

「この……あんたの敵はあっちよ！」

だが咄嗟《とっさ》にマリーナは幻を作る能力で己の分身を生み出し、飛竜の狙いを逸《そ》らしたのである。その二十にも及ぶ分身に騙《だま》され、飛竜はマリーナの上を通り抜けていったが、その際に発生した激しい風圧によってマリーナが防壁から投げ出されてしまったのだ。

「マリーナ!?　くっ！」

あの位置ならば……まだ間に合う！

体で受け止めようと全力で私は駆け出すが悪運は重なるもので、落下するマリーナを狙って小型の飛竜も急降下してきたのである。

私は咄嗟に剣を投げようとしたが、ある存在に気付いてそれを止めた。

「………っしゃあああぁぁぁ――っ！」

上空から懐かしい雄叫《おたけ》びを上げながら降ってきた銀色が、マリーナに迫る飛竜を真っ二つに切り裂いたのである。

そしてそのまま空中を蹴って軌道を変えた彼は、落下途中のマリーナを優しく抱きかかえてから私とキースの前に着地していた。

「ふぅ……怪我はねえか、マリーナ？」

「あ……う、うん……」

全く……私を助けてくれた時といい、やはり君は私たち兄妹《きょうだい》の英雄だな。

妹を胸の前で横抱きにするレウスを見た私は、こんな非常事態だというのに自然と笑みが零《こぼ》れていた。


――　レウス　――


目的地である前線基地は、どんなに馬を飛ばしても半日はかかるそうだけど、ホクトさんの御蔭《おかげ》で俺たちはその半分の時間で前線基地に到着出来た。

でもサンドールを出発したのは昼過ぎだったから、俺たちが到着した頃にはそろそろ日が沈み始める時間だった。

魔物たちの襲撃が始まったのは早朝からだとジュリアが言っていた。だからまだ前線基地は襲われていない可能性もあったけど、段々と血の匂いが強くなっていくので、兄貴の予想通り前線基地ではもう戦闘が始まっているようだ。

「兄貴！」

「ああ、始まって間もない……という感じでもなさそうだ。すぐに参戦するとしよう」

移動中、兄貴はジュリアから前線基地の構造や、備蓄されている武器や物資について色々と聞いていた。

そして平地と違い、これだけ大規模な基地での戦闘となれば固まって動くのが難しい時があるので、今後の動きについて伝えてくれた。

「俺たちはこういう場所での戦いは慣れていないが、防衛戦の基本は教えた筈《はず》だ。指示もある程度は出すが、基本は状況に合わせて臨機応変に動いてくれ」

「「はい！」」

「義兄《にい》さん、私はどうすればいい？　遠慮なく指示をしてほしい」

「ここはジュリア様の国なので、いつも通りに動いていただければいいかと。それと義兄《あに》と呼ぶのは止《や》めてくれませんか？」

「どちらも了解した。ならばレウスと正式に結ばれた後で呼ぶとしよう」

うぅ……何でだ？　俺はマリーナの事が好きなのに、会いたい筈なのに、何でこんなに会うのが怖いんだろう？

よくわからない考えを払うように頭を振っていると、城の方で見た壁よりも大きい壁……前線基地が見えてきたので、ホクトさんは徐々に速度を落とし始めた。

「そろそろ到着だな。皆、手筈通りに頼んだぞ」

「お任せください！」

「おう！」

「頑張る！」

そして馬車の速度が落ちると同時に兄貴と俺とジュリアは馬車から飛び降り、前線基地へ向かって駆け出した。馬車は姉ちゃんたちが安全なところに停《と》めてくれるので、俺たちは後を気にせず走る。

突然やってきた俺たちを見て警戒する兵士たちがいたけど、すぐにジュリアがいる事に気付いて歓声を上げていた。これなら何も言わなくても、ジュリアがやってきた事が勝手に広まりそうだ。

ジュリアは前線基地の指揮官を、兄貴は獣王様を捜す為《ため》に基地内へと入る中、兄貴についていて行こうとした俺はある事に気付いて立ち止まっていた。

多くの魔物や血によって、周りの匂いが滅《め》茶《ちゃく》苦《ちゃ》茶だ。それでも間違いなく、マリーナとアルがここにいる事だけはわかる。

アルの事だから前線で剣を振るっていそうだし、上の方に行けばすぐに見つかるかもしれない。魔力を無駄にするべきじゃないってのはわかるけど、さっきから嫌な予感が止まらない俺はその場から飛び上がり、更に『エアステップ』を使って基地を見下ろせるくらいまで高く飛んだ。

「うわ……上も下も凄《すご》い数だな」

特に空の魔物がこんなにいるのを見るのは初めてかもしれない。

鋭い嘴《くちばし》や爪を持つ大きな鳥や、ゴブリンに翼が生えているような魔物の姿が見られ、ぱっと見た感じ小型の飛竜が一番多いと思う。その飛べる魔物たちが次々と攻めて来るから、防壁の上で戦っている兵士たちは魔法や矢を放って何とか追い払っている感じだな。

あの二人はどこにいるのかと防壁の上を見渡していると、遠くで兵士たちに交じって魔法を放つマリーナを見つけ……。

「っ!? 不味い!」

くそ、一際大きい飛竜がマリーナへと迫っていやがる。

助けようと剣を投げようとしたその時、空中にマリーナの幻が無数に生まれて、飛竜はその内の一つを狙ってマリーナの頭上を通り過ぎていった。凄いな、前に見た時より幻の数が明らかに増えているぞ。

俺が知らない間も頑張っていたんだなと感心していると、何故《なぜ》かマリーナが吹き飛ばされて防壁の下……魔物が沢山いる場所へ落下していったので、俺はすぐさま『エアステップ』で宙を蹴って加速しながら落下する。

「邪魔すんじゃねえ！　どらっしゃあああぁぁぁ――――っ！」

途中、落下するマリーナを狙う別の飛竜を斬り捨て、もう一度『エアステップ』で落下軌道を変えた俺は、マリーナを胸の前で抱えて助ける事に成功した。

腕から伝わる温《ぬく》もりと懐かしい匂いを感じながら着地した後、俺を見上げるマリーナへ笑いかける。

「ふぅ……怪我《けが》はねえか、マリーナ？」

「あ……う、うん……」

さっきまで会うのがちょっと怖かったのに、マリーナの顔を見たらそんなのどうでもよくなってきたな。やっぱり俺はマリーナが好きなんだって改めて思う。

それと遠くだったからよくわからなかったけど、こうして近くで見ると……。

「なあ、マリーナ。前より綺麗《きれい》になってねえか？　髪だけじゃなく尻尾にも艶があるっていうかさ」

「い、いきなり何を言っているのよ！　あんた本当にレウスなの？」

「本当も何も俺に決まっているだろ？　あ……綺麗だけじゃなく、ちょっと重たくなったか？　前に抱えた時より重たい気がするぞ」

「くっ!?　その余計な一言……レウスで間違いなさそうね」

顔を真っ赤にしたマリーナに胸を叩《たた》かれてしまった。

別に太ったとかじゃなく、ちゃんと体を鍛えているんだなって説明したのに、マリーナの攻撃が止まらねえ。

こういう時は何て言えばよかったのかと悩んでいると、マリーナと同じくらい会いたかった相棒……アルが笑みを浮かべながら近づいて来た。

「久しぶりだな、アル。色々話したい事があるけど、まずこれを何とかしてくれよ」

「君は相変わらずだな。心配しなくても、妹はレウスに会えて照れているだけさ。しばらく好きにさせてやってくれ」

「兄上！」

「仕方ねえな。ほら、痛くねえから好きなだけ叩けよ」

「うぬぬ……それだと私が悪者みたいじゃない！」

お、覚悟を決めたら止めてくれたぞ。でもマリーナの顔はまだ真っ赤だし、下ろしてとも言わないからもう少しこのままでいるか。

幸いな事に他の兵士たちが前に出て戦っているので、今は俺たちの周りに魔物がいないからな。少しくらいなら、このまま話していても大丈夫そうだ。

「ったくよ。いきなり降ってきたかと思えば、すぐに女と乳繰り合ってんじゃねえよ」

「悪い、久しぶりに会えたから嬉《うれ》しくてさ。キースだって、離れていた恋人や家族と久しぶりに会えたら嬉しいだろ？」

「ぐ……メ、メアリー……」

妹を思い出して静かに涙を流し始めるキースを宥めるアルと、不機嫌そうにしながらも尻尾を俺の体に擦り付けてくるマリーナ。皆と一緒になれるのが嬉しいのか、俺は自然と笑みを浮かべていた。

　出来るならもう少しこのままでいたいけど、やっぱりそうもいかねえか。

「悪い、ちょっと降ろすぞ」

「え⁉」

　敵意を感じて上を見れば、空から数体の魔物が俺たち目掛けて降ってきたからだ。

　マリーナを地面へ降ろし、魔物を迎え撃とうと身構えたその時、俺たちの足元に魔物とは違う影が差したのである。

「はあああぁぁぁ――っ！」

　魔物より更に上から降って来たのは金色……いや、剣を手にしたジュリアだ。

　凄《すさ》まじい勢いで防壁の上から飛び降りてきたジュリアは、こちらを狙っていた魔物たちの横を通り過ぎて俺たちの前に着地していた。

「「ジュ、ジュリア様⁉」」

「おいおい、何でサンドールの姫さんがいるんだ？」

「無論、戦いにきたのさ。私の国が襲われているのだからな」

　そんなジュリアの言葉と同時に、俺たちを狙っていた空の魔物たちが真っ二つになって落ちてきた。全部で四体はいたのに、ジュリアはすれ違いざまに全て斬ったらしい。これが本来の武器を手にしたジュリアの実力か。

　その見事な剣技に感心していると、剣に付いた血を払っていたジュリアが目を細めて俺をじっと見ている事に気付いた。

「羨ましい……」

「何がだよ？」

「上から見ていたが、マリーナ殿を胸の前で抱えていただろう？　これまで私はする側だったが、してほしいと思ったのは初めてなんだ。後で私にもやってくれないか？」

「……レウス？」

「あ……えと、マリーナ……さん？」

こ、これは姉ちゃんたちと同じ笑顔!?

いつの間にマリーナまで使えるようになったんだと体が震えそうになる中、助けを求めるようにジュリアを見れば、彼女は任せろとばかりに頷《うなず》いてくれた。

「マリーナ殿、そんな顔をしないでくれ。私がレウスに惚《ほ》れてしまい、結婚を申し込んだだけなのだ」

「結婚……」

「うむ。だがどれだけレウスを愛そうと、私はマリーナ殿とノワール殿の後に惚れた女に変わりはない。どうか三番目の妻として許してもらえないだろうか？」

「貴方《あなた》からも詳しく聞く必要がありそうね？」

「うひっ!?」

マリーナの問い詰めるような視線に耐えきれなくなった俺は、アル……いや、キースの後ろに隠れた。

「何故俺の後ろに隠れる？」

「いや、お前なら殴られても平気そうかなって。ちょっと頼めねえか？」

「俺が殴ってやろうか？」

だってお前、母ちゃんによくボコボコにされていたじゃねえか。根性は負けねえけど、頑丈さだけは上だと俺は思っているし。

けれどキースが横へ逃げてしまったので、俺はマリーナと再び向かい合う事となる。

もう魔物と戦う方が遥《はる》かに楽なんだけど、そろそろ覚悟を決めねえとな。だって俺はマリーナの恋人だし、こういう時の兄貴ならまず安心させる筈だ。

逃げ出したい気持ちを捻《ね》じ伏せ、改めてマリーナと視線を合わせたその瞬間……俺は剣を構えながら片手でマリーナを抱き寄せていた。

何故なら、上からまた魔物たちが襲い掛かってきたからだ。今度は三十……いや、五十は軽く超えているな。

「来るぞ！」

「ちっ！　上の連中は何をしていやがる！」

「いや……待ってくれ。何か変だ」

アルたちも武器を手にして身構えていたけど、それだけだった。

だって俺たちの周りに落ちてきた魔物は、全て頭を撃ち抜かれて死んでいたからだ。

誰がやったかなんて言うまでもない。見上げれば、防壁の上に立った兄貴が魔法を放っている姿が見えた。

『レウス。三人を一旦下がらせて、お前とジュリア様で破城槌《はじょうつい》を持つ魔物を狙え！』

「……おう！」

そうだ、マリーナの事は放ってはおけないけど、今は浮かれている場合じゃねえ。

気合を入れながら兄貴へ聞こえるように返事をした俺は、腕の中にいるマリーナの目を見ながら告げた。

「すまねえ、マリーナ。こんな状況だからさ、後で全部説明するよ」

「……そんなに焦らなくても、少しはわかっているつもりよ。どうせジュリア様が急に言い出して、あんたはどうすればいいか困っているだけでしょ？」

「お、おう。大体そんな感じだ。ていうかよくわかったな」

「あんたを知っていれば予想はつくわよ。でもどうしてこうなったのか、後できっちり教えてもらうからね！」

少し恥ずかしそうにしながらも、マリーナは俺の鼻先に指を突きつけながら笑ってくれた。その言葉で少し気が楽になっていると、上にいた姉ちゃんが風で落下の衝撃を殺しながら俺たちの前に降りてきた。

「あ、エミリアさん！」

「挨拶と説明は後です。行きますよ、マリーナ」

「えっ!?　行くって……きゃっ!?」

　そして俺と同じようにマリーナを胸の前で抱えた姉ちゃんは、風の魔法で飛び上がって兄貴の下へ戻っていった。マリーナはこの壁を登るのは大変だから、わざわざ迎えに来てくれたわけか。

「ほら、マリーナも戻ったからアルとキースも戻れよ。ここは俺とジュリアに任せとけ」

「てめえが来たなら別だろ。いっちょ全員でこの辺りを一掃してやろうぜ！」

「気持ちはわからなくもないが、私たちも一度戻るべきだ。上には師匠もいるからね」

「……仕方ねえな。けど、ロープを昇って戻るのも面倒だな」

　二人は姉ちゃんみたいに風で高く飛べないし、兄貴のように上手《うま》く『エアステップ』が使えるわけじゃないからロープで壁を戻るしかない。

　何なら俺が放り投げてやろうかと思っていたその時、アルとキースが凄い勢いで上空へと飛んで……いや、引っ張られるように飛んで行った。

「エミリア殿だけでなく、あの二人も空を飛べるのか！　後で教えてもらわなければ」

「いや、たぶん兄貴の仕業だな」

　一瞬だけ二人の体に『ストリング』が巻き付いたのが見えたからな。

　もちろん兄貴の力で二人を引っ張り上げるのは厳しいけど、上には獣王様がいるから手伝ってもらったんだろう。

「君たちは本当に興味深いな。これからが楽しみだよ」

「おう、兄貴や姉ちゃんたちと一緒だと飽きないぜ。色々教えてやりたいけど、その前にこいつ等《ら》をどうにかしないとな」

周りで戦っている兵士たちの様子を見たところ、あまり状況は良くない。

負けてはいないけど、次々と魔物がやってくるせいで正門を守るのが精一杯って感じだ。

そのせいで、兄貴が言っていた破城槌を持つ魔物を倒しに行く余裕がほとんどない。

でもこれからは空の魔物たちは兄貴がやってくれるから、俺たちはこっちに集中出来そうだ。

魔力を集中させながら相棒の剣を高く掲げた俺は、戦場に響き渡る勢いで吠《ほ》える。

「お前等、纏《まと》めてかかってきやがれぇ！」

「ふふ、皆を高める良き気合だ。ならば私も宣言させてもらうとしよう。サンドールに災いをもたらす魔物たちよ。私の剣の錆《さび》にしてくれようぞ！」

俺に負けない勢いでジュリアが吠えれば、防壁の上で戦っていたサンドールの兵士たちも雄叫《おたけ》びを上げていた。別に狙ったわけでもないのに、凄《すご》い一体感だな。それだけジュリアは国の人たちから信頼され、頼りにされているわけか。

剣を掲げて周りを鼓舞する姿が格好良くて、何となくジュリアの横顔を眺めていると、俺の視線に気付いたジュリアが爽やかな笑みを返してくれた。

「以前の氾濫より魔物は多いようだが、私とレウスの剣があれば何も恐れる事はない」

「……だな。じゃあ、俺は右の方をやるから左は頼んだぜ」

「任せておくがいい！」

何ていうか……不思議だな。

ジュリアと一緒に戦ったのはほんの数回だけなのに、まるで何年も一緒に戦っているような安心感がある。

いきなり結婚してくれと言われて困ったりはしたけど、今は何よりも心強いジュリアと共に俺は魔物たちへ剣を振り下ろした。


――　シリウス　――


防壁の上から俺が伸ばした『ストリング』は、地上の正門前にいたアルベリオとキースの体へ正確に巻き付いた。

同時にその魔力の糸を、隣にいた獣王へ握らせて引っ張ってもらえば……。

「ぬうん！」

「「うおおっ!?」」

地上にいた二人が、一本釣りされた魚のように飛んで戻ってきたのである。

というか獣王の力が強過ぎて、二人は軽く見上げる程の高さまで飛んでしまったが、何とか体勢を整えて無事に俺たちの前に着地していた。

「はぁ……はぁ……な、何だ今のは!?」

「師匠!? もしかして、今のは師匠が？」

「ああ。強引ですまないと思うが、お前たちを早く回収しておきたくてな」

二人に巻き付けた『ストリング』を消した後、久しぶりの挨拶も含めて何が起こったのか簡単に説明しておく。

そのあまりにも強引な方法に二人は呆《あき》れていたが、文句を言われるより先に獣王が会話に入ってきた。

「早く戻ってこないからそうなるのだ。話はその辺にして、中に戻って休んでこい」

「ったく、わかってるよ！」

「何かあればすぐに呼んでください。ところで……マリーナはどこへ？」

「こ、こちらです、兄上」

エミリアに抱えられて戻ってきたマリーナの顔色が少し悪いが、それも当然かもしれない。ここの防壁は非常に高く築かれているので、地上から一気に高い位置へ上がれば気持ちも悪くはなるだろう。特にマリーナは兄やエミリアと違い、そこまで体を鍛えているわけじゃないからな。

無事にマリーナの回収任務を果たしてくれたエミリアの頭を撫《な》でた俺は、空から攻めてくる魔物へ『マグナム』を放ちながらアルベリオとキースに顔を向けた。

「奥の方でリースが怪我人《けがにん》の治療をしている筈《はず》だ。目立った傷はないようだが、一度彼女に診てもらってきた方がいいぞ」

「何時《いつ》でも出られるように備えておけ。後であの二人と入れ替える予定だからな」

そう語る獣王の視線の先には、魔物を次々と斬り捨てるレウスとジュリアの姿があった。

二人は魔物の群れをものともせず正面から突破し、優先目標である破城槌を持ったオーガを次々と仕留めている。

「どらっしゃあああぁぁぁ――っ！」

「はあああぁぁぁ――っ！」

頑丈な皮膚と筋肉に覆われたオーガを一振りで真っ二つにするレウスに、剣を目にも止まらぬ速さで振るってオーガの四肢を斬り飛ばすジュリア。

危険だと察した敵は二人に狙いを付け、手にしていた丸太……破城槌を武器として振るってくるが二人は全く動じていないようだ。

「ただの丸太で止められると思うなよ！」

「慣れない得物を使うべきではないぞ。隙だらけだ！」

レウスは突き出された破城槌を飛んで回避しただけでなく、その上を走ってオーガの懐へ飛び込んで首を斬り飛ばす。そしてジュリアもまた、レウスのように破城槌の上を駆け抜けながらオーガを斬り捨てていった。

戦局を変えつつある二人の勢いに周囲の兵たちは更に湧き立ち、全体の士気が上がっていくのを肌で感じた。

「……凄いな。今の私であのレウスの剣を流せるだろうか？」

「それに姫さんとの動きもばっちりじゃねえか。くそ、俺も一緒に暴れたかったぜ！」

「………」

「並んで戦えなくとも、あの子はマリーナの事をちゃんと考えていますよ。後でゆっくりと語れますから、そんな悲しそうな目をする必要はありません」

「そ、そんなつもりじゃ……」

息の合った動きで戦うレウスとジュリアを複雑な気持ちで眺めているマリーナだが、エミリアが上手くフォローしているようだ。

そして後ろ髪を引かれる三人が下がったところで、俺は周囲に指示を飛ばす獣王と打ち合わせを始める。レウスとジュリアの御蔭《おかげ》で正門はしばらく保つだろうが、問題はまだ山積みだからな。

「下は二人に任せておけば大丈夫だな。しかし問題は……」

「ええ、空ですね」

獣王と合流した際に軽く聞いてみたところ、どうもこちら側の対空攻撃が乏しい状況らしい。

『矢の他にも魔法を放つ者もいるが、すでに多くの者が魔力枯渇に陥っているのだ』

人の魔力は回復するのに時間がかかるので、矢のようにすぐ補充は出来ない。

故にこういう大規模な戦闘の場合、魔法はなるべく温存しながら戦うべきなのだが、予想を超える魔物の規模に焦った前線基地の守衛隊長が、一気に薙《な》ぎ払えと魔法を連発させる指示を出したそうだ。

冷静ではなかったとはいえ、ここを任せられた者とは思えない愚策である。

『どうやら実力ではなく、上からの推薦によって得た地位らしいな。あまりにも見ていられんから、私が指揮権の一部を強引に奪い取ったのだ』

そんなわけで防壁の西側がその守衛隊長で、東側……俺たちがいる位置を獣王が指揮しているわけだ。

自国から連れてきた兵だけでなくサンドールの兵をも巧みに操り、戦力を温存させながら戦っている獣王であるが、西側が押されている事に気付いて舌打ちをしていた。

援護したくとも、空からの魔物だけでなく地上の援護、そして防壁を強引に登ってくる魔物たちを迎撃する必要があるので、こちらも余裕がほとんどないのだ。

かといって放っておいたら西側が崩れてしまい、こちらの負担が増えて東側も崩壊するだろう。即座に戦力を回すべきか悩む獣王に、俺は装備を確認しながら提案していた。

「わかりました。こちらは俺たちが入りますので、兵の半数を休憩か向こうの援護に回してください」

「助かるが、いいのか？」

「問題はありません。俺にはエミリアと……」

「獣王様！　お下がりください！」

兵士の大声に振り返れば、中型の飛竜が俺たち目掛けて襲い掛かってきていた。

矢と魔法を受けながらもその巨体は止まらないので、俺が『マグナム』を飛竜の両目に撃ち込んでやれば、弾丸は肉だけでなく脳を貫いて飛竜を絶命させたようだ。

しかし勢いまでは殺せず飛竜の巨体が俺たちへと迫るが……焦る必要はない。

「オン！」

遅れて現れたホクトが正面から飛竜を受け止め、そのまま地上へと放り投げてくれたからだ。更にホクトが投げた先は魔物が密集している場所だったので、多くの魔物を巻き込んで数を減らしてくれた。

「ホクト様だ！」

「ホクト様ぁ！」

「皆の者、ホクト様が降臨されたぞ！」

ホクトの登場に、今度は獣人たちの士気が上がっていく。

これで問題はないだろうと伝えるように獣王へ視線を向けた俺は、両手に銃器をイメージしながら獣王へ告げる。

「体勢を立て直す為《ため》に、少し派手に行きます。あちらの対応はお任せしますね」

「うむ、頼んだぞ。ホクト様とエミリア殿もな」

満足気に頷《うなず》く獣王が西側へ送る戦力を集め始めたところで、俺は両隣に控えた従者と相棒へ語り掛けながら一歩前に出た。

「ホクト。壁を登ってくる連中を掃除してこい」

「オン！」

「エミリアは俺の傍《そば》で援護だ。あまり離れないようにな」

「はい！」

「ここからが本番だ。気を引き締めろ！」

エミリアとホクトに指示を飛ばすと同時に、俺は空を埋め尽くさんばかりの魔物たちへ狙いを付けて『マシンガン』を放つ。

秒間数十発の弾丸が魔物を貫き、こちらへ迫る魔物を次々と叩《たた》き落としていく。

「見える範囲でも、軽く千は超えているようだな」

そこから東西に別れて攻めてくると考えて、俺たちが相手をするのはその半分くらいだろうか？

ただ倒すだけなら何とかなりそうだが、魔大陸の方角から増援が次々とやってくるので、少しでも無駄撃ちを減らし、一体でも多くの魔物を仕留めなければなるまい。故に弾幕を張れる『ガトリング』ではなく多少の小回りと狙いが利く『マシンガン』を選んだのだ。

「さすがはシリウス殿！　目に見えて魔物が減っているぞ」

「我々も負けていられんな」

「皆も続け！　ホクト様に勝利を捧《ささ》げるのだ！」

周りにはアービトレイに滞在していた間に顔見知りとなった獣王の兵が多く、俺の手が回らない部分を補うように陣形を展開してくれていた。

これなら安心して正面に集中出来るので、俺は魔物の弱点を確実に撃ち抜いていく。

その頃、ホクトは身体能力を生かして壁を走り回り、壁をよじ登ってきている魔物たちを叩き落としていた。尻尾を振り回して魔物を壁から払い落としている光景は、正に掃除と言って過言ではあるまい。

この調子なら戦況も安定しそうだが、これだけ魔法を連発すれば俺の魔力はすぐに尽きてしまうだろう。

まあ俺は特殊な体質ゆえに魔力の回復が異常に早く、大きく深呼吸をしている間に回復が可能なのだが、逆に考えれば数秒間は魔法が使えない時間がある。銃器で言えば再装填《リロード》時間だ。

これが普段の戦いであれば接近戦等で時間を稼ぐのだが、これ程大規模な戦闘になると、その数秒が致命的な隙となり得る。

「オン！」

「カバー！」

「お任せください！」

だからその数秒の空白を、隣に控えたエミリアに埋めてもらう。

共に戦えるのが嬉《うれ》しいのか、笑みを浮かべるエミリアは風の刃だけでなく中規模の竜巻を生み出して魔物を叩き落としていた。

しかし中には竜巻を強引に抜けて、隙が出来た俺に襲い掛かる魔物もいたが……。

「……もう一歩だな」

「シリウス様に近づくのは許しません！」

その頃には俺の魔力は回復している。

大口を開けて牙を剝《む》く魔物の口内へ、俺の『ショットガン』とエミリアの『エアショットガン』が叩き込まれ、魔物の頭部が完全に弾《はじ》け飛んでいた。

「いいぞ、エミリア。その調子で頼む」

「お任せください！」

自信満々に答えるエミリアに頼もしさを感じながら、俺は再び弾丸の雨を魔物たちへ叩き込んでいく。

その絶え間ない攻撃によって魔物を大分片付けた頃、俺は攻撃を続けながら地上の様子に意識を向けてみた。

レウスとジュリアは……まだ問題なさそうだ。

二人は疲れを知らないように剣を振るい続け、正門から一定の距離を保ちながら魔物を斬り捨てている。しかし二人の周囲で戦う兵が稀《まれ》に油断して襲われそうになっていたので、時折そちらへ『スナイプ』を放って援護をしておいた。

そんな危うい場面もあるが、少なくとも地上は順調と言っていい状況だろう。

後はサンドールからの援軍が来るまで耐えれば、俺も交代で休めるようになると思うが、やはりそう簡単にはいきそうもないか。

「アービトレイの勇者たちよ、備えよ！」

獣王の声に見渡してみれば、竜種の中で最も強いと言われる上竜種並みに大きい飛竜が現れたからである。

おまけに三体もいるので、遠距離での撃破は厳しいと接近戦に備える号令を獣王が掛けたのも当然の判断だろう。

巨体故に手強《てごわ》そうだが、あれなら俺の『アンチマテリアル』で仕留められると思う。

しかし時間を掛けて魔力を濃縮しないと倒しきれるどうか怪しいし、一発も撃てば魔力補充《リロード》が必要となる。それに向こうは凄《すさ》まじい速度で迫っているので、このままでは三発目を撃つ前に接近を許してしまいそうだ。

あれに一体でも懐へ飛び込まれたら相当な被害が出てしまうので、ここは一つ目の切り札を切るとしよう。

「エミリア、少し頼む」

「はい！」

エミリアに他の魔物を頼んだ俺は、懐から淡い光を放つ掌《てのひら》サイズのカードを二枚取り出した。そのカードには無数の紋様が刻まれており、『ストリング』を繋《つな》いで魔力を流せば、カードは光球となって俺の周囲に浮遊し始めたのである。傍目《はため》には『ライト』を二つ浮かべているようにしか見えないので、周囲の兵たちは首を傾《かし》げていた。

「あの、シリウス殿は何をする気で？」

「あの大きいのを落とします。衝撃が発生するので、今は俺に近づかないでください」

そう告げると同時に、俺の周りに浮かんでいた光球は膨大な魔力を放ち始めた。

ちなみにこのカードの正体だが、特殊な処置で板状に加工した魔石で、その魔石の板に俺が作った魔法陣を描き、それを幾つも重ねて一枚のカードに仕上げた代物である。

「接続……完了。安定……誤差修正……」

そしてカードを俺の『ストリング』に繋げて使えば、カードは魔力タンクとしてだけでなく、任意に操作可能な魔法の発動体にもなるのだ。

カードには普段から使う魔法の魔法陣を一通り刻んであり、その中から必要な魔法を発動させながら狙いを付けた俺は、迫る飛竜へ狙いを付けながら脳内の撃鉄を引いた。

「『アンチマテリアル』……掃射！」

俺と光球から放たれた三発の弾丸は、周囲に衝撃波を生み出しながら飛竜へと直撃し、頭部……または体の半分を吹き飛ばした。

ついでに射線上にいた他の魔物も大勢巻き込んだらしく、少し余裕が生まれた獣王が感心するように呟《つぶや》いていた。

「ほう、あれ程の魔法を同時に放てるとはな。以前より遥《はる》かに強くなっておるようだな」

「成長しているのは弟子だけではありませんので」

素早く手数を増やせるので非常に強力な武器なのだが……残念ながら欠点は多い。

まず一枚作るだけでも非常に手間がかかるし、一度発動させると元に戻る事はないので完全に使い捨てなのだ。更に元は魔石だから費用も馬鹿にならないので、カレンの故郷で魔石を大量に貰《もら》えなければ作ろうとも思わなかっただろう。

ちなみに魔法を放った後の光球だが、今にも消えそうなくらいに点滅していた。

膨大な魔力を秘めた魔石だろうと、やはり『アンチマテリアル』になると一、二発が限界のようだな。

「ただ、強力な分だけこの技は頻繁に使えません。あまり頼りにしないでください」

「心配せずとも、お主ばかり活躍はさせんさ。頼り切りでは我々の誇りが許さんからな」

「ええ、頼りにしていますよ」

「うむ！　我等《われら》アービトレイの力を、魔物共へ存分に見せ付けてやろうではないか！」

先は見えない戦いだが、戦力と士気は十分である。

不敵な笑みを浮かべる獣王と視線を交わした俺は、新たに現れた魔物たちに狙いを付けるのだった。


――　リーフェル　――


様々な意味で激しかった馬車から降りた私たちは、リースと一緒に基地内にある負傷者が集められた部屋へとやってきた。

私はまだ魔物たちの姿は見ていないが、聴覚に優れたセニアが数えきれない数だと断言する程なので、外は酷《ひど》い状況なんでしょうね。

きっと怪我人《けがにん》も多いだろうと覚悟はしていたけど……。

「次はこっちだ！　薬と包帯を持ってこい！」

「駄目だ、包帯が足りん。誰でもいいから、奥から新しいのを出してきてくれ」

「嫌だ……死にたくない……」

これは……予想以上に酷いようね。

魔物にやられた傷で苦しむ兵士が大勢いるのに、ベッドが足りなくて床に寝かされているくらいだもの。中には体の一部を失った者も見られるのに、碌《ろく》な治療もされないまま放置されている者もいるわ。

もちろん怪我人に治療魔法を施している者が何人もいるけど、どう見ても人手が足りていない。怪我人が運ばれてくる数の方が圧倒的に多いからだ。

部屋は血の匂いが充満し、兵士たちの叫びや呻《うめ》き声《ごえ》があちこちで上がっている。

自然と背を向けたくなる衝動を堪《こら》えながら、私は目の前で立ち尽くしたままの妹……リースへと視線を向けた。

この子は自分より他人が傷つく事を怖がるから、この部屋の惨状に足が竦《すく》んで動けないのかもしれない。

怖い気持ちはわかる。でもね、貴方《あなた》の力ならここにいる多くの人たちを救える筈《はず》よ。

だから恐れず踏み出しなさいと伝えるように私は妹の肩に手を伸ばしたけど、その手は空を切った。

「……まずあの人と、向こうの人だね。行くよ、ナイア」

何故《なぜ》なら私の手が触れるよりも先に、リースが自ら前へ歩み出していたからだ。

今の言葉……もしかしてこの子が立ち止まっていたのは、怪我人の優先順位を確認していたって事かしら？

怖気《おじけ》づくどころか、逆に頼もしさを感じさせる妹の背中を呆然《ぼうぜん》と眺めていると、部屋内が白く染まり始めている事に気付いた。

「これは霧……ですね。リース様の魔法みたいですが」

「霧を出してどうするのかしら？　あの子が魔力を無駄に使うとは思えないけど……」

「姫様、あちらをご覧ください」

メルトが視線を向けた先にいたのは、壁に背にして座る一人の兵士だった。

彼は先程運び込まれたばかりのようで、体全体に痛々しい傷が幾つも見られるのに処置は何もされていない。あれでも他の人と比べて軽傷だから後回しにされているようね。

せめて私たちで包帯でも巻いてあげようかと思ったけど、彼を眺めている内にメルトが言いたい事を理解した。

「お気付きになりましたか？　誰も手を触れていないのに、あの男の傷が塞がり始めているのです」

「本人の治癒力……なわけじゃなさそうね。そうなるとやっぱり……」

「はい。リース様が生み出しているこの霧でしょう」

つまりこの霧に触れているだけで傷が治っていくわけね。

広範囲に効果がある分だけ効果は薄いみたいだけど、現状のように怪我人が集められた場所では最適かもしれない。

実際、周りから聞こえていた呻き声や怒声が、困惑と喜びの声に変わってきているし。

便利そうだし、いざという時に備えて私の臣下たちに覚えさせたいところだけど、この魔法は無理でしょうね。

「セニアはどう思う？」

「厳しいですね。霧に治療効果を付与しているのは膨大な魔力を常に放出しているようなものですから、並の者ならば数秒も経《た》たない内に魔力が枯渇すると思います」

精霊が力を貸してくれるリースだからこそ使える魔法か。

唸《うな》る私たちを他所《よそ》にリースは霧の魔法だけでなく、怪我人に直接触れて魔法を発動させていた。

あの子がエリュシオンを旅立って一年以上は経過しているし、心身共に成長していると思ってはいたけど、これは予想を遥かに越える成長ぶりね。

「大丈夫ですか？　すぐに治しますから、私に任せてください」

「早く治し……う、いや……頼む」

さっきまで痛みで悪態をついていた兵士も、リースが微笑《ほほえ》みかければ急に大人しくなっていた。ふふん、あの子が見せる天使の笑みに敵う者はいないわ。

そんな可愛《かわい》くて最高なリースの活躍により、あんなにも暗い雰囲気だった部屋が、今は澄んだ水が流れるような清浄な空気に変わっていた。

ただ眺めているのもあれなので、私たちもリースの手伝いをしようかと思ったその時、外から新たな怪我人が運ばれてきた。

「くそ、どうなっている。揃《そろ》いも揃って私を馬鹿にしおって！」

「お、落ち着いてください。すぐに治療出来る者が来ますので」

「さっさと連れてこい！　お前たちのせいでこうなったのだぞ！」

現れたのは派手な鎧《よろい》を装備した男とその部下らしき三人の男たちだけど、負傷しているのは派手な鎧を装備した男だけみたい。あの不遜な態度と、部下らしき者に怒鳴りつけている様子からして、それなりに身分が高い者かしら？

治療を受けにきたのはわかるけど、正直に言わせてもらうならそこまで騒ぐような傷とは思えなかった。ここに運ばれた他の人たちに比べたら明らかに軽傷だし、リースが生み出した霧に触れていればすぐに治りそう。

とはいえ、立っているだけで治るなんてすぐに理解出来る筈もなく、騒ぐ男はリースを呼び付けていた。他に治療出来る者が近くにいたのに、わざわざリースを狙って指名したわね。まあ、あんな可愛い子に頼みたいと思う気持ちはわかるけどね。

「おい、そこの娘。すぐに私の治療をしろ」

「お断りします」

しかしリースは男を一瞥《いちべつ》しただけで、その場から動かず治療を続けている。おそらく男が軽傷だと見抜いているからでしょうね。

あっさり断られたどころか、目の前の治療に集中しているリースに男は怒り始めるが、私が何か言うよりも先にリースの方が口を開いていた。

「貴方より傷が深い人はまだ沢山います。我儘《わがまま》で優先順位を勝手に決めないでください」

「私はすぐに前線へ戻らなければならんのだぞ！　ここが落とされたらどう責任を取るつもりだ？」

「それならばもう大丈夫ですよ。傷は治っていると思いますから」

普段は大人しく控え目でも、治療に関すると強気になるのは相変わらずのようね。

そんなリースの言葉で男は傷が治っている事に気付いたみたいだけど、態度が許せないのか部下の一人にリースを連れて来いと命令していた。

渋々と言った様子の男がリースへ迫るけど、それを許すわけにはいかないわね。

「ちょっと待ってくれる。あの子に用事があるのなら、まずは私たちを通してちょうだい」

「な、何だお前たちは？　関係のない奴《やつ》は黙っていろ」

「いや、俺たちはこの子の関係者だ」

「私たちには口を挟む権利がございます」

私は戦場の空気を体験する為《ため》にここへ来たわけだけど、もう一つの理由はリースを守る為だ。

戦場の殺伐とした空気は、人の正常な判断を鈍らせるもの。それに姉の贔屓目《ひいきめ》がなくても、リースの治療の腕前は常人を遥かに凌駕《りょうが》している。

そんなリースを混乱に乗じてかどわかす愚か者が現れる可能性もあるので、私はなるべくあの子の傍《そば》にいようと決めた。今のリースなら悪漢くらい簡単にあしらえると思うけど、姉として放ってはおけないし、何より会えなかった分だけ一緒にいたいじゃない。

こんな私の我儘に付き合ってくれた皆の為に、私たちはリースを守るように男たちの前に立ちはだかっていた。

「何だお前たちは？　ここの守衛隊長である私の命令が聞けぬのか！」

「あの子は善意で治療を手伝っている冒険者ですわ。つまり貴方の部下ではないので、命令されるいわれはございません」

外交問題が頭をよぎるけど、今のエリュシオン王とジュリアなら、こんな横暴な隊長さんの肩を持つような事は言わないでしょ。だって佇《たたず》まいだけでわかる。実力ではなく、身分と権力だけで守衛隊長の座に就いた者としか思えないし。

明らかに色々足りていない隊長さんの睨《にら》みを正面から受け止めた私は、王族として振舞いながら更に言い返す。

「それにしても、随分と感情的な言動が見られますね。仮にも守衛隊長と呼ばれる立場であるならば、もっと冷静であるべきだと思いませんか？」

「なっ!?　小娘に何がわかる！」

「あら、上に立つ大変さと苦労は理解していますよ？　こう見えて私は王族ですし、貴方たちの姫様……ジュリアの親友ですから」

　勝手にジュリアの名前を出すのは不本意だけど、この手の相手には一番通じ易《やす》いので使わせてもらうとしましょう。ジュリアも将来の義姉の為ならと簡単に許しそうだし。

「お、お前のような親友がいるとは私は聞いておらん！　ジュリア様の名を勝手に語ってただで済むと思っているのか！」

　一瞬怯《ひる》みはしても、出まかせだと思われているのか退《ひ》く気はなさそうね。

　全く。外では多くの人たちが戦っているのに、こんな所で言い争いをしている場合じゃないって事を理解しているのかしら？

　思わず溜息《ためいき》が漏れてしまうけど、他国の相手をこれ以上説教する義理はないし、さっさと追い払うとしましょうか。

　以前にシリウスやリースから教わった、柔軟で太い『ストリング』……魔力の鞭《むち》を生み出した私は、それで床を叩《たた》きながら怒鳴りつけた。

「いい加減にしなさい！　傷が癒えたのならば、前線へ戻って戦うのが守衛隊長である貴方の務めでしょう！　ここに魔物がいるのか！」

「ひっ!?」

「それとも怖くて戻れないのかしら？　もう一度怪我をすれば戦わずに済むわよ？」

私の迫力に守衛隊長は完全に臆したのか、負け惜しみのような言葉を吐いて逃げるように部屋を飛び出して行った。女がちょっと脅しただけで逃げ出すなんて、彼は一体どれだけ楽な人生を送って来たのかしらね？

「少し大人気なかったかしら？」

「いえ……あのような体たらくでは、遠からず痛い目に遭うでしょう。姫様に叱咤《しった》されて襟を正す機会が与えられた分、運が良かった方かと」

これ程立派な基地となれば、隊長は優れた実力と実績を備えた者が選ばれる筈なのに、あんな逃げ腰な者が隊長とはね。これもシリウスが言っていたラムダの影響かしら。

後でジュリアに、こちらの指揮官や全体の見直しも必要だと報告するべきかと考えていると、リースがこちらを眺めている事に気付いた。

「あの、姉ー……リーフェル様」

「心配はいらないわ。邪魔な連中は私たちが全部追い払うから、貴方は治療に専念してちょうだい」

「そうじゃなくて。突然大きい音を立てたら傷に響く人がいますので、もう少し気を付けてくださいね」

く……リースの言っている事は正しい筈なのに、何だか理不尽だわ。

確かにやり過ぎたのは理解しているけど、貴方を守る為なんだから少しくらい……。

「でも、ありがとう。良かったら、治療を手伝ってもらえますか？」

うん、全て許しましょう！

その笑顔が見られたのなら十分よ。

それからもリースの治療は続き、日が沈み始める頃には重傷者はほとんどいなくなっていた。

私たちは怪我人《けがにん》の包帯を替えたり、そういう細々とした事を手伝ってはいたけど、正直私たちの手は必要がないくらいリースの手際は見事だった。

気が付けば怪我人だけでなく、治療にあたっていた人たちにまで笑顔を向けられているのは、治療の腕前だけじゃなくリースの人柄でしょうね。自然と人を惹《ひ》き付ける部分は父さんの血を引いている証拠だわ。

外ではあの子たちが頑張っている御蔭《おかげ》なのか、怪我人が運ばれてくる頻度が明らかに減っているし、リースの癒し効果も相まって部屋内の雰囲気も随分と軽くなっていた。

「とりあえず一段落……かしら」

「はい、戦場とは思えない程の余裕が生まれつつあります。だからリースも少しは休んだらどうだ？」

「私はまだ大丈夫。それにナイアの御蔭で、私はほとんど魔力を使う必要がないから」

私たちにだけ聞こえるように声を潜めたリースの説明によると、まだリース自身の魔力は半分近く残っているそうだ。

何でも、傍にいる水の精霊の上位種であるナイアがほとんどやってくれるらしく、リース自身の魔力消耗は少しで済むらしい。

「この部屋を満たしている霧は全部ナイアが生み出しているから、私は怪我人だけに専念出来るの」

「それでも魔法を使い続けていたら魔力が足りなくなるでしょ？」

「そっちもナイアが補助してくれるから、私の負担は少ないの。だから本当に凄《すご》いのは、私じゃなくてナイアだよ」

例えば五十の魔力が必要な魔法でも、リースは一割程度の魔力で済むらしい。

それだけこの子は精霊に好かれ、惜しみなく力を貸してもらえるというわけだけど、自分の力じゃない点に少し引け目を感じているようね。

「でも貴方《あなた》がいなければナイアは力を貸してくれないんでしょ？　それを含めた意味でリースの強さなんだから、もっと自分を誇りなさい」

「ふふ……それ、シリウスさんや皆にも言われたよ」

「あら、それは余計な言葉だったようね。それより、貴方の成長を近くで見られて本当に良かったわ。改めて言わせてもらうけど、大きくなったわね」

家族として誇らしいという気持ちを伝えるように、私は想《おも》いを込めてリースの頭に手を置いた。

そういえば非常時だったから父さんにはまだ報告していないけど、今回の事件が片付いたらリースたちはエリュシオンに一度戻る予定だったわね。

理由はシリウスがリースたちと結婚式を挙げる為だから、しばらくはエリュシオンにいるだろうし、フィアも懐妊しているので母子の健康を考えて長期の滞在になる筈《はず》。

その間にリースの背中を押してあの子も懐妊すれば、そのままエリュシオンに腰を落ち着ける可能性だってあるかも。

もちろん、そんな簡単に事が進むとは思えないけれど、しばらくは楽しそうな未来が待っているのは確かよね。

だから全員が無事に帰れるようにと気を引き締めていると、外から聞こえていた戦闘音が歓声に変わっている事に気付いた。

「様子が変ね。何かあったのかしら？」

「姫様。外の歓声と気配から察するに、魔物を退けたかもしれません」

「あ、ナイアも魔物が逃げ始めているって教えてくれたよ」

シリウスたちだけでなくジュリアまで加わったのだから、さすがに魔物も勝てないと踏んだのかしら？

でもどれだけあの子たちが規格外だとしても、これだけ大規模な戦争を覆すなんて簡単に出来るとは思わない。

何か妙だと首を傾《かし》げていると、外の様子を見に行かせていたセニアが戻ってきた。

「リーフェル様、どうやら魔物の大群を退ける事に成功したようです」

「本当なの？　それにしては、何か気にかかっているようね」

「はい。兵士たちは皆喜んでいますが、私はどこか違和感を覚えるのです」

魔物は十分残っていたのに、突然全ての魔物が一斉に逃げ出したらしい。

「私の見解ですが、あれは撤退を命じられた部隊の動きです。本能で生きる魔物の逃げ方とは思えませんでした」

「セニアがそう思ったのなら、間違いはないでしょうね」

馬車で移動中、氾濫を起こした犯人についてシリウスは様々な推測を語っていた。

その中の一つに、敵は魔物を操る事が出来るかもしれないと言っていたけど、セニアの報告によってその推測も間違っていなそう。

真実がどうあれ……。

「戦いはまだ終わっていないと考えた方が良さそうね」


――　シリウス　――


前線基地を襲っていた魔物たちが退却し始めたのは、赤く染まった空が暗闇に覆われ始める頃だった。

振り返りもせず一斉に魔物たちが逃げ出す光景に、多くの兵たちが歓声を上げていた。

一度は追い込まれたので喜びたくなる気持ちはわかるが、気を抜くのは少し早いだろう。あの魔物たちが突如反転し、再び襲い掛かってくる可能性もあるのだからな。

それにしても……魔物の逃げ方に違和感を覚える。

もう少し粘れば闇夜で視界が悪くなり、人より感覚に優れた魔物たちが有利な時間帯だと言うのに、まるでスイッチを切り替えるかのように魔物が一斉に退いたからだ。

気になる点は多いが、このまま身構えていても精神的な疲労が溜《た》まるばかりなので、最低限の警戒を維持しながら手を下ろすと、隣にいたエミリアがタオルを差し出してくれた。

「シリウス様、こちらをどうぞ」

「ああ、助かる」

水で少し濡《ぬ》らしてあるタオルで汚れを拭っていると、エミリアの頬にも僅かだが魔物の返り血が付いている事に気付いた。

「エミリアも汚れているじゃないか。動くなよ」

「うふふ……ありがとうございます」

少しくすぐったそうにしながらも、身を任せてくれるエミリアにタオルを当てていると、少し離れた場所にいる獣王の大声が響き渡った。

「まだ気を抜くな！　警戒を維持しつつ、負傷した者から休ませよ！」

「「「はっ！」」」

一方、この基地に常駐している兵たちは未《いま》だにジュリアの名を叫びながら勝《か》ち鬨《どき》を上げている。いい加減口を出すべきかと考えたところで、再び獣王に負けない大声が前線基地全体を震わせた。

「皆の者、よくやってくれた！　だがまだ戦いは終わっていない！　負傷者の手当てと損壊場所の確認を急げ！」

声の主は、魔物の追撃を止めて戦場のど真ん中に立つジュリアであった。

元からよく通る声をしているとはいえ、たった一人でこれ程の声を張り上げられるのも凄いものだ。そんな彼女の隣には、長年連れ添った相棒のようにレウスが立っている。

「ジュリアは本当に皆から慕われているんだな」

「今日から君もそうなるさ。レウスの活躍は戦っていた皆が見ているのだからな」

ジュリアの声によってようやく動き始めた兵たちは、正門を開けて地上で戦っていた戦士たちを迎え入れていた。それを確認しながら一息吐《つ》いていると、周りへの指示を終えた獣王が俺の下へやってきた。

「ふぅ……何とか乗り越えたな。一時はどうなるかと思ったが、お主たちが来てくれた御蔭で本当に助かった。礼を言う」

「お礼を言うのは早いですよ。まだ油断は出来ませんし」

「うむ。どうにもあり得ない事態ばかりだからな。本当の戦いはこれからかもしれぬ」

一斉に逃げ出す点もだが、魔物たちにとっては餌にもなる死骸が山ほど転がっているのに、地上に残っている魔物がほぼ見られないのは本当におかしい。

獣王もその事に気付いており、先を見据えて色々と思考しているようだ。

しかし俺たちだけで考えていてもきりがないので、一度ジュリアと前線基地の上層部を集めて作戦会議をするべきだろう。

それを獣王に告げて基地内に戻ろうとする前に、俺は歓声を受けながら正門へと向かっているレウスとジュリアの様子をもう一度確認してみた。

「余所者《よそもの》の俺がそんな簡単に認められるのかよ？」

「もちろんさ！　だって私は君の戦いを見て惚《ほ》れ直したんだぞ？　やはりレウスを好きになった事は間違っていなかった」

「おおう……そんなはっきり言わなくても」

「レウスには心の内を隠したくないのだよ。君の彼女であるマリーナ共々、私の事を早く知ってもらいたいのだ」

互いの背中を守るような戦いを経験した事により、二人の関係がまた変わっているように見えた。本能で理解する二人だから、言葉より一緒に戦う方がわかり合えるらしい。

少し前進した二人を眺めているとホクトが戻ってきたので、俺たちは獣王と一緒に基地内へと戻るのだった。


その後、俺たちに遅れてサンドールを出発したジュリアの親衛隊も前線基地に到着し、全体の立て直しが進められている中、俺は一人で基地内の会議室へとやってきた。

集められたのは俺以外にジュリアと獣王、そしてここの守衛隊長らしき中年の男と、彼に付き従う部隊長と思われる三名である。

来る前にアルベリオたちと少し話をしていたので、会議室にやってきたのは俺が最後だったらしく、守衛隊長の男が不機嫌そうな表情で俺を睨《にら》みつけてきた。

「ようやく来たか。ジュリア様、何故《なぜ》我が国と関係のない男を会議に呼んだのです？」

「この戦いに彼等《かれら》の力が必要だからだ」

「何を弱気な。ジュリア様のお力と威光があれば、魔物など恐れる事などありませんぞ」

「私だけで全てを守る事は出来ない。それに皆も先程の戦いで見た筈だ。私と共に前線で戦った青年と、魔物たちを叩《たた》き潰す狼《おおかみ》を。その青年の師であり、狼の主《あるじ》が彼なのだ」

ジュリアから紹介されたので、遅れてきた謝罪を含めつつ軽く挨拶しておく。

戦果を挙げたレウスとホクトの関係者だと知って納得する者もいたが、依然として守衛隊長の表情は渋いままである。

「そして厄介な空中の魔物たちを、シリウス殿とその従者であるエミリア殿が大幅に削ってくれたのだぞ。そんな彼等の力を借りる以上、我々も誠意を持って付き合わなければなるまい。だからこそ情報を共有しておきたいのだ」

「しかし……」

「遠目ですが、私も確認しました。おそらく彼等がいなければ、我々の被害は更に大きくなっていたでしょう」

守衛隊長の隣に座る、戦の経験が豊富そうな老齢の男がジュリアに同意するように頷《うなず》いている。それでも守衛隊長は納得出来ないのか、俺を軽く睨みつけてからジュリアへ進言していた。

「ジュリア様が信頼している者たちなのは理解しました。ですが、ここは我々の国でございます。他国である獣王様だけでなく、余所者の力を借りては我々の誇りが……」

「言いたい事はわかるが、今回に至っては事情が違う。戦力を惜しめない状況なのだ」

本来ならば魔物たちが持つ筈もない整えられた装備類に、統率された動き。

そして魔物にとって攻め時である夜を目前に撤退した事といい、異常なのは嫌でも理解している筈だ。

「それと報告は届いていると思うが、城で騒ぎが起こったのは知っているな？」

「はい。何やらジラード殿が謀反を起こした等と、わけのわからぬ報告が来ましたが……」

「全て事実だ。奴《やつ》は我々の国を滅ぼそうと企む仇敵《きゆうてき》になった」

ジラードの謀反についての伝令は送っていたものの、この男たちは半信半疑だったらしい。なのでジュリアがジラードの正体と本性を改めて説明すると、守衛隊長が信じられないとばかりに立ち上がったのである。

「し、信じられませぬ！　ジラード殿がそのような真似《まね》をする筈が……」

「ジラードではなくラムダだ。とにかく元英雄たちが敵になったのは事実であり、今回の氾濫は様々な意味で未知数なので、早急に対策と準備を整えなければならないのだ」

「そ、早急に……ですか」

「まさかこれで魔物の侵攻を退けたと思っているのか？　こうしている間も再び魔物たちが攻めてくる可能性があるのだから、現状を急ぎ報告してほしい」

ジュリアは最前線で戦っていたので、まだ基地全体の状況を知らないままなのだ。

なので基地内の戦力と、今日の戦いで受けた被害について説明を求めたのだが、守衛隊長の返事はどうも要領を得ない。言い辛《づら》いのは態度で丸わかりだが、取り繕っても現実は変わらないのだからさっさと白状してもらいたいものである。

そんな言葉に詰まる守衛隊長を眺めていた老齢の男が、軽く溜息《ためいき》を吐きながら代わりに説明してくれた。

「申し訳ございません、ジュリア様。語るのも情けない話ですが、魔物の異常さに多くの者が混乱し、今日だけで兵たちは半数近くがやられてしまいました」

「お、おい！　そこまで報告しなくとも……」

「ですが報告によると、突如現れた青髪の女性の活躍によって負傷者の大半が復活したとの事です。ただ、一部の者は完全に戦意を喪失しております」

「その女性は私もよく知っている。親友曰《いわ》く、世界で一番とも言われる程の腕前だそうだが、彼女でも治せない程の怪我《けが》を負ったのか？」

「いえ。彼等は怪我ではなく、心をやられてしまったのです」

膨大な魔物が迫る状況に恐怖し、部屋に閉じ籠って出てこない者がいるらしい。

前線基地は氾濫から国を守る要の場所だというのに、戦場に慣れていない者や、精神的に弱い者たちを配備しているのは明らかに変だと思うが……。

「これもラムダの策略かもしれません。前線基地に経験の浅い者たちを選別し、戦力の弱体化を図ったとも考えられます」

「そういえば、貴殿はジラード殿の推薦により隊長に就いていたな？　いや、今はラムダだったか」

「貴様……何が言いたい？」

「待て。今はそれについて言及している場合ではない。まず決めるのは新たな守衛隊長の任命だ。残念ながら結果が物語っているのだからな」

何せ彼の雑な命令のせいで、多くの者が序盤で魔力枯渇に陥って必要な時に魔法が放てなかったのだ。レウスとジュリアが間に合っていなかったら、今日で正門を抜かれていた可能性も十分あった。

そんな戦場に関する経験不足だけでなく、稚拙な指示とリースから聞いた傲慢な態度からして、この男は守衛隊長に相応《ふさわ》しくない人物である。

もちろん鍛えればそれなりになるとは思うが、今は彼の成長を待つ余裕はないので、ジュリアは降格させるつもりのようだ。

当然ながら不服の表情を浮かべる守衛隊長であるが、反論されるよりも先にジュリアは問い詰めていた。

「では聞くが、あの大群を相手に貴殿は冷静に指揮を執り続ける事が出来るのか？　軽傷ですぐに基地内へ退《ひ》いたという報告も受けているぞ」

「それは……」

「負傷して下がるのはいい。しかし怪我が癒えても戦場へ戻らぬどころか、私の親友と揉《も》めていたというのはどういう事なのだ？」

「ぐっ!?　あ、あの女性は本当にジュリア様のご友人なのですか？」

「その通りだ。そして治療をしていた青髪の女性も、私にとって大切な人だよ」

レウスの妻の座を狙うジュリアにとって、リースは将来の義姉になるのだから見過ごせないようだ。

「守衛隊長、イムズ。非常時という事で、私の権限により貴方《あなた》を一時的に守衛隊長から部隊長へと降格させる。この戦いが終わった後、改めて守衛隊長に相応しいか見極めよう」

「ぐ……く……」

「不服であれば、城へ戻って王に直談判《じかだんぱん》してくるといい。私の名前を出せば、話くらいは聞いてくれるだろう」

本気でそんな事をしたとしても、あの王なら撤回はしないだろう。

寧《むし》ろ勉強し直せと言われ、更に降格させられるかもしれない。もう後ろ盾となっていたラムダはいないのだからな。

つまりこれ以上評価を落としたくなければ、部隊長として活躍しながら生き延びるしかないのである。下手をすれば途中で逃げ出すような気もするが、今は多少不安でも戦力が欲しいので使わざるを得ない。

こうして降格が決まったイムズは、何も言い返す事が出来ず悔しそうに頷いていた。

「……わかりました。今度こそ相応しい成果を上げてみせましょう」

「うむ。己の欠点を認めなければ強くはなれないのだ。では新たな守衛隊長であるが、ここはやはりカイエンしかいないだろうな」

先程溜息を吐きながら説明していた老齢の男が恭しく頭を下げていたので、彼がそのカイエンらしい。

六十歳は過ぎているであろうカイエンの身長は俺よりも低く、体格も全体的に細い。とても前線で戦うような人物に見えないので、彼はおそらく指揮官として優れた人材なのだろう。

その証拠に、サンドール城で戦ったフォルトに近い雰囲気を感じるし、ジュリアもまた敬意を払うような態度で接しているからだ。

「シリウス殿に紹介しておこう。彼はカイエンといい、今は後進の為《ため》に指南役に徹しているが、かつては前線基地の守衛隊長を長年務めていた者だ。氾濫を何度も経験しているので頼りになるぞ」

「カイエンと申します。ジュリア様に認められし若人よ、頼りにしておりますぞ」

先程までの毅然《きぜん》とした態度から一変し、飄々《ひょうひょう》とした笑みを俺へ向けていた。

現時点において立場的にはジュリアが一番上なのだろうが、彼女は前線で剣を振るう予定なので指揮はカイエンに全て任せるらしい。

「カイエン殿の知将ぶりは、我が国にも届いているぞ。貴方が指揮を執るのであれば、私の指揮権は返すとしよう」

「いえ、獣王様が良ければ東側の指揮を継続していただけませんか？」

「心得た。だが私の兵たちに無茶をさせたせいか、少し戦力が心許《こころもと》ないのだ。明日までにそちらの戦力を少し回してくれぬか？」

「もちろん、部隊を幾つか回しましょう。それでシリウス殿たちだが……」

そこで俺に視線が集まり、俺たちの立ち位置についての話となった。

レウスはジュリアと共に行動するとして、リースは今日と同じく負傷者たちの治療に回るだろう。

俺とエミリアとホクトは場所を選ばず戦えるからどこでも構わないと伝えたが、カイエンはこちらの要望を聞いてくれるようだ。

「でしたら、俺たちは獣王様の指揮下に入りたいと思います」

「うむ、それは私も賛成だ。この基地にはまだシリウス殿を知らない者が多いし、顔馴染《かおなじ》みである獣王殿と一緒の方がいいと思う」

「私も構わぬが、別に指揮下に入る必要はあるまい？　お主ならば私の指示がなくとも的確に動けるであろう」

「では、シリウス殿たちは遊撃でどうでしょうか？　今日の戦いぶりを確認しましたが、私の目から見ても実力は十分だと思いますので」

俺はカイエンの姿を見ていないが、向こうは遠目で俺たちの活躍を見ていたらしい。まあ自由にやらせてくれるのはありがたいので頷いていると、一部から不満が上がった。

「しかし戦場において勝手に動かれるのは困りますぞ」

「うむ。特にあの大きな狼が突然目の前に現れたら、敵だと思って攻撃してしまうかもしれん。それで狼の怒りを買って反撃でもされたら……」

確かに集団で動くのだから、他の部隊長の意見は正論だろう。

特にホクトは巨大な狼だから、見慣れていない者からすれば乱戦で敵として捉えて攻撃してしまう可能性は十分あり得る。だがホクトに限ってその心配はない。

「ホクトなら背後からの攻撃だろうと回避出来ますし、状況も理解しているので問題はありません。間違えて攻撃したとしても、故意ではない限り怒ったりはしませんよ」

「本当に大丈夫なのか？」

「それは私も保証しよう。ホクト殿は狼とは思えぬ程に賢いので、皆が心配するような事にはならないさ」

「わかりました。ジュリア様がそう言うのであれば」

「心配事がなくなったところで次に移りましょう。このような状況ですので、全部隊を解体してから再編を提案します」

　その後、カイエンから新たな部隊編成や作戦について語られたが、こちらの話し合いはすぐに終わった。

　大部隊なので決め事も多いのに、こちらが口を挟む必要がないくらいカイエンの決めた内容が完璧だったからである。兵たちを休ませる為の交代部隊や、想定外の状況に合わせた後詰めの編成に加え、要注意なイムズの部隊も上手《うま》く配置していた。

「……以上となります。後は夜襲された時に備え、見張りを増やしておきましょう。そちらの選別は私の方で決めておきます」

「頼んだぞ。さて、現時点で決められるのはこんなところだな。各自、定めた通りに動いてくれ」

　こうして会議が終わり、後はカイエンが細部を詰めるという事で解散になった。

　他の部隊長や兵たちは防備の強化で忙しいだろうが、俺たちと獣王はサンドールと関係がないという事で、ある程度は自由にしていても構わないと言われた。

　というわけで、エミリアたちの下へ戻ろうと椅子から立ち上がったところで、少し個人的な話がしたいとカイエンに呼び止められたのである。

　そして部隊長たちと獣王がいなくなった会議室で、ジュリアとカイエンだけで俺は話す事となった。

「ジュリア様からお聞きしましたぞ。何でもシリウス殿は、あのフォルトの頭を坊主にしたそうですな？」

「はい。フォルト殿には申し訳なかったのですが、彼の髪が必要でして……」

「勝負で勝ったのですから、シリウス殿が気に病む必要はありませぬよ。いやぁ、坊主頭になったあいつの姿を早く見たいものですな」

「ああ。あれは見事な姿だぞ」

カイエンとフォルトは好敵手であり戦友でもあるらしく、軽口を言い合える気安い関係らしい。

彼の坊主姿を想像して笑うカイエンだが、今からが本題なのだろう。気持ちを切り替えるように咳払《せきばら》いをしたカイエンは真剣な表情で語り出した。

「君のような者が来てくれて本当に助かった。ジュリア様の御蔭《おかげ》で士気は維持出来ているが、今回は私の知略でも覆しようがない状況になる気がしたのでな」

「現状が辛《つら》いのはわかるが、カイエンに相応しくない言葉だな」

「認めたくはありませんが、私も老いには勝てぬようです。あの裏切り者たちの真意や策略に対応出来なかったどころか、イムズ殿の暴挙すら止められなかったのですから」

「カイエンは他の担当で忙しかったし、ラムダの件は仕方があるまい。それに腹立たしいが、奴《やつ》の言葉は間違ってはいなかったのだからな」

いつまでもカイエンが上では下の者が育たないので、席を空けるべきだとラムダから提案があり、カイエンは守衛隊長から指南役となったらしい。

立場が変わっただけでなく、カイエン自身も引退を考えてはいたのでかなり気が緩んでいたそうだ。彼のような知将がいながら、ここまで追い込まれてしまった理由がわかった気がする。

「わかっております。今は若人を生かす為にも踏ん張らなければなりませぬからな。私の全てを賭けてでも」

「カイエン、死ぬのは許さんぞ。私の花嫁衣裳《いしょう》を……いや、子を抱くまではな」

「……そうですな。ようやくジュリア様の目に適《かな》った者が現れたのですから」

幼い頃はジュリアの教育係もやっていたらしく、二人からはまるで親子のような親密さも感じられる。

そのまま雑談を幾つか交わし、カイエンはラムダの悪影響は受けていないのを確信したところで俺は会議室を後にした。

ジュリアと別れた俺たちは、エミリアたちを捜して基地内の食堂へとやってきた。

多くの兵が常駐する場所だけあって食堂は広く、人も大勢いるのでエミリアたちを見つけるのも一苦労かと思いきや、実にあっさりと見つける事が出来た。

魔物たちの襲撃でまだ緊張や動揺している兵たちと違い、俺の仲間たちの周囲は明らかに空気が違っていたからだ。

「おかえりなさいませ、シリウス様」

「お、兄貴。もう会議は終わったのか？」

「うひゃっ!?」

近づいてみれば、レウスの隣に座っているマリーナが手にしたスプーンをレウスの口元へ近づけている瞬間だった。

どこか甘酸っぱい雰囲気を醸し出す二人を対面に座っているアルベリオは微笑《ほほえ》ましそうに眺めており、その隣のキースはどうでも良さそうに酒の入ったコップを傾けている。

そこに俺がやってきた事に気付いたマリーナは、差し出していたスプーンを慌てて引っ込めて自分の口に入れていた。

「あ、何だよ。食べさせてくれるんじゃねえのか？」

「う、うるさいわね！　私が食べたかったんだから、仕方がないじゃない！」

「はは。師匠が来たくらいで、そんなに恥ずかしがらなくてもいいじゃないか」

「さっさと口付けでも何でもしろってんだ。はぁ……メアリーがいればなぁ」

緊張していたら心から休めないので、いつも通りに振る舞えるのは良い事である。

しかしいつ魔物が襲い掛かってくるかわからない状況でいちゃついているので、少しばかり周囲の視線が痛い。

交代で食事をしている兵たちに喧嘩《けんか》を売られていてもおかしくはない状況だが、レウスが前線で活躍したのが広まっているのか絡んでくる者はいないようだ。

そして確保しておいてくれた椅子に座れば、エミリアが馬車から持ってきた道具で紅茶を淹《い》れてくれたので、それを飲みながらこの状況について聞いた。

「離れていた分を取り戻す為に、少し積極的になってみてはどうかと提案したのです」

「うぅ……まさかいきなりこんな事を。エミリアさんはよく簡単に出来ますね」

「簡単も何も、主《あるじ》や夫に尽くすのは当たり前だからです。そもそもこの行為は喜びであり、恥ずかしがる必要など微塵《みじん》もありません。次は腕に抱き付いてみましょうか？」

エミリアが未来の義妹へ持論を語っているが、残念ながら彼女は少し特殊なのであまり参考にしないでほしいと思う。

とりあえずその暴走を止める為にエミリアの頭を撫《な》でていたのだが、テーブルに並べられた料理に俺は違和感を覚えていた。

物資はサンドールから送られてくる予定とはいえ、戦闘が長引くのを見越して今は食事量に少し制限がされている。

なのに目の前に並べられた料理は周囲の兵たちが食べているものより明らかに多く、種類もまた豊富なのだ。

「随分と多いな。それにこの肉料理は明らかに他と違うが、どこから持ってきたんだ？」

「外の魔物たちから肉を調達し、調理室を借りて私たちが作りました。シリウス様もどうぞお召し上がりください」

「なあなあ、兄貴。この肉料理はマリーナが作ってくれたんだぜ？　美味《うま》いから兄貴も食ってみろよ」

俺たちの馬車にある調味料を多少使ってはいるが、ただ肉を焼いただけの料理である。

しかし勧められるだけあって美味《おい》しそうで、マリーナの許可を得て口にしてみれば、予想以上の旨味《うまみ》が口一杯に広がった。

「これは美味いな。味の調整もだが、火の通しが絶妙じゃないか」

「妹は領地経営の勉強をしながらも、レウスの為《ため》にと花嫁修業も欠かさなかったのですよ。良かったな、訓練の成果を見せられて」

「もう！　そんな事まで言わなくていいのに」

「ふふ、立派に成長したものです」

出会ったばかりの頃に数回ほどマリーナが作った料理を食べたが、失礼ながらあまり美味しいとは言えなかったからな。

料理の腕だけでなく、町の領主であるアルベリオの補佐としての勉強も頑張っているようなので、順調にレウスの手綱を任せるに相応《ふさわ》しい人物へと成長しているようだ。

さて、そんな恋人の努力を知ったレウスは一体どう答えるのやら。

「俺の為……か。負けていられねえな」

「負けてって、別に勝負するような話じゃないでしょ？」

「いやいや、マリーナがいい女になるなら、俺ももっと努力しなくちゃ駄目だろ？　マリーナに相応しい男にならねえとな」

「別にあんたは……その、十分格好いい……ああもう！　そんな目で私を見るな！」

「どんな目だよ？」

レウスからの真《ま》っ直《す》ぐな笑みに、喜びよりも気恥ずかしさが勝ったのか、頬を染めたマリーナは掌《てのひら》で顔を隠しながらテーブルに突っ伏していた。

そんな彼女を心配してレウスが肩を叩《たた》いているが、もうあの二人は放っておいても大丈夫そうだな。

とりあえず他の料理もいただこうと手を伸ばしたところで、まだ揃《そろ》っていない人物がいるのを思い出した。

「料理と言えば、リースはまだ戻っていないのか？」

「はい。先程セニアさんが報告しに来たのですが、もう少しだけ怪我人《けがにん》を診て回るそうです」

「リーフェル様が付いているなら、リースも無茶はしないだろう。もう少し経《た》って戻らなかったら様子を見に行くか。会議の内容も伝えたいし」

後で獣王から聞くだろうが、皆へ伝えるついでにアルベリオとキースにも俺たちの配置や、先程の会議内容について話した。

「……という感じで、レウスとリースを除いた俺たちは遊撃として動く事となった。二人は獣王様の指揮下だから、後で詳しく聞くといい」

「ああ。といっても、親父《おやじ》の事だから俺のやる事はあんま変わらねえ気がするな」

「私も全力で戦うだけです。それにしても、師匠を遊撃に指名したのは正しい判断だと思います。そのカイエンという御方《おかた》は、師匠の実力をしかと見極めているのですね」

ジュリアに信頼されているのもあるだろうが、俺たちが余所者《よそもの》だからこそカイエンは敢《あ》えて部隊に組み込まなかったのだろう。

俺たちは命を賭けてまでサンドールを守る義理もないので、状況次第では逃げる可能性も考えて配置を固定しなかったのだ。別に俺たちを信用していないとかではなく、守衛隊長として最悪の状況を考慮した上での判断だと思われる。

「そして夜を目前に逃走したところから、夜襲の可能性は低いと思う。もちろん低いだけでこの瞬間にも襲撃の可能性もあるから、何時《いつ》でも動けるように備えておいてくれ」

「あの、師匠。会議で魔物の異常さについては話さなかったのでしょうか？」

「アルベリオは気付いたようだな。お前の想像通り、今回の魔物たちは知恵を持った存在に統率されている可能性が高いと判断された。それも全体に伝達されているだろう」

人と比べたら稚拙な統率だろうが、規模が違えばそれだけでも脅威度が格段に上がるのだ。魔物と思わず、人を相手にするように戦えと兵たちへ伝わっている筈《はず》である。

それ以外にも、魔物たちが夜襲をしない点についても話し合いが行われた。

魔物たちを休ませる為とか、夜間では魔物の統率に制限があるのか……等と色々考えてみたものの、やはり現時点で答えが出る筈もなく、この件については保留となった。

結局のところ俺たちは防衛に徹するしかなく、時間を稼げばそれだけ向こうの正体や目的も判明するかもしれないので、とにかく最大限の警戒と作戦により魔物を迎え撃つのが、最終的な決定となったのである。

　そこまで説明したところで、俺は気分転換も兼ねてレウスに例の話を聞いてみた。

「レウス。ジュリアの事はマリーナに話したのか？」

「お、おう！　ちゃんと説明はしたぜ。だからマリーナは怒っていない……筈」

「べ、別に怒ってはいないわよ。ただ反応に困っているというか……そりゃあ最初は驚いたけど、落ち着いて考えたらレウスはいつも通りに動いただけっぽいし」

　模擬戦を挑まれて勝利したら気に入られ、ヒルガンに女性の扱いに関して怒ったら結婚を申し込まれた。

　話だけ聞くと何故《なぜ》そうなったのかと首を傾《かし》げたくなるが、レウスが嘘《うそ》をつくような男ではないと理解しているのか、マリーナは複雑な表情で溜息《ためいき》を吐《つ》いていた。

「レウスって誰が相手でも裏表がないし、ジュリア様が好きになるのもわからなくはないの。でも、こ……恋人の私がいるんだから、嫌ならちゃんと断ってほしいわ」

「わかっているけどさ、俺は別にジュリアが嫌いなわけじゃねえんだよ。ただ結婚とか言われて困っているだけで……」

　レウスなりに断ってはいるものの、ジュリアが一切諦める様子がないからな。

　おまけに今はお互いを気に入ってしまっているので、邪険に扱う事も出来ないのだ。そんな弟の態度をエミリアはどう思っているのか考えていると……その時は訪れた。

「ふむ……いい匂いだ。レウスもいるし、私も隣にお邪魔させてもらってもいいかな？」

そう、事情を知った二人が遂《つい》に出会ってしまったのだ。

遅れて会議室を出たジュリアと、警戒するように三本の尻尾を僅かに逆立てているマリーナ。そして女性二人に挟まれ、俺に助けを求めるような視線を向けてくるレウス。

外での戦いに続き、基地内で女たちの新たな戦いが始まろうとしていた。


「「「…………」」」

俺たちの前に現れたジュリアがレウスの隣へ座ると、兵士たちの雑談で騒がしかった食堂が一瞬だけ静まり返った。

立場的に食事は部屋に運ばせる筈のジュリアが突然現れたどころか、何故かレウスの隣に座っているので、兵たちは何事かと囁《ささや》き合っている。おそらく食堂内の視線全てがこちらへ集中しているだろう。

ジュリアが来るのを何となく予想はしていたものの、この予想以上の緊張感に誰もが口を噤《つぐ》む中……。

「こちらの料理は私とマリーナが作ったものです。ジュリア様も如何《いかが》ですか？」

「もちろんいただこう。この焼け具合……見るだけでわかる。実に美味しそうだ」

エミリアとジュリアだけは何事もなく会話をしていた。

ジュリアは物怖《ものお》じしない性格からしてわからなくもないのだが、弟の将来が関わっている筈のエミリアが全く動じていないのは何故だろうか？

それとなく送った視線で俺の疑問を理解したエミリアは、こっそりと耳打ちで教えてくれた。

「あの子はシリウス様の弟子なのですから、恋人を平等に愛するだけでなく、支えられるような立派な男になってもらいたいのです」

つまりレウスにとって必要な経験なので、逃げる選択をしない限りは問題ないらしい。

しかしエミリアが冷静に振る舞おうと場の雰囲気が変わる筈もなく、マリーナは食事を続けるジュリアへ声を掛けるタイミングを摑《つか》めないようだ。

ここはレウスが率先して動くべきだろう。しかし女性への経験不足とマリーナへの負い目が迷いを生んでいるのか、中々行動に移せないようである。

そうこうしている間に食事を済ませたジュリアは、近くにいたアルベリオとキースに礼を伝えた後、マリーナと向き合っていつもの爽やかな笑みを浮かべていた。

「こうして語り合うのも数日ぶりだな、マリーナ殿。私の国の為に戦ってくれて本当に感謝している」

「は、はい。ジュリア様も息災で何より……です」

「ふむ……すまないが、そのような畏《かしこ》まった言葉は止《や》めてくれないかい？　あの時と今では状況が違うし、私も貴方《あなた》をマリーナと呼びたいからな」

男どころか女性でも見惚《みと》れる魅力を有したジュリアであるが、マリーナからすれば恋人を狙う敵みたいなものだ。

先程まで迷っていたマリーナも対抗心と嫉妬が爆発したのか、レウスの腕を抱き寄せながらジュリアを真剣な表情で睨《にら》みつけていた。

「言葉使いより先にお聞きしたい事があります。大体の話はレウスから聞きましたが、ジュリア様は……その、本当にレウスと結婚したいのですか？」

「ああ！　私にとってレウスは運命の相手だ。このような状況でなければ、すぐにでも式を挙げたいくらいだよ」

「だから結婚は早いって！　それより少し場所を変えて話した方が……」

「レウスは黙っていて！」

「おう！」

おお、早くもレウスを尻に敷いているじゃないか。

先程はレウスの手綱を任せるに相応しい……なんて考えたりしたが、相応しいどころか今すぐにでも任せたいくらいである。

そんな少しずれた思考をしている間にレウスを黙らせたマリーナは、少しでも相手を知ろうと質問を重ねていく。

「では、失礼を承知でお聞きします。ジュリア様はレウスのどこに惹《ひ》かれたのですか？」

「どこに……か。色々とあるが、決め手は女性の髪を大切だと言ってくれた事だな」

「しかし出会ってまだ数日ですよね？　本当にレウスを知った上での結婚の申し込みなのですか？　人にどうこう言える身分ではありませんが、私はレウスの事を知るのに結構時間が掛かりました」

「ふむ……」

「あ……ご、誤解しないでください。私は別にジュリア様を近づけさせたくないとかそんなのじゃなくて、何ていうか……レウスって女性を勘違いさせちゃうから」

敵対しない限りは誰でも平等に接し、困っている人がいたら放っておけないのがレウスだからな。ちょっと天然な言動が合わさった結果、助けた女性が自分に惚《ほ》れていると勘違いさせてしまう事が過去に何度かあった。

つまり、そんなレウスの事をよく理解しているからこそ、マリーナはこの質問をぶつけているのだろう。

こうして一国の王女ではなく、一人の女性として質問を受けたジュリアだが、彼女は怒るどころか不思議そうに首を傾げ、何故か俺に視線を向けてきたのである。

「すまない。私は男女の付き合いというものがよくわからないのだが、運命の相手をすぐに決めるのは変な事なのだろうか？」

「一般的に考えると早いかもしれません。しかし個人的な意見としては、時間はそこまで重要ではないでしょう。人によって感覚は違うのですから」

「そうか……」

実際、フィアなんて出会ったその日に俺を運命の相手だと決めたみたいだからな。

そもそもの話、この戦いが終わったら今生の別れというわけでもないのに、すぐに結婚だと言い出す事が変なのである。これもジュリアの独特な感性故だろうな。

だからレウスとマリーナを深く知った後で、改めて考えてはどうかと伝えようとしたのだが、それよりも先にジュリアは答えに至ったようだ。

「マリーナの心遣いは理解したし、ありがたいと思う。だが、この胸の奥から沸き上がる高鳴りが気の迷いとは到底思えない。私は心からレウスを好きになったのだ」

「……わかりました。レウスの事なら私だって負けませんから！」

レウスには将来結婚を約束している女の子……ノワールがいる。

マリーナはそれを知りながらもレウスの恋人になったので、ジュリアを感情のまま追い払うのは不義理だと考えているのだろう。

本当は自分だけ見てほしい願望があるだろうに、真面目というか、他人を蹴落とす事が出来ない優しい子だ。そういう面も含めてレウスはこの子を好きになったのだろう。

結局のところレウスが受け入れてしまえば勝負も何もないのだが、愛情の深さでは負けていないと宣戦布告するマリーナに、ジュリアは不敵な笑みを浮かべていた。

「ふふ、それは私の台詞《せりふ》でもある。しかしマリーナの心の強さと潔さは本当に素晴らしい。レウスが惚れるのも納得だよ」

「そんな事はありません。だって、本当はこれ以上増えてほしくないし……」

「好きなものを独り占めしたいと思うのは当然だし、そもそも私なんて途中から割り込んできた邪魔者みたいなものだ。なのに貴方は私を受け入れるどころか対等に接してくれるのだぞ？　私はレウスだけでなくマリーナも好きになったよ」

「え……私も？」

そのジュリアの発言と共に、雰囲気が明らかに変わっている事に気付いた。

好敵手同士が火花を散らす展開になるかと思いきや、まるでプロポーズするようにジュリアがマリーナの手を取りながら真っ直《まっす》ぐ見つめているのだ。

「私はマリーナの友に……いや、家族になりたい。レウスと一緒に幸せな家庭を築こうではないか！」

「家族!?」

いや、これは完全にプロポーズだな。

前世にあった百合《ゆり》の花的なものではなく、おそらくジュリアは本能的に気に入った相手であれば、男女関係なく一緒にいたいと考えてしまうのだろう。

しかしプロポーズされる側からすれば混乱の極みだろう。呆然《ぼうぜん》として言葉にならないマリーナであるが、ジュリアの猛攻は止まらない。

「早速マリーナとの絆《きずな》を深めなければな。前に教えてもらった、料理を食べさせ合う事で仲良くなるとしよう」

「え？」

「あ、それは俺が先だぞ。さっき食べさせてもらえなかったんだからな」

「ええ!?」

結果的に、二人が険悪な関係にならなかったのは良い事なのだろう。

それにしても、レウスを中心とした問題だった筈《はず》なのに、気付けばマリーナが中心となっているのは何故だろう？

ジュリアとレウスに挟まれ、肉を食べさせてほしいとせがまれるマリーナは、尻尾を振る二頭の大型犬から揉《も》みくちゃにされているような感じだった。

助けを求めるようにマリーナはアルベリオを見るが、その兄は三人の姿を微笑《ほほえ》ましそうに眺めるだけである。

「あ、兄上!?　何がそんなにおかしいんですか！」

「はは、当たり前じゃないか。お前はレウスの良き恋人になろうと頑張っていたが、結婚の話になるといつもはぐらかしてきたからね。でもジュリア様に負けないと宣言したって事は、お前はもうレウスと結婚しても構わないと考えているのだろう？」

「はっ!?」

「見たところジュリア様とは仲良くやれそうだし、私も安心したよ」

勢いで口走ってしまった事に今更気付いたのか、マリーナの顔は赤くなったり青くなったりと目まぐるしく変化していた。

そして最早《もはや》無視されつつあるレウス自身の気持ちだが、そこはあまり気にしなくてもいいかもしれない。結局のところ時間の問題だと思う。

更にマリーナとジュリア、そしてノワールの三人は打算も何もなく純粋にレウスを好きになったので、俺たちが口を出す理由もない。

大変だとは思うが、レウスはもっと経験を重ねて女性の扱いに慣れてほしいものだ。

「ああもう、わかったから！　食べさせてあげるから少し落ち着きなさい！」

「おう！」

「心得た。だが次は私の番だぞ？」

「はぁ……レウスが二人に増えたみたいだわ」

これは、マリーナの気苦労が絶えそうにない未来が見える。

しかしよく考えてみれば、いずれ俺もマリーナにとって義理の兄になるので、今後は細かく様子を見て手助けしようと思う。

その後もお互いに料理を食べさせ合って絆を深めている三人であるが、当然ながらそれを快く思わない者がいた。

それは周りで食事をしている兵たちで、ただならぬ雰囲気を発しながらレウスを囲むように集まり始めたのである。

今はいつ魔物たちに襲撃されるかわからない状況だし、さすがに気を緩めるにしても限度があるので、怒鳴られても仕方がないと謝罪しようとするが……。

「ジュリア様！　今の話は本当なのですか!?」

「結婚なんて聞いておりませんぞ！」

「そのようにへらへらした男がジュリア様に相応《ふさわ》しいとは思えませぬ！」

兵士たちの怒りはジュリアの結婚に関してだった。

ジュリアの親衛隊と出会った時も似たようなやり取りが行われたが、あの時は結婚云々《うんぬん》を語っていなかったので、そこまで酷《ひど》い状況にはならなかった。

しかしここにいる兵たちは、敬愛するジュリア本人からレウスと結婚すると聞いてしまったのである。

前線で無類の活躍を見せたレウスを知っているとはいえ、さすがに結婚は見過ごせないらしい。前世で喩えるなら、人気絶頂のアイドルが結婚宣言したような感じだろうか？

怒りと妬みによる殺伐とした空気にレウスが立ち上がろうとするが、行動はジュリアの方が早かった。

「皆が困惑するのはわかる。だが、レウスは私との模擬戦で勝った男なのだぞ？」

「「「っ!?」」」

「今日、レウスが私と肩を並べて戦った姿を見ればそれが真実だとすぐにわかる筈だ。私に相応しいかどうかを見極めるのは、この氾濫を乗り越えた後にしてもらいたい」

納得出来ない者には実際に勝負をして認めさせるのが一番早いかもしれないが、今の状況で無駄に体力を消耗するのは避けるべきである。

それをジュリアの言葉で理解したのか、大半の兵は素直に引き下がっていった。妙に聞き分けがいいのは、ジュリア本人から模擬戦で勝ったと聞かされたからだろう。

しかし理屈では納得出来ない者は未《いま》だにレウスを睨みつけており、それに気づいたジュリアは目を細めて殺気を放ち始めたのである。

「先に言っておくが、卑怯《ひきょう》な手段でレウスを狙うのは決して許さんぞ。そのような恥知らずは、即座に私の剣の錆《さび》になるだろう」

戦いのどさくさに紛れ、レウスを闇討ち……なんて可能性もあるからな。きちんと釘《くぎ》を刺してくれるのはありがたいと思う。

殺気によりジュリアが本気なのだと理解した兵たちは、冷や汗を流しながら一斉に敬礼していた。

「えーと……つまり俺は皆に認められるように戦うのか？　何か大変そうだな」

「何を悩んでいるのかは知らないけど、貴方《あなた》は普段通りに動けばいいと思うわよ」

「でもさ、俺のせいでジュリアの立場が悪くなるのは嫌だろ？」

「貴方は細かい事は気にせず、全力で取り組む姿を見せれば十分よ。それがレウスの一番の魅力だし、そういう真っ直ぐな部分を私は……」

私は好きになった……と続きそうなのに、恥ずかしさが勝ったマリーナの言葉は尻窄《しりすぼ》みとなっていく。そのせいで妙な間が生まれたので首を傾《かし》げるレウスだが、マリーナは赤面を誤魔化すようにレウスへと指を突き付けていた。

「と、とにかく！　余計な事は考えず、貴方はいつも通り剣を振っていればいいの。わかったら返事！」

「おう！　とにかく頑張ればいいんだな？」

一年ぶりでもこの二人のやり取りは変わらないというか、相変わらず微笑ましい。

これで将来はジュリアだけじゃなくノワールも加わるのだから、四人揃《そろ》えばどうなるか想像もつかない。良くも悪くも目が離せない子たちだ。


こうしてレウスを巡る戦いと兵たちの騒ぎが収まった頃、怪我人《けがにん》を見ていたリースとリーフェル姫たちが戻ってきた。

獣王に呼ばれていなくなったアルベリオとキースの椅子に彼女たちは座ったが、リースだけは疲労の色が濃く見えた。怪我人ばかりを相手にしていれば心身共に疲れて当然か。

「お疲れ様、リース。水でも飲んで落ち着くといい」

「うん、ありがとう。お腹空《なかす》いたぁ……」

「リースの分は調理室に取り置きしてありますので、すぐに持ってきますね」

「それは私にお任せください。皆さんはリース様をお願いします」

調理室に料理を取りに向かったセニアを見送った後、リースの手に触れて体調を確認してみたが、体の異常は見当たらなかった。だから元気がないのは、精神的な疲労が溜《た》まっているだけのようだ。

その予想は何となく付くが、隣に座るリーフェル姫に説明を求める視線を送ってみれば、妹の頭を撫《な》でながら教えてくれた。

「運ばれた時には手遅れだった人がいてね。目の前で亡くなった兵士が何人もいたのよ」

「覚悟はしていたけど、やっぱり目の前だと辛《つら》くて……」

しかし落ち込んでいても怪我人は増えるばかりなので、強引に気持ちを切り替えながらリースは治療を続けていたのだ。

そしてようやく落ち着いたところで、疲労が一気にやってきて気分が沈んでいるのだろう。これ程の戦いとなれば死者が出て当たり前だし、すぐに慰めるべきとは思うが、その必要はなさそうだ。

「ふふ、そんな目をしなくても大丈夫。皆が頑張っているのに、私だけ挫《くじ》けていたら情けないもんね」

弱音を吐いたとしても、今のリースはすぐに立ち直れるくらいに心が強くなっているのだ。過剰な心配をする方が余計だろう。

とはいえ放ってもおけないので、少しでも元気が出るようにとテーブルに残っていた全ての料理をリースの前へ寄せた。

「俺たちはもう十分食べたから、残りは全部食べても構わないぞ」

「ありがとう。でも今は食べられる量が決まっているんだよね？　私も少し減らすようにするよ」

「いや、私が許可するからリース殿は遠慮なく食べてくれ。特に貴方は多くの兵士たちを救ってくれたのだから、多少食べても誰も文句は言うまい」

「それに私とマリーナで料理を作りましたので、量については問題ありませんよ」

「はい。リースさんの口に合うといいんだけど……」

「ふふ。じゃあ、マリーナの腕前を見せてもらおうかな？」

皆と話している内に気分が落ち着いたのだろう。普段の柔らかい笑みを浮かべられるくらいにリースは元気を取り戻したようだ。

その後、セニアが軽々と二十人前は超える料理を持ってきたり、それをあっという間に平らげるリースの姿に周囲の兵たちを騒然とさせたりはしたが、俺たちは和やかに食事を終える事が出来た。


食事を終えた後、ジュリアの計らいにより基地内の一部屋を使わせてもらえたので、俺たちは部屋に集まって思い思いに休んでいた。

リーフェル姫たちも一緒なので結構な人数となったが、それでも皆が寝られるくらいには広い部屋である。おそらく隊長クラスでなければ使えない部屋だと思う。

明らかに優遇されているので周りから反感を買いそうな気もするが、ジュリアの説明によると必要な処置なそうだ。

『皆はそれだけの活躍はしているし、何より注目を集め過ぎてしまったからな。ここなら兵士たちも簡単には来られないので、ゆっくりと休めるだろう』

実際、食堂ではレウスや、リースへ感謝の言葉を伝えようと話しかけてくる兵が大勢いたのだ。礼を言われるくらい別に構わないのだが、一人一人対応していたらゆっくりと休めないので、今は隔離されている方がありがたい。

何だかんだでついて来たマリーナも加わり、交代で休む順番を決めたところで、一旦俺はエミリアを連れて基地全体を見渡せる高い塔へとやってきた。

周りには見張りや準備に駆け回る兵たちが大勢いるので、彼等《かれら》に一言告げてから指笛を鳴らせば、数秒も経《た》たない内に塔の壁を垂直に駆け上りながらホクトが現れた。

「そんなに焦って来なくてもいいんだぞ？　周りの人が驚いているじゃないか」

「オン！」

「シリウス様を待たせるわけにはいかない……との事です。それは私も同意します」

「お前の忠義は嬉《うれ》しいが、程々にな。それで、外の様子はどうだ？」

俺がホクトに命じていたのは偵察で、逃げた魔物たちの動向を調べてもらっていた。

広範囲に放った『サーチ』の反応によると、逃げ出した魔物は前線基地から少し離れた平原にいるらしく、魔大陸へは戻っていないようなのだ。

つまり魔物たちは何時《いつ》攻めてきても不思議ではない。今は闇夜で何も見えないが、明るくなれば魔物の姿を遠目で確認出来るだろう。

魔物の位置や規模は魔法で十分わかるのにわざわざホクトに偵察させたのは、ある存在を確認させる為《ため》であった。

「そうか、特に動きは見られない……か。なら連中はいたか？」

「クゥーン……」

「怪しい魔物はいましたが、例の人たちは見当たらなかったそうです」

俺が知りたかったのは、氾濫の首謀者と思われるラムダたちがいるかどうかだ。

どれだけ規格外な相手だろうと、ホクトの鼻と直感を完全に欺けるとは思えないので、現時点でラムダたちは近くにいないと考えるべきか。

「オン！」

「それと怪しい魔物ですが、匂いと気配は違っても、以前見た人造の魔物と同じ存在で間違いない……とも仰《おっしゃ》っています」

過去にパラードやアービトレイで対峙《たいじ》した、魔物を操る合成魔獣《キメラ》らしき存在がいるようなので、そいつを始末すれば魔物たちの統率は崩れると思う。

だからやろうと思えば、『サーチ』を駆使してその合成魔獣《キメラ》の狙撃も可能だとは思うが、それを今やるのは危険だろう。操る存在がいるからこそ魔物はあの場から動かないので、その枷《かせ》が消えてしまえばすぐにこちらへ攻めてくる可能性が高いからだ。

それに倒したところで次の合成魔獣《キメラ》が送られるだけなので、大元を叩《たた》かなければ根本的な解決になるまい。

ラムダはあれ程サンドールを憎んでいたので、国が滅ぶ様子を直接確認しようと近くにいてもおかしくはないと考えていたのだが……予想が外れたか？

ホクトの報告を聞いた俺が考えを纏《まと》めていると、隣に控えたエミリアが物憂げな表情で俺を見つめている事に気付いた。

「シリウス様。もし彼等を見つけたら、どうするつもりだったのですか？」

「もちろん倒すつもりだ。俺たちとの関係性はどうあれ、あんな連中を放ってはおけないからな」

目的はサンドールだとしても、同じ大陸内にあるアービトレイどころか、他の大陸まで侵略しないとも限らないのだ。奴等《やつら》はここで確実に仕留めておくべきである。

だがエミリアの不服そうな表情からして、聞きたいのはそれだけじゃなさそうだ。

「どうした？　気になる事があるなら、遠慮なく口にするといい」

「その……私の勝手な想像なのですが、どうしても気になるのです。もし敵陣にラムダを確認したら、シリウス様は一人で突撃しそうな気がして……」

俺が前世で最後に戦った敵がラムダに似ているせいか、自然と警戒を強める俺の些細《ささい》な変化を感じ取ったらしい。

その切なそうな視線を受けて、俺はエミリアの頭を撫でながら微笑《ほほえ》みかけた。

「奴が色々と気になるのは事実だが、さすがにそんな真似《まね》はしないさ。あれだけ手の内が見えない相手に一人で突撃する程、俺は自分を過信していないぞ？」

前世で命を落とした最後の作戦を思い出す。

あの時は身内にも敵がいたせいか外部からの援護を碌《ろく》に受けられず、更に相手の戦力を完全に読み切れなかったせいで俺は生き残れなかったのだ。

死んで学んだ失敗なのだから、同じ轍《てつ》は二度と踏むつもりはない。

仮にラムダや敵の総大将が現れて一点突破を狙うにしても、まだ準備も戦力も足りないと思うのだ。どちらにしろ、数日は様子見するしかないのが現状である。

それを真剣な表情で伝えた御蔭《おかげ》か、エミリアは安堵《あんど》するように息を吐いていた。

「こんな状況だから、引き際を見誤らないようにしないとな。問題はジュリア様に撤退を渋られた場合だが、そうなったら強引にでも運ぶ事になるかもしれない」

「そこはレウスに頑張っていただきましょう。私の持論ですが、女性は強引にでも引っ張ってもらいたい時がありますし」

「オン！」

際限なく現れる魔物に、一向に先が見えない戦い。

訓練なんかとは比べようもない試練であるが、これを乗り越えれば弟子たちの大きな糧となるだろう。

だが……今回ばかりはそんな事を考えている状況ではなさそうである。

どれだけ貴重な経験を得られたとしても、生き延びなければ意味がないのだから。

《二人の英雄》

その後、俺たちは交代で数時間の仮眠を取りながら休んでいたが、魔物の襲撃は特に起こらず、前線基地に着いて二日目の朝を静かに迎えた。

全員が目覚め、装備の確認を終えて朝食を食べ終わった頃には太陽が世界を徐々に照らし始めていたが、『サーチ』の反応によると魔物たちの動きはまだ見られない。

しかし僅かに漂ってくる獣臭から魔物たちは近いと嫌でも理解出来たので、守衛隊長になったカイエンの指示により、全部隊は早々に指定された位置へ就く事となった。

リースは昨日と同じくリーフェル姫たちと一緒に治療室へ向かい、レウスはアルベリオたちと共にジュリアの部隊へ入る中、遊撃要員となった俺とエミリアとホクトはとりあえず獣王の近くで待機していた。

「明るくなってわかりましたが、基地全体の雰囲気が随分と変わりましたね」

「ああ、これが前線基地の本来の姿なんだろう」

周囲に目を向けてみれば、巨大な矢や岩を撃ち出す大型魔物用の兵器……バリスタが防壁のあちこちに配置されていた。

昨日までほんの数台しか設置されていなかったが、夜を徹した作業によって数十台に増えているので、戦力だけでなく視覚的な意味でも頼もしく感じる。

「ですが、何故《なぜ》これだけの武器が倉庫に仕舞われたままだったのでしょうか？」

「聞いた話によると、点検の為に外されていたらしい。次の氾濫は当分先なので、ラムダが纏めて整備しようと提案したせいでな」

「ふん、見事に奴の掌《てのひら》で踊らされているな。だがこれ以上は好きにさせんぞ」

バリスタ以外にも、ロープを結んだ丸太で壁をよじ登る魔物を叩き落とすような兵器も用意されており、弓兵部隊と魔法部隊も効率よく運用出来るように配置されている。

作戦も準備も万全で、ジュリアだけでなくカイエンが再び指揮官に復帰したのもあって士気は十分に高い。

全員が適度な緊張感を保つ中で静かに時は過ぎ、日が十分な高さまで昇った頃、遂《つい》に動き始めた魔物の大群が俺たちの前へと姿を現した。

昨日と変わらず地を埋め尽くす程の大群で、心が弱ければ即座に逃げ出したくなる光景であろう。だがこちらにはそれに負けぬ戦力と、強固な防壁がある。

昨日の経験もあり、大軍を前に物怖《ものお》じする者はほぼいなくなったが、魔物たちの姿がはっきりするなり、全部隊に僅かながら動揺が走ったのである。

「……何だあれは？」

「ああ、明らかに違う」

「見ろ、見た事のない魔物もいるぞ！」

地上も上空も小型の魔物が大半を占めていた昨日と違い、大型の魔物の割合が明らかに増えていたからだ。昨日が全体の二割だとすれば、今日は四割といった感じだろう。

更に弓矢や投石器といった遠距離用の武器を持つ魔物も見られ、丸太の破城槌《はじょうつい》どころか取り回しの良い棍棒《こんぼう》を手にしたオーガもいた。

「シリウス様。これは一体……」

昨夜の作戦会議において、魔物が夜間に退《ひ》いた理由の答えは出なかった。

だが一つだけ、あまり考えたくはない予想が挙がっていたのだ。

まだ初日を過ぎただけなので、決めつけるには早いと判断された内容が……。

「見ての通りだ。向こうも段階を上げてきたらしいな」

その気になればいつでも滅ぼせるという余裕の表れか、またはじっくりと攻め続けてサンドールを嬲《なぶ》り殺そうとしている可能性である。要は敵が遊んでいるという事だ。

「それでも、今は防衛に徹するしかあるまい。今回は固まって動くより分散して戦うとしよう。状況に合わせ、押されている箇所の援護に回れ」

「わかりました！」

「オン！」

俺の指示にエミリアとホクトが移動する間も魔物の大群が迫ってくるが、何故か魔物たちは一定の距離を取ったまま行進を止めた。

いや、止まっているのは先頭の魔物だけで、後方にいる魔物は忙《せわ》しなく動き回っているのが確認出来た。種族によって歩く速度が違うので、乱れた陣形を整えているらしい。

「足並みを揃《そろ》えての移動は厳しいようだな。その辺りが限界という事か？」

魔物を操る精度を知られたのはいいが、危険なのは変わらない。

だから接近される前に少しでも数を減らしたいところだが、まだ魔法や弓の射程外なので何も出来ない。俺の狙撃魔法なら狙えるが、大部隊で動いている以上は指示がない限り下手な真似はするべきではあるまい。

このまま魔物が射程内に入るまで待機かと思っていると、前線基地の塔から全体を見下ろしていたカイエンから指示が伝えられた。

『作戦を変更する！　迎撃部隊、前へ！』

風の魔法『エコー』で基地全体へ届かせたカイエンの号令により、防壁の内側で待機していたジュリアと獣王が選抜した精鋭部隊が動き始める。

レウスやジュリア、そしてアルベリオとキースがいるその精鋭部隊は、予定では空や壁を登ってくる魔物を迎撃するのが役割だった。

しかし大型の魔物が予想以上に多く、数を増やした大型兵器でも対処しきれないとカイエンは判断したのか、昨日と同じく地上で正門を守る作戦に変更したようだ。

「出るぞ！　門を開け！」

ジュリアの号令によって開かれた正門から千を超える兵たちと、大量の荷物を載せた馬車が出ると同時に門は閉ざされた。

このままだと地上の部隊が簡単に下がれなくなるが、戦闘中に門を開ける方が危険なので、運び出された荷物で正門の前に休憩所が作られていた。簡易的な壁を作る為《ため》の木材を始め、水や食料や医療品等と準備は万全のようである。

突貫工事だが中々立派な壁が築かれたところで、魔物たちの陣形も整ったのだろう。唐突に咆哮《ほうこう》を上げながら駆け出す魔物たちに、ジュリアは呆《あき》れた表情で呟《つぶや》いていた。

「開戦の合図もなく突撃とはな。無粋な連中だ」

「所詮は魔物という事です。ジュリア様と我々の敵ではございません」

「ふ、頼もしいではないか。その言葉に見合う働きを期待しているぞ」

「「はっ！　全てはジュリア様の為に！」」

昨日と違う点は、レウスとジュリアだけでなく、彼女の親衛隊が加わっている事だろう。ジュリアに心酔し、共に戦えるようにと己を鍛え抜いた精鋭たちが加わったのだから、地上の部隊はこちらの援護が必要ないと思えるくらいに頼もしい。

「うし、それじゃあ今日も頑張るとするか」

「ああ。危なくなったら私が声を掛けるから、二人は存分に暴れてくれ」

「おう！　後は頼んだぜ」

昨日はレウスとジュリアが敵陣に飛び込み、破城槌を持つ魔物を優先的に斬り捨てていたが、今回は正門へ近づく魔物の迎撃だけに専念するように決めていた。

理由はこちらの遠距離兵器が増えた事により、味方を誤射する可能性が高いからだ。

事前に矢や魔法を飛ばさない位置は決めてあるので、レウスたち迎撃部隊は正門より少し前へ出たところで陣形を組んで待機する。

そして魔物たちが射程範囲に入る直前で、カイエンは再び『エコー』を発動させて指示を飛ばした。

『弓兵、バリスタ用意！』

「「全体、構えっ！」」

守衛隊長から部隊長へと指示が流れると、まるで機械のような正確さで一斉に弓とバリスタが構えられる。

そして十分に引きつけたところで……。

『放て！』

「「放てぇ――っ！」」

矢の雨が魔物たちへ降り注いだ。

点ではなく面で放たれた矢が次々と魔物たちに命中し、少し遅れて放たれたバリスタの巨大な矢と岩が大型の魔物へと直撃する。聞くところによると、前日は元守衛隊長が焦るあまり射撃の指示が明らかに早く、ほとんどの矢や魔法が届かなかったそうだが今回のはほぼ命中したようだ。

更に矢を受けた魔物が転ぶ事により、後続の魔物が躓《つまず》いて全体の足が僅かながら鈍ったので、カイエンは続けて新たな指示を飛ばす。

『各隊、掃射を継続！　三番、四番、バリスタ二番は上空を狙え！　魔法隊は詠唱開始！　もっと引きつけてから放て！』

「「「続けて、放てっ！」」」

「射線変更！　左翼空中の魔物目掛け……撃てぇ！」

「俺たちは右翼の空だ！　手前等《てめえら》、よく狙えよ！」

絶え間なく放たれる矢によって魔物を次々と仕留めていくが、それを上回る勢いで魔物が攻めてくるのできりがない。

正に焼け石に水な状況だが、こちらは壁を利用して地道に削り続けるしかない。

一つのミスが全体の崩壊を招きかねない、そんな綱渡りのような状況ではあるが、カイエンの指示に迷いは一切感じられない。

その堂々とした的確な指揮と、ジュリアの勇猛果敢な戦いぶりが部隊全体を鼓舞しているらしく、恐れもせず戦い続ける兵士たちを見た獣王は感心するように唸《うな》っていた。

「知将カイエン……老いてもなお見事な指揮だ。我々も負けていられんな」

「ええ、小さいのは任せて大丈夫そうなので、俺は大きいのを狙っていきましょう。マリーナはエミリアの援護を頼む」

「わ、わかりました。邪魔にならないよう、頑張ります！」

さすがに前線へ出るのは危険という事で、レウスに言われて俺たちと合流していたマリーナは、少し離れた場所にいるエミリアの下へ向かわせた。

血が繋《つな》がっていなくとも、姉妹のように語り合いながら戦う二人を確認した俺は、射線の邪魔にならない位置に陣取り、狙撃に特化した魔法『スナイプ』の照準を空の魔物たちへ向ける。

俺が狙うのは矢では対処が難しい、一際大きい飛竜や翼を持つ魔物である。近い方は兵士たちの矢や魔法が蹴散らすので、奥の方で悠然と飛んでいる奴《やつ》を優先にだ。

中にはバリスタの矢でさえ弾《はじ》く飛竜もいるようだが、この特殊な弾丸は防げまい。

「どれだけ体が頑丈だろうと、生物ならば弱点はある」

放った弾丸は寸分の狂いなく飛竜の口内へと吸い込まれ、体内へ入ると同時に破裂して衝撃波を生み出す。

生命力が高い飛竜であろうと体内からの衝撃波に耐えられる筈《はず》もなく、目と口から血を噴き出しながら地上へと落下していった。

「次弾……装填《そうてん》」

かなり強力な弾丸なので、一発に込める魔力量は多く、イメージも精密にしなければならないので連射速度が少し落ちるのが欠点だ。それでも『アンチマテリアル』に比べたら素早く撃てるし消耗も少ないので、現時点において妥当な攻撃だろう。

イメージは強く深く……ある筈もない薬莢《やっきょう》が排出される音まで聞こえそうな中、俺は次々と目標へ弾丸を撃ち込み続ける。

そして俺と一緒に空の迎撃担当であるホクトは……。

「オン！」

「おおっ！　ホクト様が飛んでおられるぞ！」

「ホクト様っ！」

「皆、放て！　ホクト様の援護だ！」

空中に魔力の足場を作る俺の『エアステップ』を真似《まね》た方法で空を飛び、魔物の集団に正面から突撃していた。

あの集団に突撃なんて無謀もいいところだが、魔力の足場だけでなく魔物を踏み台にしながら敵陣の中で存分に暴れ回っているので、心配は無用のようだ。

ちなみに俺はそんな指示を出した覚えはないので、あれはホクトの独断である。

「おお……何と頼もしきお姿よ。しかし百狼《びゃくろう》様はあのままで良いのか？」

「構いませんよ。昨日と違い、今は対策が十分ですから」

壁をよじ登ろうとする魔物の対策として、丸太や岩を落とすだけでなく油も撒《ま》いているからな。昨日のようにホクトが壁を走り回って掃除する必要はあるまい。

それにホクトは呼べば即座に戻ってくるので問題はない。更にこちらの矢や魔法が届かない遠距離で戦っているので、例外である俺が誤射しなければいいだけの話だ。

「マリーナ。攻撃の合間に、向こうの集団に幻を！」

「はい！　あんたたちはこっちよ！」

一方、マリーナは数本の『フレイムランス』を同時に放つだけでなく、己の幻を兵たちがいない所へ生み出して魔物を攪乱《かくらん》していた。

そうしてあぶれた魔物をエミリアが魔法で確実に仕留めるという、即席でありながら見事な連携を見せている。

「槍《やり》隊、魔物を近づけさせるな！　魔法隊！　上級魔法の準備に入り、合図を待て！」

カイエンに負けじと獣王も兵たちへ指示を飛ばし、槍衾《やりぶすま》での迎撃や、巨大な竜巻を起こす上級魔法『テンペスト』で地上と空を同時に攻撃する準備をさせている。

そして射撃の合間に地上へ視線を向けてみれば、正門を守るレウスたちが存分に活躍しており、一体たりとも正門へ近づかせていない。

今のところは順調……いや、全部隊が期待以上の働きを見せており、多少ながら余裕も生まれつつある。

後は互いのミスを補いつつ、この状態を維持し続けられればいいのだが、魔物の後続が途切れる様子は全く見られないので油断は出来ない。

今回の黒幕はこの状況をどう捉えているのだろうか？

確認しようにもそれらしき者が戦場に見当たらないので、まだ姿を見せるつもりはないらしい。少しでも敵の正体や作戦のヒントを探す為に、全体に注意を払いながら俺は魔物へと魔法を放ち続けるのだった。

――　レウス　――


「はあああぁぁぁぁ――っ！」

「うおりゃあああぁぁ――っ！」

ほぼ同時に雄叫《おたけ》びを上げながら、ジュリアとキースは正門へ近づく魔物たちを次々と蹴散らしていた。

今はあの二人が前に出ているので、俺は少し後に下がって二人が倒し損ねた魔物を斬っているんだけど、ほとんど抜けて来ないから余裕があるくらいだった。

「作戦とはいえ、こんな所で暇になっているのも変な話だよな」

「交代で休む為なんだから、レウスはもっと力を抜いたらどうだい？　それよりジュリア様が少し前に出過ぎているから、そろそろ下がらせた方がいいと思う」

「確かにそうだな。ジュリア、前に出ているからちょっと下がれ！」

「むっ!?　ああ、わかった！」

乱戦のせいかジュリアとキースが自然と前へ出てしまう事が多いから、俺たちの動きをしっかり見てくれるアルがいて助かる。

俺の声に気付いたジュリアが少し下がったのを確認したところで、アルが魔物を斬り捨てながら声を掛けてきた。

「レウス、気付いているかい？」

「……ジュリアの事か？」

「ああ。張り切り過ぎていないか？　それに戦いが始まってから碌《ろく》に休んでいない」

俺たちの役割は正門を守る事だ。だから疲労を考えて、俺とジュリアとキースで交代しながら戦う話だったのに、ジュリアだけはほとんど交代していない。

実際、ジュリアは戦いが始まってから俺とキースが一、二回交代しただけだし、アルが心配するのも当然か。

「おそらくジュリア様は皆の英雄として振る舞おうと必死なのだろう。けど一人で無理をし過ぎるのも良くはないし、そろそろ強引にでも交代した方がいいと思う」

「別にいいんじゃねえか？　ジュリアがやりたいのなら、好きにさせてやろうぜ」

苦戦どころか疲れている様子もないし、キースが一緒だからまだ平気だろう。時折だけど笑いながら剣を振っているしな。

「だが、彼女だけに負担を掛けさせるわけにはいかないぞ？」

「ジュリアにも立場ってやつがあるんだろ？　それだけ頑張っている人の邪魔をしたくはないし、さすがに倒れるまで剣を振るう馬鹿な真似はしねえだろ」

「確かにそうだが……」

「それに俺たちがいるんだ。何かあれば、すぐ飛び出せるように身構えていようぜ」

俺たちに経験をさせようと、後から温かく見守り続けてくれる兄貴みたいにな。

それに、ジュリアが戦っているのは故郷を守る為だ。

もし銀狼族《ぎんろう》の……俺の故郷が残っていて魔物に襲われたりしたら、俺は意地でも自分の手で守りたいと思う。だからなるべくならジュリアの邪魔をしたくない。

そう考えながら近くの魔物を真っ二つにしていると、俺を見ているアルが穏やかな笑みを浮かべている事に気付いた。

「不思議だな。一瞬だが、レウスが師匠みたいに見えた気がしたよ」

「そうか？　兄貴ならもっと先を読んで動くと思うぜ」

実際、兄貴は空の魔物を倒すだけじゃなく地上の魔物を巻き込める場所に狙って落としているし、危ない場所があったら即座に援護している。

ジュリアが危なくなったら飛び出す……とか簡単に答えている俺とは全然違うだろ。

つまり兄貴と並ぶにはまだ色々と足りねえわけだが、焦っても仕方がないので俺は俺で出来る事をやっていくだけだ。

「背後へ回ろうとする奴等を近づけさせるな！　ジュリア様の背中は我々が守るのだ！」

「そこ、抜けが出始めているぞ！　キース様の邪魔をさせるなよ！」

「三番隊、下がれ。一番隊が入るぞ！」

ジュリアとキースの兵士たちが二人を守るように動き、アルが状況を見て交代の指示も出しているので、今のところ俺の出番はほとんどなかった。

本当ならキースと交代してもらい、ジュリアと一緒に剣を思いっきり振り回したいところだけど……。

「ただ待つ……ってのも少し辛《つら》いもんだな。けど今は我慢だ、我慢！」

俺が全力で戦う時は必ず来る筈だ。

なるべく力を温存しつつ、ジュリアの動きに気を付けながら俺は戦い続けた。


それから昼食を食べる時間が過ぎ、数えきれないくらい魔物を倒し続けていたけど、正門……いや、前線基地を攻める魔物が尽きる事はなかった。

俺は時折キースと交代しながら魔物を斬っていたが、やはりジュリアだけは常に前で戦い続けている。

さすがに半日近く剣を振り続けているジュリアの調子が気になってきたが……。

「なあ、そろそろ交代したらどうだ？　せめて水くらい飲んでこいよ」

「心配してくれるのは嬉《うれ》しいが、私はまだ平気だ。前に一日中剣を振っていた時もあるし、これくらい軽いものさ」

何かライオルの爺《じい》ちゃんみたいな事を言いだしているし、本当に大丈夫そうだ。

怪我人《けがにん》や疲れた奴が出ているけど、それも少しだけなので大きな影響はない。

寧《むし》ろジュリアの戦いぶりに引っ張られているのか、少し休憩したら元気になって戻ってくるから不思議なくらいだ。この調子なら、二日でも三日でも十分いけそうだな。

他の守りはどうなっているのかと見上げてみれば、空中を飛び回りながら大型の魔物を倒すホクトさんの姿が見えた。

地上と同じく空の魔物も次々と現れるけど、兄貴とホクトさん、そして防壁から放たれる無数の矢や魔法によって被害はほとんど出ていない。

倒した分だけ魔物が積み重なり、それを足場にする魔物もいたが、時折風の上級魔法『テンペスト』による巨大な竜巻で壁を登る奴ごと地上が掃除されていた。

「今のはエミリアさんの魔法だな。威力だけでなく、発動位置も絶妙だ」

「おっそろしい姉ちゃんだ。あの馬鹿が逆らえないわけだぜ」

兄貴から新たな連絡はないし、俺たちに下がれという指示もない。

このままで問題はないと考えていたその時……俺たちの前に変な魔物が現れたのだ。

見た目はただのゴブリン……だと思う。

でも体に変な模様とあまり嗅ぎたくない匂いを放っていて、そのゴブリンだけを他の魔物が避けているように見えた。

剣を一振りすれば倒せそうな魔物なのに、本能が危険だと叫んでいる気がしたので、そいつに斬りかかろうとしたジュリアの肩を俺は反射的に摑《つか》んで止めていた。

「待て！　あいつに近づいちゃ駄目だ！」

「だが今は警戒している手間も惜しい。攻撃する前に斬ってしまえば問題はあるまい？」

先に斬ればいいってのは俺も同感だけど、嫌な予感がして仕方がない。

だから近づかれる前に俺が魔法を放とうとすると、突然ゴブリンの片足が吹き飛んだのである。

「むっ!? 誰の魔法だ！」

「今の は……兄貴か？」

風の魔法にしては速過ぎるし、後ろの兵士たちが放ったようにも見えなかった。

けど兄貴だとしたら、何で頭じゃなく足を狙ったんだ？

兄貴が狙いを外すなんて思えないし、空の魔物に集中しているのにわざわざあいつを狙ったって事は、何か意味があるに違いない。

「おい、まだ生きてるじゃねえか。ちゃんと仕留めろ」

「いや、師匠はおそらく敢《あ》えて足を狙ったんだ。下手に近づかない方がいい」

アルベリオも変だと思ったのか、前に出ようとするキースを止めてくれていた。

そこでようやく再び放たれた兄貴の魔法により、ゴブリンの頭が吹き飛んだ瞬間……魔物の体が炎を撒き散らしながら爆発したのである。

兄貴の新しい魔法かとも思ったが、爆発と同時に聞こえてきた兄貴の『コール』で違うのがわかった。

『妙な魔力反応を感じて試したが、死ぬと自爆するようになっているようだな』

返事は求められていないので、兄貴の声に耳を傾けながら魔物を斬っていると、また怪しいゴブリンが現れたので、先程と同じように兄貴は足を撃って動きを封じていた。

『レウス、魔物の体に魔石らしきものが埋め込まれているのが確認出来た。それが爆発した理由のようだ』

炎が散らす爆発は、魔石に刻まれた炎の魔法陣が発動したわけか。

死ぬと発動するというのを確認する為《ため》に、兄貴がその魔石を撃ち抜いた後で頭を狙って止《とど》めを刺せば、今度は爆発せずにゴブリンは死んだ。

『近くにいるお前から見て、あれはどう思った？　詳しく聞かせてくれ』

遠くから見えても、近くじゃないとわからない事もあるからな。

要望通り俺がゴブリンから感じた事をチョーカーの魔道具で伝えれば、考えをすぐに纏《まと》めた兄貴が説明してくれた。

『魔物を遠ざける匂いで同士討ちを避け、体に描いた魔法陣で生死を判断しているのかもしれん。つまり自爆させる為だけに改造された捨て駒のようだな。遠距離から仕留めるか、体にある魔石を狙え』

「わかった！」

兄貴の『コール』は俺にしか聞こえなかったので、今の内容を皆へと伝えた。

突然の説明に首を傾《かし》げる奴《やつ》も多かったけど、すぐに信じてくれたジュリアとアルの御蔭《おかげ》で皆納得してくれたみたいだ。

近づいてくる魔物を手当たり次第倒すのと違い、これからは自爆する魔物に気を付けながら戦わなければいけないわけか。

「ジュリア様、また例の奴が出てきましたぞ！　魔法で仕留めますのでお下がり……」

「必要ない！」

普通なら遠距離から倒すべきだと思うけど、俺たちは魔法よりも武器で戦ってきたんだ。どれだけ的が小さくても、狙った場所を斬るなんて難しくはない。

俺と同じ考えだったのか、兵士たちが止めるのを気にせず爆発する魔物へ近づいたジュリアは、相手の体に埋め込まれた魔石を正確に斬り裂き、返す刃で首を斬っていた。

「……なるほど、確かに爆発しないな。この程度の手間なら問題はなさそうだ」

「お、こっちにも来やがったな！　おらあああぁぁぁ――っ！」

「面倒だが、逆に利用させてもらおう」

キースは魔物を魔石ごと真っ二つにし、アルベリオは止めを刺さず、死ぬ直前で敵陣の中へ蹴り飛ばして他の魔物を爆発に巻き込んでいた。

もちろん俺も魔石を破壊しながら斬っているけど……何か嫌な気分だ。

攻めてくる魔物は俺たちの敵だから、同情しているわけじゃない。けどこんなやり方をさせる奴がどうしても気に入らねえ。

それはジュリアも同じ気持ちなのか、怒りの表情を浮かべながら剣を振るっていた。

「こんな命を無駄にするやり方、敵であろうと不愉快だ！　このような事を平然とやる連中は絶対許さん！」

「……ああ！」

あのラムダって野郎が一番怪しいと睨《にら》んでいるけど、それを考えるのは後回しだ。

こんな事をやるような連中に一撃食らわせてやる為に、そしてノワールとノエル姉にあの二人を紹介する為にも生き延びねえとな。

―― シリウス ――


それからも激戦は続き、日が沈み始めた頃……昨日と全く同じ時間帯に魔物たちは一斉に退《ひ》いた。

魔物たちが逃げる姿に兵士たちが勝ち鬨《どき》を挙げて喜んでいるが、明日への不安を覚え始めている者も多少ながら見られた。

そして前日と同じく会議室で明日に向けた作戦会議を行い、ホクトが持ってきてくれた獲物の肉で夕食を作った後、俺たちは食堂で本日の状況について語り合っていた。

「何とか今日も乗り越えられそうだな」

「はい。昨夜と同じく夜の襲撃がなければの話ですが」

俺たちは大きな怪我もなく全員無事であるが、兵たちの死傷者はそれなりに出ている。

しかしこれだけ大規模な戦闘だと考えれば、被害は少ないくらいだ。これも部隊全体の働きとカイエンの作戦、そして怪我人を救った治療魔法使いたちの御蔭だろう。

その治療の中心となっていたリースだが、やはり負担が大きいのだろう。俺たちと合流するなり空腹と眠気に襲われ、今は寝ぼけ眼で食事をしていた。

「もぐもぐ……もっと……」

「これだけでもここへ来た甲斐《かい》があったわね！」

「このような機会は滅多にありません。リーフェル様、存分に堪能しましょう！」

食事と言っても、リーフェル姫とセニアによって食べさせてもらっているのだが、どちらも幸せそうなので放っておこう。

『スキャン』で確認したところ、リースの体調は単純に疲労が溜《た》まっているだけなので、栄養を摂《と》ってゆっくりと休めば朝には回復している筈《はず》だ。

「兄貴、リース姉が平気なのはいいけどさ、ジュリアは本当に大丈夫なのか？」

「うん。あの人、レウスよりずっと戦い続けていたし」

最早《もはや》当たり前のように俺たちと一緒にいるマリーナが、レウスと一緒に俺へ聞いてきた。

実は先程までジュリアも一緒だったのだが、彼女は食事が済むなり自室へと戻ったのである。元気そうではあるが、食事休憩以外はほぼ一日中戦い続けていたので、やはり疲れが溜まっていたのだろう。

だったらわざわざ食堂へ来ず、部屋に食事を運ばせれば良かったのではと質問するレウスに、ジュリアは爽やかな笑みを浮かべながら答えた。

『私がレウスとマリーナと一緒に食事したかったからさ。どれだけ疲れていようと、愛《いと》しき者たちとの語り合いを忘れるなんてしたくないからね』

そう恥ずかしげもなく語りながら、こちらの返事も聞かずにジュリアは立ち去ったのである。その全力の好意に戸惑ってはいる二人だが、やはりジュリアの健康が気になって仕方がないようだ。

「心配せずとも、疲れを明日に持ち越すような子じゃないさ。その為にいつもより早く部屋へ戻ったんだからな」

あれだけ戦い続けて五体満足どころか多少の疲労程度で済んでいるので、普段から体を鍛えているのがよくわかる。レウスから聞いた、一日中素振りをしていた時より楽だという話は本気だったようだ。

「だから今後もお前の思った通りに動けばいい。その為に備えていたんだろう？」

「おう！」

戦闘中、ジュリアの猪突猛進《ちよとつもうしん》な行動をあまり止めないどころか、何かあれば即座に飛び込めるように体力を温存しているように見えたからな。

それだけジュリアの立場と体調を気に掛けるのはいいのだが、隣のマリーナは少しだけ不満そうだ。頭で理解はしていても、女性として嫉妬はしてしまうのだろう。

「あ、もちろんマリーナもな。兄貴や姉ちゃんの傍《そば》から離れるなよ」

「わかっているわよ。でも危険なのは私より貴方《あなた》の方でしょ？　リースさんの負担をこれ以上増やさないように気をつけなさい」

「おう。元気じゃないとマリーナの焼いた肉を食えねえからな。明日も頼むぜ？」

「私は飯炊きじゃないわよ！」

言葉とは裏腹に、少し嬉しそうにしているのは気のせいではあるまい。

とりあえずリースとジュリアに問題はないと結論が出たところで、今後について話し合う事となった。

「シリウス様、明日はどのように動くつもりでしょうか？」

「現時点で何とか対処出来ているから変更はない。状況に合わせて臨機応変にだ」

「それで本当にいいの？　私も考えてはいるけど、他に策はないのかしら？」

そこでリースに食事を食べさせていたリーフェル姫が会話に入ってきた。

まあ戦いが長引けばリースの負担が増えるわけだし、そんな曖昧な考えで大丈夫なのかと心配にはなるだろう。

「ええ、何個かあります。ただ、実行するには早いものもありまして……」

リーフェル姫だけでなく、セニアとメルトも気になっているようなので、少しでも安心させる為に俺は現時点で考えている策を幾つか話す事にした。

「……なるほどね。でもそれで本当に大丈夫なの？　間に合わなかったじゃ済まないわよ」

「そうなればサンドールへ撤退ですね。殿《しんがり》は俺とホクトが受け持ちますから、いざという時はリースを頼みます」

「もちろんよ。まあ退き際をきちんと考えているのなら、これ以上何も言わないわ。その策とやらを使う事態にならないように祈っているわね」

とはいえ、策を使おうにも本命の姿が見えないので、今は耐え忍ぶしかない。

それでもジュリアの活躍もあって全体の士気は高いままだし、サンドールから補充の人員と物資が定期的に届いてはいる。少なくとも今日以上の戦力で攻められたとしても、前線基地が落とされる可能性は低いだろう。

まだ切り札を切るには早いと結論付け、俺たちはいつもより早く眠りにつくのだった。

だが……物事ってのは予想通りに進まない事が多いものである。

戦力と物資が十分であり、入念な準備と作戦を立てていたのだが、三日目にして綻びが生まれ始めたのだ。

魔物たちの猛攻が更に激しくなったせいもあるが、その日で戦局を覆すような重要な問題が発生したからである。

「なっ!? す、すぐに盾と槍《やり》を前面へ押し出せ！」

「急げ！　盾がないのならば体を盾にしろ！」

「何としてもジュリア様を守るのだ！」

誰よりも勇猛果敢に戦い、兵たちを鼓舞していたジュリアが……前線から下がる事になったからだ。

前日と同じく魔物たちの夜襲はなく、前線基地で三日目の朝を迎えた。

激戦で完全に戦力外となった者も出ているが、サンドールから送られてきた人員と物資の補充もあって初日よりも戦力は増えている。

しかし魔物たちの増援は尽きる事を知らないように現れ、日を跨《また》ぐ度に大型や特殊な魔物が増えていくのだが、今日は遂《つい》に山まで現れたのだ。

「動く山、ギガティエント……か。私が見た事のある個体より遥《はる》かに大きいようだな」

「名前くらいなら資料で見た事はありますが、実物はそれ以上ですね」

獣王が口にした『ギガティエント』とは魔大陸に生息する魔物で、その姿は前世に存在したラクダと呼ばれる動物に近い。似ていると言っても、あくまで全体の形だけだが。

まず足は六本もあり、首が異常に太く、頬の辺りに鞭《むち》のようにしなる長い触角が二本も生えていた。

だが最大の特徴は体の大きさだ。これまで俺が見てきた魔物の中で群を抜く大きさで、俺たちが立つ防壁の上部まで届きそうである。山が動いているという表現は決して大げさではなく、遠くから眺めていると距離感がおかしくなるくらいだ。

迎撃しようにも攻撃するにはまだ遠過ぎるので、その間に獣王が色々と説明してくれた。

「見た目は大きいが、基本的に温厚な魔物らしい。下手に手を出さなければ襲ってこないそうだ」

「魔大陸のみに生息すると聞きましたが、何故《なぜ》あれの情報があるのでしょうか？　魔大陸に人が入った事はほとんどないと聞いていますが」

「極稀《ごくまれ》であるが、魔大陸から海を渡って来るようだ。気まぐれか、それとも他の魔物から逃げてきているとも言われている」

確かにあの巨体ならば、浅い部分であれば海の底を歩くぐらいは出来そうだ。

しかし温厚ならば放っておいても良さそうな気もするが、防壁を障害物だと認識して体当たりする事例があったらしく、現れたらすぐに対処するらしい。

要するに相手をするのは初めてではないわけだが、それはあくまで一体相手での話であり、今回に至っては見える範囲で二体も確認出来ているので、部隊全体に不安と緊張が走っているようだ。

「温厚という考えは捨てた方がいいですね。あれも操られているようですし」

「うむ、背中に魔物を載せているからな。防壁に取り付き、直接ここへ乗り込むつもりか」

前世において、『攻城塔』とも呼ばれる、高い防壁を攻め込む為《ため》に開発された城攻め用の兵器があるが、連中はそれをギガティエントでやろうとしているわけだ。

とにかく接近される前に必ず仕留めるべきだと決めたところで、カイエンの指示によって正門から出ていたジュリアたちに動きが見られた。

昨日は正門を守る為の物資以外は用意していなかったが、今日は機動力のある馬が用意されており、部隊もまた大きく二つに分けられていた。

「皆、よく聞け！　これから我々は槍となる！　眼前の敵を全て貫く一本の槍だ！」

馬による高機動が可能となったジュリアと、その親衛隊や精鋭の兵によって作られた突撃部隊である。専用の防具を装備した立派な馬に乗ったジュリアは、己の背後にいる兵たちを鼓舞するように語り掛けていた。

「勇敢なサンドールの兵として、そして私と共に戦う同志としての誇りを見せてみよ！」

「「「はっ！」」」

「「「我等《われら》はどこまでもお供します！」」」

ジュリアたちの役割は、魔物の群れに突撃してギガティエントを撃破する事だ。

前日の作戦会議にて、今よりもっと巨大な魔物が現れる可能性を見越したカイエンが突撃部隊を提案し、ジュリアが即座に立候補したのである。

王女自ら飛び込むのは危険過ぎると止める者もいたが、彼女の決意は固く、士気向上の意味も含めて自分以外の適任はいないと押し切ったのだ。

多少揉《も》めながらもジュリアの突撃を認められたのは、やはり彼女の実力を信頼しているからだろう。レウスとキースを除き、魔物の大群に突撃して無事に帰ってこられる可能性が一番高いのがジュリアだからな。

もちろん俺たち……特に大型への攻撃手段を持つ俺とホクトが対処しようかと提案もしたが、限界まで接近された時だけお願いすると言われたので頷《うなず》いておいた。俺とホクトは保険というわけだ。

こうして突撃部隊を率いるジュリアが檄を飛ばして部隊の士気を上げていると、俺の用事を受けたレウスが馬上のジュリアへ声を掛けていた。

「ジュリア、これを持って行ってくれ」

「何っ!?　このような時に贈り物とは、私の伴侶は憎い演出をしてくれるな」

「これは俺じゃなくて兄貴が作った物だよ。ジュリアに渡してくれって頼まれたんだ」

「そうなのか……」

「そんなに落ち込むなよ。いいか、このペンダントはな……」

　レウスが渡したペンダントに付いた魔石には、幾つかの機能を持たせた魔法陣が刻まれている。突撃するジュリアの為に急遽《きゅうきょ》用意した物で、前線の状況がわかるようにと周囲の音を拾って俺へ届けるように調整してあるのだ。

　とはいえ盗聴していると思われたくはないので、事前に説明して渡すように頼んだが、彼女はレウスからのプレゼントじゃない点に落ち込んでいるだけで、別に拒絶しているわけではなさそうだ。

「そうか、前線の情報は大事だし、ありがたく受け取るとしよう。レウスからのであれば最高だったのだが……」

「ああもう、わかったよ。これが落ち着いたら何か用意するから元気出せって」

「本当か!?　贈り物がこんなにも待ち遠しいのは何時《いつ》以来だろうな」

　このような時に不純な気もするが、やはり報酬がある方がやる気も上がるからな。

　先程まで勇ましい戦乙女だったジュリアが、年頃の可愛《かわい》らしい笑みを浮かべているのでレウスも苦笑しながら忠告していた。

「楽しみなのはいいけどさ、張り切り過ぎて逃げるのを忘れるなよ」

「ああ。皆の命を預かっているのだから無理はしないさ。レウスこそ気を付けるのだぞ？」

ちなみに突撃部隊にはレウスも立候補したが、部隊を分けた状況で正門を守るのは厳しいという事で正門に残る側になっていた。

「こっちにはアルとキースもいるし、ジュリアが帰る場所は俺たちに任せときな」

「うむ！　だが一つ間違えているぞ。今の私が帰るべき場所は、レウスとマリーナの隣なのだ。レウスがいないと意味がないのだから、君も無事で私の帰りを待っていてくれ」

そんな見つめ合う二人を、近くに立つアルベリオとキースは複雑な表情で眺めている。

「うーん、戦地へ向かう夫婦のようなやり取りだけど……」

「色々と逆じゃねえか、あれ？」

馬上のジュリアをレウスが見上げている構図だからな。別に間違っているとは言わないが、アルベリオとキースの気持ちはわからなくもない。

そして部隊の準備が整い、先頭に立ったジュリアは剣を掲げながら号令を出した。

「さあ、図体《ずうたい》だけの魔物を討ち取りに行くぞ！　私に続けぇ！」

「「「おおおぉぉぉ――――っ！」」」

魔物たちとの距離はまだ遠いが、敵の陣形が整う前にジュリアたちは飛び出した。悠長にしていたら味方の矢と魔法が降り注ぐので、その前に射程外まで進む為である。

まずは左側のギガティエントを狙うらしく、そちらへ真《ま》っ直《す》ぐ向かったジュリアたちは、魔物と接敵する直前で更に加速してから突撃していた。

「凄《すさ》まじい勢いですね。魔物たちを薙《な》ぎ払いながらも、速度がほとんど落ちていません」

「ジュリア様だけではなく、部隊全体の実力が優れている証拠だな。こちらもそろそろ攻撃開始のようだが、向こうの方が先に着きそうだ」

こちらの心配を余所《よそ》に魔物の群れを突破し続ける突撃部隊は、脱落者をほぼ出さずギガティエントへと迫っていた。幸いな事にギガティエントの周囲には他の魔物がいなかった。

おそらく巨体故に動きが大きいので、巻き込まれない為に距離を取っているのだろう。

外敵の接近に気付いたギガティエントが頬から伸びる触角を伸ばして攻撃をしてきたが、ジュリアたちは即座に左側面へと回り込んで触角の範囲外へ逃げた。

続いて踏み潰そうとする魔物の足を避けながら、片側の三本の足へ狙いを付けながらジュリアは指示を飛ばす。

『散開して足を狙え！　踏み潰されるなよ！』

魔石を通じてジュリアの声が俺に届く中、突撃部隊はギガティエントの側面を駆け抜けながら左足へ攻撃を加えていく。

そして肉を斬り裂くジュリアの剣と兵たちの槍が左足へ次々と刺さり、遂に自重を支えきれなくなった魔物の体勢が大きく崩れた。

『今だ！　一気に制圧するぞ！』

その隙を逃さず馬から飛び上がったジュリアは、ギガティエントの体を一気に駆け上がり、背中に乗っていた多種多様の魔物たちを蹴散らしてから、魔物の頭部まで来たところで足を止めた。

『首を落とせれば早いのだが……厳しいか』

やはり己の剣よりも遥かに長い首を斬り落とすのは難しいのか、ジュリアも早々に諦めたようだ。やろうと思えば何度も剣を振るって切断は出来そうだが、途中で首を振って振り落とされそうなので判断は間違っていないだろう。

どこか悔しそうに呟《つぶや》くジュリアだがすぐに気持ちを切り替え、少し遅れて魔物の体を登ってきた親衛隊へ声を掛けていた。

『遅いぞ、イアン。まだ武器が重たいのか?』

『もう手足のように扱えますって。ジュリア様が身軽なだけですよ』

全身を覆う鎧《よろい》と身の丈はある巨大なハンマーを装備するイアンと呼ばれた者は、親衛隊にある重戦士部隊の副隊長を務めている男である。

俺より少し年上の若さながらも、ジュリアと共に何度も修羅場を潜《くぐ》ってきたらしく、こんな状況でも軽口を返しながら、三人の仲間たちと共にジュリアの前にやってきた。

『お待たせしました。すぐ準備に入ります!』

『頼む。だが焦らず確実に進めるのだぞ』

魔物の頭部で作業に入ったイアンたちが取り出したのは、鉄で作られた大きな杭《くい》だった。

レウスが持つ大剣よりも長い鉄杭で、先端が異様に鋭く作られている特注品らしい。

そう……カイエンが立てた作戦とは、部隊の一部がギガティエントへ乗り込み、鉄杭で直接急所を狙う事だった。何せあの巨体だから人が使う武器も効果が薄く、上級魔法でも簡単に仕留められないので、この作戦が決行されたのだ。

あまりにも危険過ぎる作戦であるが、ジュリアと親衛隊の動きに恐れや迷いは見当たらず、イアンたちもまた冷静に鉄杭を打ち込む準備を進めている。

しかし頭部に人が増えて不快感を覚えたのだろう。ギガティエントは長い触角を振るってイアンたちを狙うが、傍《そば》に控えていたジュリアが迫る触角を斬り飛ばしていた。

『させん！　もう少し大人しくしてもらおう』

触角だけでなく空を飛んでいた一部の魔物も襲い掛かっていたが、そちらもジュリアと他の親衛隊が対処しているので作業は淀《よど》みなく進んでいく。

『急所は……ここだな。イアン、やっちまえ！』

『待ってたぜ。うおりゃあああぁぁぁ――っ！』

そしてギガティエントの頭部に浅く刺した鉄杭目掛け、イアンはハンマーを全力で振り下ろした。

中心を正確に打たれた鉄杭は肉を容易《たやす》く貫き、骨すらも抜いて脳へと到達したのか、ギガティエントは一瞬だけ体を震わせてから前のめりに地面へと崩れ落ちた。

山が崩れるその光景を確認した前線基地の兵たちは歓声を上げ、ギガティエントの登場で下がり気味だった士気が再び上がったようだ。

「お見事です。この勢いでしたら、シリウス様とホクトさんの手は必要なさそうですね」

「ジュリア、大丈夫かな？　途中で落ちたりしなければいいけど」

エミリアの近くに控えるマリーナだけは心配していたが、地上に残した馬に再び跨《また》がっているジュリアの姿を見て安堵《あんど》の息を吐いていた。どうやら魔物が地上へ倒れるタイミングを見計らって飛び降りていたらしい。

すでに十分な成果だが、ギガティエントはもう一体残っているので、足元で待っていた部隊と合流したジュリアたちはそのまま右翼のギガティエントへ向かって行った。

「……と、そろそろのんびり眺めている暇はなさそうだな。こちらも始めるとしよう」

「わかりました。では行きましょうか、マリーナ」

「はい！」

基地に配置された弓隊とバリスタが動き始めているので、空の敵がメインである俺たちも戦闘開始の時間だ。

ジュリアたちが右翼のギガティエントへと迫ると同時に、俺たちも一斉に攻撃を開始するのだった。

その後、先程と同じように右翼のギガティエントを仕留める事に成功したジュリアたちは、軽く戦場を駆け回って敵全体を攪乱《かくらん》してから正門へと戻った。

多少の犠牲は出たものの、部隊の大半が五体満足で戻ってきた上に、目標のギガティエントは全て撃破したので作戦は間違いなく成功であろう。

十分な功績を挙げた突撃部隊は少し下がって休憩を取っていたが、驚く事にジュリアだけはすぐにレウスと交代し、キースと並んで剣を振るっていた。

「おいおい、帰ったばかりだろ？　少しは後ろで大人しくしていやがれ！」

「私は剣を振っていただけであまり疲れていないからな。気にしなくても平気さ」

さすがに彼女の体調が気にはなるが、レウスが止めなかったので大丈夫そうだ。

一方、大型を撃破して何とか順調な地上と違い、防壁上の俺たちはあまり芳しくなく、徐々に押されつつある箇所が生まれ始めていた。

「くそ、矢が切れた！　誰か持ってきてくれ！」

「こっちの隊は魔力切れだ。一旦下がるぞ！」

「左翼、敵の殲滅《せんめつ》速度が落ちているぞ！　後方の部隊を回せ！」

ジュリアたちの活躍で士気は維持出来ても、連日の激戦で精神が疲弊した兵たちが出てきているからだ。

夜は交代で眠る事は出来ても、先の不安と緊張状態によって満足に眠れない者が多く、判断力が下がり矢の残数や周囲の状況に気付くのが遅れてしまう。そうした細かい不注意が積み重なった結果、迎撃が間に合わず魔物の接近を許している部隊が出ていた。

「この程度で慌てるな！　接近されたという事は、我らの力を存分に叩《たた》き込める時でもあるのだ。愚かにも懐に飛び込んできた連中を後悔させてやれ！」

「岩が駄目ならお湯でも何でもいい、とにかく壁から落とせ！」

「こちらの詠唱がそろそろ終わります！　巻き込まれないよう、気を付けてください！」

それでも獣王や各部隊長の素早い指示と、助け合いによって何とか対処出来ている。

実に忙《せわ》しない状況だが、これで五分五分といった感じだろう。これまでが上手《うま》く行き過ぎていただけで、本来はこれくらいが普通だと思う。

俺は押されている部隊へ援護をしつつ、空の魔物を落とし続けていたわけだが、魔物たちの動きを観察している内にある疑問が浮かんでいた。

どれだけ倒しても、尽きる事なく現れる魔物たち。

冷静に考えて、このまま戦い続けていれば数日も経《た》たない内に俺たちは限界を迎え、前線基地を放棄する事となるだろう。

「……この程度なのか？」

だが……それにしては大人し過ぎないか？

確かにギガティエントという厄介な魔物が現れたが、結局のところ敵の強さの段階を上げただけに過ぎない。もしこの状況が敵のお遊びだとしたら、そろそろ飽きて変化を加えたくなっても不思議ではないと思うのだ。

何を企《たくら》んでいるのかと警戒を強めていたその時……それは遂《つい》に現れたのである。

『前線に伝令！　ジュリア様、突撃の準備を！』

常に冷静だったカイエンが慌てて指示を飛ばすのも無理はあるまい。

何故《なぜ》なら魔物たちが現れている遥《はる》か地平線に、再びギガティエントの姿が三体も確認出来たからだ。

それだけでも十分な脅威なのだが、カイエンや俺たちが気になっているのはギガティエントの背中に乗る人影の存在だった。

「まさか本人が直々に来るとはな……」

視力を強化して確認したところ、人影は今回の元凶と思われるラムダ本人なのだ。

揺れる魔物の背中で、戦場にいるとは思えない穏やかな笑みを浮かべており、それが異様な雰囲気を醸し出している。仲間であるルカとヒルガンの姿がないのは気になるが、明確な目標が現れたのは戦況を変える好機でもある。

カイエンの指示でラムダの存在に気付いたジュリアは、再び組んだ突撃部隊の先頭に立ち、『エコー』の魔法を発動させてもらいながらラムダへ語り掛けていた。

『私たちの前に現れるとは良い度胸だな。余裕の表れか？』

『いいえ、私は貴方《あなた》たちの様子を見に来ただけですよ。随分と元気そうですね』

向こうも『エコー』を発動させ、どこか挑発するように返してくるが、ジュリアは不敵な笑みを浮かべながら言い返す。

『生憎《あいにく》と、私たちは見ての通りだ。お望みであればもっと近くで見せてやろう』

『ふふ、いいでしょう。来られたらの話ですがね』

ラムダが現れた理由は不明だが、少なくとも逃げるつもりはないらしい。

罠《わな》の可能性も十分あるが、どちらにしろギガティエントは倒さなければならないし、可能であればラムダを生け捕りにして情報を得なければならないので、攻めないわけにもいかないのだ。

十分に気を付けろとレウスから伝えられたジュリアは、再び部隊を率いて魔物の大群へと突撃するのだった。


傍目《はため》には挑発されて飛び出したように見えるジュリアだが、彼女は冷静だった。ラムダが乗る中央のギガティエントからではなく、左右の二体から攻めているからだ。

先の二体で慣れたのか、あっさりと左翼のギガティエントを仕留め、そのまま右翼へと狙いを付けるが、ラムダが指示を飛ばしているのか、これまで真っ直ぐ走るだけだったギガティエントがジュリアを狙って進む方向を変えたのである。

このままでは二体同時に相手をする羽目になりそうなので、ジュリアは迫る魔物を確認しながら仲間へ告げていた。

『この動き……予想通り狙いは私か。いいか、私がラムダを狙って時間を稼ぐから、お前たちはもう片方を倒せ！』

『お一人では危険です！　せめて何人かを連れて行ってください』

『ならばそこの十人、私についてこい！　いいかお前たち、早くあれを仕留めてくるのだぞ。私が先にラムダを斬る前にな！』

軽口を叩きつつ、イアンと他九人を護衛として連れたジュリアは、右翼側へ向かう部隊から別れて中央のギガティエントへと突撃していく。

僅か十人でも魔物の群れを難なく突破したジュリアは、これまでと同じ方法でギガティエントを鈍らせ、その場に六人を残してから乗り込みラムダと対峙《たいじ》するのだった。


――――ジュリア――――


「たった数日だが、こうして会うのも随分と久しぶりに感じるな」

「それは私もですよ。貴方の強さは理解していたつもりですが、想像以上の粘りを見せているので驚いています」

「私だけの力ではない。我が国の精鋭と仲間たちの御蔭《おかげ》だ」

そうだ、皆がいたからこそ私は戦い続ける事が出来るのだ。一つでも欠けていれば、この前線基地はすでに落ちていたであろう。

仕留めれば戦況を大きく変えられるラムダが現れ、魔物の群れを突破してギガティエントの背中にやってきたのはいいが、装備や体力の関係でイアンたちが登るのに手間取っているので、私とラムダによる一騎打ちのような状況になっていた。

出来る事なら剣士としてこのまま一騎打ちと行きたいところだが、奴《やつ》との戦いは万全を期すべきだと思うので少し時間を稼ぐとしよう。

「ラムダ。家族を殺されたお前が復讐《ふくしゅう》に燃えるのはわかる。しかし元凶はお前を嵌《は》めた者たちであり、国ではあるまい。そちらが求めるのであれば、主犯の連中を差し出しても構わないと父上は言っていた。すぐに戦いを止《や》め、交渉の場に応じてくれないか？」

「貴方も馬鹿な兄と一緒でわかっていませんね。私はもうあの国が存在している時点で許せないのです。クズな連中をいたぶったところで、この復讐の炎は消えませんよ」

予想はしていたが、やはり交渉は無駄か。

万に一つの可能性が消えたところでイアンたちが合流したので、私は剣を構えながら改めて宣言させてもらった。

「ならば仕方があるまい。サンドールの王女として、ラムダ……貴様を斬る！」

「その志は立派ですが、私一人にかまけていて大丈夫なのですか？」

「言っただろう？　私には頼りになる友が大勢いるのだ。それに貴様が魔物を操っている元凶という話も挙がっていてな。無理をしてでも狙う価値はある」

「ほう、やはりそう考えますか。中々の鋭さですが、後悔しなければいいですね」

その余裕と攻撃を崩そうと、一息で相手の懐へ飛び込んだ私はラムダの右腕を斬り、返す剣で左腕も斬り飛ばす。

もちろん首も狙えたが、この男にはどうしても聞いておきたい事があったので、私は剣を振り終わると同時に距離を取って様子を窺《うかが》う事にした。

「酷《ひど》いですね。まずは頭から狙うべきなのでは？」

「貴様に聞きたい事がある。魔物たちに自爆する魔石を埋め込んだのは貴様か？」

「正確には、私とルカで考えたものですね。少々手間が掛かりますが、無駄に死ぬよりは綺麗《きれい》で面白かったでしょう？」

「貴様を斬る理由が増えたな。もう一つ聞くが、この魔物たちを止める方法はあるのか？」

「それを私が教える理由はありません。ああ、もしかしたら私が死ねば魔物たちは元に戻るかもしれませんよ？　まあ元に戻ったところで、魔物が貴方たちへの攻撃を止めるとは思いませんけどねぇ」

「……わかった。全てはお前を斬ってから考えるしかなさそうだな」

今度は確実に仕留めようと、前に出て私を守るように立つイアンに、槍《やり》使いのシェーン。そして火の魔法に優れたダイナの様子を確認してから機を窺う。

「ジュリア様。腕がなければ攻撃も限られましょう。すぐに攻めるべきかと」

「奴を我々と同じように考えるな。腕がなくても何らかの策を隠し持って……腕？」

妙だな。腕を斬ったというのに血が流れていない。それにシリウス殿やリースが腕を切った時はすぐにくっ付けていたのに、先程から何もしていない。

「ダイナ、奴のローブを剝げ！」

「はい！　風の刃よ切り裂け……『エアスラッシュ』」

適性が火属性ながらも風属性なら中級まで使えるダイナの魔法により、全身を覆うローブが切り裂かれてラムダの肉体が露《あら》わとなる。

そして改めて確認したラムダの肉体だが、それはとても人と呼べるものではなかった。

頭部を除く全身が、植物の蔓《つる》が複雑に絡まって人の形になっていたからだ。

「……心だけでなく体も化物になったか」

「化物ではなく進化ですよ。これは人という器の限界を越えた姿なのですから」

これが進化……だと？

確かに体が植物な状況で生きていられるのは進化と呼べなくもないが、人として大切な何かを捨てた姿に親しみが湧く筈《はず》もない。イアンたちも同じ気持ちらしく、嫌悪感を隠しきれないようだ。

そんな私たちの反応に気を良くしたのか、ラムダは楽しそうに笑いながら語り続ける。

「一つ教えてさしあげましょう。植物は株が割れた状態でも、地面に埋めれば育つ程に生命力が強いのです。つまりわざと割って育てれば、同じ植物を増やす事が出来るのですよ」

「同じ植物？　同じ………まさか貴様は!?」

「はい。ご想像通り、ここにいる私はラムダであってラムダではないのですよ」

つまり目の前のあれは、私たちと一緒にいたラムダではないと？

だが本物に近いというわけで……駄目だ、義兄《にい》さんとカイエンならばもっと上手く理解出来ただろうが、私の頭ではわからない事ばかりだ。

「そして私の狙いはジュリア様……貴方です。あの連中の御旗である貴方が消えれば、これからもっと面白くなりそうですから」

「っ!? 下がれ！」

不穏な言葉と嫌な予感を覚えてその場から大きく下がれば、私の足元……ギガティエントの肉体から緑色をした無数の触手が飛び出してきたのである。

その触手を剣で薙《な》ぎ払ったところで判明したが、この触手は植物の蔓らしく、よく見れば偽ラムダの足がギガティエントの背中に根付くように沈んでいるので、蔓はあそこから伸ばしたものらしい。

「ああ、惜しいですね。やはりこの程度は避けますか」

「貴様は魔物に宿る寄生虫だな。魔物への情けとして、すぐに刈り取ってやるとしよう」

わからない事ばかりだが、奴の正体が何だろうと斬る事には変わらない。

気持ちを切り替えた私は、迫る触手を斬り払いながらイアンたちと小声で会話をする。

「……どうだ？」

「もうすぐ詠唱が終わります。しかし魔法の範囲を考えると、奴まで届くかどうか……」

「十分だ。私が合わせるから、詠唱が終わり次第すぐに放て」

素早く打ち合わせを済ませたところでダイナが火の上級魔法を発動させれば、炎の柱が複数生まれて周囲の触手を焼き尽くす。

それと同時に私たちも飛び出し、新たに生えてきた触手をイアンとシェーンに防いでもらいながらラムダへと迫った私は、相手の横を駆け抜けるように奴の首を斬り飛ばした。

「よし！　足元のギガティエントを仕留めて戻る……」

「まだ終わっていませんよ」

「なっ!?」

確かに首を斬った筈なのに、何故《なぜ》奴の声が聞こえる!?

慌てて振り返れば、胴体から落ちたラムダの首が笑っている事に気付き、私は反射的に剣を向けた。しかし隣に残ったラムダの胴体が視界の隅に入った瞬間、剣の切っ先に迷いが生まれる。

「まさか貴様もか！」

「少々複雑なので、発動に時間が掛かるのが欠点なんですよね。さて、猶予はどれだけ残されているでしょうか？」

胴体の蔓が蠢《うごめ》いて出てきたのは、戦場で何度も見た自爆用の魔石だったからだ。しかも魔物たちに使っていた物より一回り大きく、威力は段違いだと嫌でも理解出来た。

だが逆に考えれば好機でもある。このラムダは放っておけば自滅するのだから、魔石が爆発するよりも先に私たちがこの場から離れてしまえばいい。

「撤退だ！　すぐに離れろ！」

「当然の選択ですが、逃げられますかね。貴方《あなた》の性格はよく知っていますよ」

何か話しているが、貴様に構っている暇はない。危険だがこのまま飛び降りようと駆け出すが、イアンたちの様子に私は足を止めざるを得なかった。

「何だ、急に動きが!?」

「皆さん、早くこちらへ！　きゃっ!?」

「次から次へと！　奴は死んでねえのかよ！」

イアンたちがラムダの触手に足を絡め取られていたからだ。

それでもシェーンとダイナは槍と魔法で触手を斬り払いながら移動していたが、私から一番近いイアンは完全に足を止められていた。

何故ならイアンは切断用の武器がナイフしかなく、次々と巻き付いてくる触手への対処が間に合わないのだ。

「あはははは！　どうですか？　逃げられませんよね？　貴方は己を慕う部下を犠牲に出来ない、気高く誇り高い精神の持ち主なのですから！」

「く……そ。ジュリア様！　私を置いてお逃げください！」

他人に己を語られるのは気にくわないが、奴の言葉を否定出来ないのは事実だ。

考えるまでもなくイアンへと駆け出した私は、彼を拘束する触手を斬ると同時に体当たりを食らわせ、拘束から逃れたばかりのシェーンとダイナの下へ突き飛ばしていた。

「「ジュリア様!?」」

「先に行け！　こいつの狙いは私だ」

「しかしジュリア様を置いて行くわけには！」

「いいから行くのだ！　下で私を受け止める準備をしていろ！」

こちらを分断するように飛び出す触手に加え、私が本気で怒鳴っているのを見て邪魔だと理解したのか、イアンたちは悔しそうな雄叫《おたけ》びを上げて魔物の背中から降り始めた。

「……すまない」

お前たちの思いを無下にするようで申し訳ないが、奴の前では逆に利用されるだけだ。イアンは言わずもがなで、シェーンはどちらかと言えば守りが得意であり、ダイナは先程の魔法で魔力が残り少なかった。連れてきたのが剣士であれば違ったかもしれないが、イアンたちを選んだのは私なのだ。己の判断ミスで部下を巻き込むわけにはいかない。

そうこうしている内に、無数の触手によって私の退路は完全に塞がれていた。強引に突破出来なくもないが、それでは魔石の爆発に間に合うとは思えない。

ならば……。

「何だか予想通り過ぎてつまらないですね。王族とは、時に部下を犠牲にしてでも生き延びなければならない責務もあるのですよ？」

「貴様がこれ以上私を軽々しく語るな！」

先に魔石とラムダを斬るのみ！

しかし触手に阻まれている上に、奴との距離は数歩程度でも一息に斬るのは厳しい。

とはいえ考えている時間も惜しく、最早《もはや》捨て身で攻めるしかないと剣を握り直していると、私の横を何かが通り抜け、今にも発動しそうだった魔石が砕けたのだ。

「おお……この距離でも当てますか。全く、彼がこの国を訪れたのが最大の誤算ですね」

「彼？　まさかシリウス殿か!?」

シリウス殿の魔法は、どんなに遠くても命中させるとレウスから聞いたが、ここまでなのか？　どう見ても届くとは思えない距離なのだが、一体どういう魔法なのだろう？

いや、感謝するのは後だ。将来の義兄さんがくれた好機を逃すわけにはいかない。

今度こそ奴の首と体を細切れにして終わらせてくれる！

「ですが、まだ甘いですね」

「くっ!?」

この男、一体どれだけ先を見据えているのだ？

触手を斬りながら走っていると、今度は手足から先程と同じ魔石が出てきたのだ。

今にも発動してしまいそうな魔石は七つで、全てを斬るには時間が足りそうにない。今の私は一息で六回斬るのが限界なのだから。

「恐れるな！　弱き心に剣は応えない！」

かつて剛剣は『斬破』という技で、八体の魔物を同時に斬ったと言う。

それに比べ、今の私に必要なのは一つ少ないだけだ。決して不可能ではない！

「はあああああぁぁぁぁ――――っ！」

限界を超えた動きに体が悲鳴を上げ、腕が千切れそうな痛みに堪えながら振り抜いた剣は……七つの魔石を全て斬り砕く事に成功した。

「お見事です。では最後にこれはどうでしょう?」

「あ……」

私が見たものは、人の皮が剝がれて植物の塊だと判明した偽ラムダの頭部と、その口から吐き出された魔石だった。

それに反応するよりも早く魔石が発動し、炎と衝撃波が私を………。


「……ぁ、ぐっ!?」


……僅かに意識が飛んだが、私は生きているらしい。

何故あの爆発を受けて生きていられたのかわからないが、考えるのは後回しだ。

目は霞《かす》み、周りの音もよく聞こえないのだが、風を切る肌の感覚からして私はギガティエントの背中から落ちていっているのがわかったからだ。

これで私を始末する奴《やつ》の作戦は成功しただろうが、まだ……終わりではない。

剣は……握っている。

魔力も……僅かだが残っている。

後は地上に上手《うま》く着地出来るかどうかだが、この高さからの勢いでは受け身を取っても危ういし、そもそも地上までの距離すらわからない。

だが、焦るな。目と耳が頼りにならないのであれば、己の勘と経験を信じるのだ。

魔物の気配で地上までの距離を予測した私は、勘を頼りに剣を振るった。

「ぐ……はあああぁぁ――――っ！」

かつて剛破一刀流を齧《かじ》っていた者から聞いた技『衝破』。

剣を振り下ろすと同時に放たれた衝撃波で落下の勢いを殺す事には成功したが、完全には無理だったらしい。私は地上に叩《たた》き付けられると同時に地面を転がる羽目になった。

それでも……何とか生き延びた。背中を強く打ったせいで呼吸も苦しいが、後は皆と合流すれば……。

「は……全く、今度はお前たち……か」

これだけの危機を乗り越えても、まだ私を休ませてはくれないらしい。

やはり仲間より魔物の方が早かったらしく、近くのオークが棍棒《こんぼう》を振り下ろしてきたので、私は横へ転がりながら避けてオークの足を斬りつける。

その勢いで起き上がり、膝立ちで剣を構えた頃には目と耳の調子が僅かに戻ったものの、完全に孤立しているという事が判明しただけだった。

それでも、諦めるには早い。

「…………け……走れ……」

「……げ！　盾が……のなら……にしろ！」

「……ジュリア様の下へ……のだ！」

魔物の呻《うめ》き声《ごえ》に紛れ、私の部隊が助けに来ている声が微《かす》かに聞こえるからだ。

後は救援が来るまで持ち堪《こた》えられればいいのだが、もう剣を握っている事さえも辛《つら》い。

剣を落としてしまえば楽になれると思うが……それだけは絶対に出来ない。

私は……生きて戻らなければならないのだ。

剣士として、女として身を預けられる二人の下へ戻ると約束し、何より私自身が帰りたいからだ。

しかしその気迫すらも魔物には通じず、容赦なく全方向から襲い掛かる魔物へ剣を振るおうとしたその時……周囲の魔物が大きく吹き飛ぶと同時にそれは私の前に現れたのである。

「邪魔するぜ！　どらっしゃあああぁぁぁ――っ！」

何故、君がここにいる？

正門は任せておけと、あんなにもはっきり答えた君が、何故私を助けに来たのだ？

私の困惑を余所《よそ》に、飛び込んできたレウスは凄《すさ》まじい速度で剣を振り回し、周りの魔物を次々と斬り捨てていく。

そして私の安全を確保してから、彼に似合わない悔しそうな表情でこちらへ振り返ってきたのである。

「すまねえ、助けに来るのが遅れちまった」

「あ……遅れる何も、十分過ぎるくらいなのだが」

「本当はジュリアが落ちる前に助けたかったんだ。マリーナみたいに出来なくて悪いな」

それは少し残念な気はしなくもないが、レウスが謝る必要なんてない。

敵の策略に嵌《はま》ってしまい、多くの者を心配させた私の方が謝るべきなのだ。

「正門の守りは……どうしたのだ？」

「アルとキースがいるから心配するな。二人の強さは知っているだろ？」

「……そうか」

くっ……指揮官としてレウスの行動を見過ごせないせいか、素直に礼を言い辛い。本来ならばこんな勝手な行動を簡単に許すわけにはいかないからだ。

しかし疲弊しているせいか感情を隠しきれず、不満が表情に出てしまったのだろう。そんな私を見ていたレウスが首を傾《かし》げていた。

「ん？　来たら不味《まず》かったのか？」

「そ、そうじゃない。自分が不甲斐《ふがい》ないせいで、レウスに持ち場を離れさせてしまった己が腹立たしいんだ」

「持ち場も何も、俺はジュリアの部下じぇねえからどこへ行こうが勝手だろ？」

「う……すまない。また情けない姿を見せてしまった」

自己嫌悪に陥っているせいか、先程から考えが纏《まと》まらない。そんな困り果てる私を見かねたのか、レウスは笑みを浮かべながら語り掛けてきた。

「この三日間、ジュリアは碌《ろく》に休まず前で戦い続けているだろ？　今日から俺が代わるから、怪我《けが》が治るまであまり剣を握るなよ」

「何っ!? この程度、少し休めばすぐに復帰出来るさ」

「なあ、少しは俺の言う事くらい聞いてくれてもいいんじゃねえのか？ 夫婦ってのは楽しい事や辛い事を分かち合うものだって、兄貴や姉ちゃんたちが言っていたぞ？」

「っ!?」

そうか……あれほど結婚したいと宣言していた私が、夫婦になるという事を一番わかっていなかったのか。

レウスは部下ではなく……共に寄り添う相手なのだ。

心を許しているのであれば、もっと甘えるという事も覚えなければな。

「わかった。私の代わりに皆を勇気付けてやってほしい。遅れてしまったが、助けてくれて……ありがとう」

「おう！ 俺はもういいけど、兄貴にもちゃんと礼を言っておけよ。あの爆発から守ってくれたんだからな」

「守ってくれた？」

爆発によってぼろぼろになった己の体に目を向けてみれば、鎧《よろい》の胸元部分だけは変に損傷が軽い事に気付く。ここには今朝貰《もら》った義兄《にい》さんのペンダントがあったのだが、今はただの鎖しか残っていなかった。

「魔石から衝撃波を放って威力を相殺した……とか、まあ詳しくは兄貴から聞いてくれ。もう少しでジュリアの仲間が来るから大人しく待っていろよ」

「……ああ」

どうやら私に落ち込んでいる暇はないようだ。

義兄さんと私を救おうと必死な部隊の皆に、こんなつまらない顔で礼を伝えるわけにはいかないからな。

そして心だけは完全に立ち直った頃、魔物の群れを突破してきた突撃部隊が流れ込み、私を中心に円を描くように走り続け、全方位に守りを固めていた。

「防御陣、急げ！」

「壁を作れ！　ジュリア様を守る肉の壁となるのだ！」

「ゴブリン一匹たりとも通すなよ！」

私と別れた後で合流したのか、部隊にはイアンたちの姿もあったので安堵《あんど》の息が漏れる。

皆が必死に魔物を押さえている中、私の前に近づいてきた親衛隊の隊長が涙を流しながら跪《ひざまず》いていた。

「ジュリア様！　よくぞ……よくぞご無事で！」

「ああ。醜態を晒《さら》してしまったが、皆の御蔭《おかげ》で命を救われた。本当に感謝している」

「勿体《もったい》なきお言葉！　ジュリア様の御身は我々がお守りしますので、後は全てお任せを」

「頼む。だが……そうもいかないみたいだな」

地響きに顔を上げてみれば、ギガティエントがこちらへ迫っていたからだ。

隊長たちを向かわせた方は片付けたそうなので、あれはラムダが乗っていた個体だろう。

魔石の爆発で背中の大半が抉《えぐ》れていても生きているとは、予想以上にしぶとい。

本来なら一時撤退するべき状況だが、今の私にはレウスがいる。

彼に部隊の半数を預けてギガティエントを任せようと考えていると、剣を肩に担いだレウスがギガティエントへ体を向けながら言い放った。

「ジュリア。皆を連れて先に戻ってろ。俺はあれを斬ってくる」

「ま、待て。部隊から数人連れて……」

「一人で十分だ。それと逃げながらでいいから俺を見ていてくれよ。ライオルの爺《じい》ちゃんから教わった、本当の剛破一刀流を見せてやる」

そう口にしたレウスは、迫るギガティエントへと向かったのだ。

誰かレウスについて行けと口にしようとしたが、彼の放った自信満々な笑みと言葉に、私だけでなく他の皆もただ見送るしか出来なかった。

放っておける筈《はず》はないが、私はレウスに甘えると誓ったのだ。彼を……信じよう。

そして私は隊長に抱えられ、陣形を整えて移動を始めようとした頃、一人で魔物を蹴散らしながらギガティエントへ迫ったレウスは、私たちと同じように伸びてきた触角を避けながら相手の側面へと移動していた。

そこから更にレウスは空を蹴る魔法で高く飛び上がり、ギガティエントの胴体を繋《つな》ぐ太い首の前まで近づいたところで、戦場に響き渡る雄叫《おたけ》びを上げたのだ。

「剛破……一刀！」

そして振り下ろされたレウスの剣が輝いたかと思えば、私が切断を諦めたギガティエントの首を……一太刀で斬り落としたのである。

あれが、真の剛破一刀流？　何と力強く、美しい太刀筋なのか。

あの剣こそが私の目指すべき場所なのだと心が震え、こんなボロボロの状態だというのに剣が振りたくて仕方がなかった。

「私も……いつか……」

だがレウスの雄姿とその剣を目に焼き付けている内に限界を迎えたのか、私はそこで意識を失った。


――　シリウス　――


ラムダの策略によってジュリアが負傷し、前線から退《ひ》いた事によって部隊全体に大きな動揺が走った。

しかしそのジュリアが抜けた穴を埋めようと、鬼神の如《ごと》く戦うレウスの活躍によって正門を守る部隊の損害は最小限で済んだ。

だが、防壁上で戦っていた俺たちの被害は大きい。

壁を登る魔物と空からの同時攻撃を対処しきれず、負傷者が増えているからだ。

それでも周囲の援護で何とか立て直し、夕方に魔物が退いて今日も襲撃を乗り切る事が出来たが、誰一人として明るい声を上げる者はいない。

どれだけレウスが活躍しようと、全体の御旗でもあったジュリアが返り討ちにあった影響は拭いきれなかったようだ。どこか気落ちした空気で防壁や兵器の補修が進められる中、今日も俺は会議室で行われた作戦会議に参加していた。

「シリウス殿、ジュリア様の容体はどうなのだ？」

「全身に火傷《やけど》を負う重傷でしたが、リースの治療によって命は取り留めました。ですが、これまでのように戦うのはしばらく厳しいでしょう」

作戦会議の前にジュリアの診断をしてきたが、奇跡的に後遺症が残る事はなかった。

しかしリースの魔法で火傷は癒えても、限界を超えた動きによって骨や内臓にまで影響が出ていたのか、完全回復には数日の安静が必要だろう。

その診断結果を皆へ伝えると、カイエンと部隊長たちは深い安堵の息を吐いた。

「そうか……それでもジュリア様が生きて戻られた事は本当に幸いだった。レウス殿だけでなくリース殿には感謝しきれぬ」

「それとジュリア様の幸運にもですな。あの爆発を受けて生き延びられるなんて、やはりジュリア様には幸運の女神が微笑《ほほえ》んでおられる」

あの時、レウスを通じて渡しておいたペンダントの魔石に、強い衝撃に反応して衝撃波を放ち攻撃を打ち消す、爆裂反応装甲《リアクティブアーマー》を模した魔法陣を刻んでいなかったら、ジュリアの体は爆発によって跡形もなく吹き飛んでいたかもしれない。

獣王だけはこちらを見ていたが、俺は首を軽く横へ振って黙っていてほしいと伝えていた。説明が面倒だし、俺の技術を下手に広めるのは不味いからな。

「ジュリア様が無事だと判明したところで、状況を整理するとしよう。各隊、報告を」

「二番隊はかなりやられましたが、明日には問題ない程度には回復出来ると思います」

「四番隊は、満足に戦える者がほとんど残っていません」

「八番隊はあまりやられちゃいないが、物資が足りないな。早急に補充が欲しい」

各部隊から被害状況と要望が伝えられ、カイエンは内容を素早く纏めながら対策を練っている。

人数が減った部隊は他の部隊と統合させ、部隊の再配置で全体の立て直しがある程度済んだところで、空気を変えようとした部隊長たちが明るい口調で語り出した。

「口惜しい事はありましたが、あの裏切者であるラムダを倒せたのは大きいですな」

「うむ、あれ程の爆発ならば生きてはいまい。これで少しは戦況が変わるだろう」

「いや……あまり悪い話をしたくはないが、ラムダはまだ死んではおらんようだ」

あのラムダが偽物だと知っているのは魔道具で話を聞いていた俺と、直接対峙《たいじ》したジュリアと護衛を含めた四人。そしてイアンから報告を聞いたカイエンだけである。

人の皮を被《かぶ》った植物の塊でありながら、確かな知性を持つ化物だったとカイエンから説明された部隊長たちは一斉に首を傾げていた。

「ラムダでありながら、ラムダではない……と？　一体どういう事でしょうか？」

「私にもわからん。だがジュリア様の言葉によると、ラムダ本人と話しているようにしか思えなかったそうだ。あの御方《おかた》の感覚が間違っているとは思わないが……」

「つまりラムダは二体いたってわけか？　いや、体が植物なら魔物だったと？」

様々な憶測が飛び交うが、俺の考えではラムダの複製体《クローン》だと思っている。正確には違うだろうが、本人と同じ知性を持ちながら行動出来る時点で似たようなものだ。

しかし魔法がある世界とはいえ、科学技術の結晶がこの異世界で実現出来るのかと思うが、アービトレイで見た自我を持つ魔石があれば可能だろう。

つまり魔石に己の自我を刻める方法と、植物を操れる能力があれば、今回のラムダのような複製体を作れると思うのだ。

とはいえ、これは二度目の人生を送っている俺だからこそ浮かんだ仮説である。

細かく説明すればきりがないし、現状において必要な情報だけでも伝えるべきだと考えていると、カイエンが部隊長たちを黙らせて纏めに入った。

「わからぬ事は多いが、ラムダと同じような存在が複数いると考えて間違いあるまい」

「つまり、今日と同じような存在がまた出てくるわけですか？」

「くそ！　向こうは一体どれだけの戦力を秘めているのだ！」

「それでも、我々は諦めるわけにはいかない。ラムダが無限に現れようとな」

「……無限ではないと思いますよ」

割り込むように放たれた俺の言葉に、皆の視線がこちらへ一斉に向けられるが、カイエンですら何も言わないので、そのまま続きを語らせてもらった。

「あれが量産出来るのであれば、もっと頻繁に姿を見せる筈です。そして三日目で初めて姿を見せたかと思えば、たった一体でジュリア様を狙う始末。もし俺なら一体ではなく、最低でも二体くらいはぶつけますよ」

体に爆発用の魔石を無数に仕込む徹底ぶりも凄《すさ》まじいが、ジュリアの実力を知っているのなら更に保険は用意しておくべきだと思う。

結局はやられてしまったが、ジュリアが連れて行った護衛によっては共闘して押し切られていた可能性もあったからな。

「なるほど……一理あるな。本当に数に限りがあるのなら助かる話だが」

「辛《つら》い状況なのは確かです。しかし偽物が植物だと判明したのなら、対策も立てられませんか？」

「うむ、それは私も考えていたところだ。各隊、火の魔法に優れた者を数人選別しておいてくれ。植物に詳しい者に毒薬を作らせておくのも有りか」

これまでの活躍で信頼は得たのか、俺の推測を前向きに捉えてくれるようだ。

そのまま会議は続き、話が纏《まと》まったところで解散となったのだが、弟子たちと合流した食堂ではちょっとした騒ぎが起こっていた。

皆が座っているテーブルの前で、ジュリアの親衛隊であるイアンと数名の若者たちが、今にも殴りかかりそうな剣幕で食事中のレウスへ詰め寄っていたのである。

「だからさ、何でそんなに怒っているんだよ？」

「当たり前だろうが！　お前はジュリア様に選ばれた男なのだぞ！」

何事かと思いつつ近づくと人垣が割れてエミリアが迎えてくれたので、案内された椅子に座りながら事情を聞いてみた。

「ジュリア様が眠ったままなのに、看病するどころかマリーナと食事をしているレウスが許せなかったようなのです」

「まあ、傍《はた》から見れば女性を軽んじているように見えなくもないが、レウスはそうじゃないんだろう？」

「はい。あの子は黙々と食事を続けていましたし、マリーナもあまり話し掛けずに世話を焼いていました」

レウスが静かなのは回復に専念しているからで、マリーナもそれを察して世話をしているのだが、冷静さを失っているイアンたちにはそう見えないようだ。

敵に追い込まれつつある現状に加え、心酔しているジュリアを守りきれなかった無念と苛立《いらだ》ちで情緒不安定になっているのかもしれない。絡んでいるのは若い連中ばかりなので、感情の制御が難しいのはわからなくはないが。

「敵の罠《わな》に嵌《はま》り、あの御方は心まで深く傷ついてしまった。その心の傷を癒せるのは、ジュリア様をお救いしたお前だけだ。頼むから、もっとジュリア様を気に掛けてほしい」

「……なあ、お前等《ら》はジュリアが落ち込んでいるのを本人から聞いたのか？」

「それは……」

「まだ寝ているから無理だよな？　というかさ、ジュリアはそんなに弱くねえよ。それは俺よりお前等の方が詳しいだろ？」

「「「………」」」

若干呆《あき》れ気味なレウスの言葉を受けて冷静になったのか、親衛隊たちは何も言い返せないようだ。

「治療した兄貴とリース姉が大丈夫って言ったんだから、ジュリアは大丈夫だ。俺は明日に備えて食べているんだから、あまり邪魔をしないでくれよ」

「……すまない」

「でもさ、お前等の言いたい事もわかるからさ、後でジュリアの顔を見に行って来るよ」

最後に見せたレウスの笑顔に自分たちが悪いと認めて謝ってきたので、彼等とは和解出来たようだ。

そしてレウスが食事を再開したところで、近くの席に座っていたアルベリオが俺に話し掛けて来たのである。

「これも皆の不安が募っているせいですね。基地内の雰囲気がかなり重くなっています」

「やはり彼女が倒れたのが致命的だったか。もしレウスが間に合わず命を落としていたら、すでにサンドールまで退いていたかもしれないな」

「レウスの行動が皆をぎりぎりで救ったのですね。友として誇らしいですよ」

「いや、アルベリオとキースたちが正門を守っていたからこそ、あいつは飛び出す事が出来たんだ。レウスだけじゃなく、全員の御蔭《おかげ》だよ」

レウスが目立っているが、その場で踏み止《とど》まり戦い続けるキースと、周りを見ながら臨機応変に動くアルベリオがいなければ、正門の守りは崩れていたに違いない。

性格上、己を過小評価してしまう弟子を褒めてやれば、アルベリオは照れを誤魔化すように質問してきた。

「ところで師匠。レウスが巨大な魔物の首を斬った剣は何だったのですか？　明らかに刃が届いていない首を真っ二つにしていましたが」

「あれは剛破一刀流の奥義……みたいなものだ。いや、剛剣の爺《じい》さんが見せたのは基礎だから、あれはレウスオリジナルの技かもしれないな」

昔、俺が生まれた屋敷を出る少し前、レウスが最後にライオルの爺さんと会った頃、爺さんはレウスへ一つの技を見せた。

未完成の技らしく、傍目にはただ剣を振り下ろしているようにしか見えなかったが、奥義に至らせる技だと爺さんは言ったのである。

その剣をレウスが自分なりに磨き上げて完成させたのが、あの『剛破一刀』なのだ。

「威力は見ての通りだが、体力だけでなく魔力もかなり使う技だからな。これ以上巨大な魔物が増えれば、明日は俺も攻撃に加わる必要がありそうだ」

「師匠は空で手一杯でしょう。ジュリア様が無理そうならば私とキースが突撃部隊に入りますし、ホクトさんを頼る手も……」

「ホクトは無理だ。今は前線基地にいないし、明日の戦いにはいないと思ってくれ」

「え!?」


その後、食事をしながら皆に作戦会議での情報を共有してから交代で休憩に入った後、俺はエミリアと一緒に前線基地を一望出来る塔へとやってきていた。

ここへ来たのはホクトを呼ぶ為《ため》ではなく、少しだけ風に当たりたかったからだ。

夜空や周囲の景色を眺めながらエミリアとのんびり会話をしていると、俺たちの前にある人物が現れたのである。

「っと、これは失礼した。若い者の逢瀬《おうせ》を邪魔するつもりはなかったのだが」

「俺たちは風に当たりたかっただけですので、気にしないでください。カイエンさんこそ、作戦の見直しで忙しかったのでは？」

「少し場所を変えて考え直したかったのだ。一つでも穴があれば、全てが崩壊する状況なのでな」

部下たちの前ではないせいか、少し遠慮がない言い方である。何だかんだで共に修羅場を乗り越えてきたので、もう戦友みたいな感じになっているのだ。

「やはり厳しいですか？」

「すでに語るまでもあるまい。そうだからこそ、お主も百狼《びゃくろう》を動かしたのだろう？」

現在、ホクトはこの前線基地にいない。

今日の戦いが終わった後に手紙を持たせ、援軍を呼んでもらっているからだ。

早くても明日には戻ると思うが、戦闘前にはまず間に合わないだろうと会議の時に語れば、会議室はちょっとした騒ぎになった。露骨に頼るような言動はなかったが、それだけホクトの戦力が重要視されているのだ。

中には貴重な戦力を勝手に動かすなと怒鳴る者もいたが、そもそもホクトは俺の相棒なので行動を縛られるいわれはない。

理由は伝手《つて》を頼って強力な援軍を呼ぶ為だと補足すると、隊長たちは複雑ながらも発言を止め《や》め、カイエンが余所《よそ》の戦力に頼り過ぎるなと一喝して話は終わったのである。

「百狼に頼んだという援軍だが、本当に信用出来るのか？」

「数は期待出来ませんが、ホクトに勝る戦力となってくれるでしょう。後は向こうが了承してくれるかどうかですが、俺は必ず来ると信じています」

「……そうか。これだけ貢献してきたお主を疑うわけではないが、私は指揮官として曖昧な希望に縋《すが》るわけにはいかんのだ。あの様な態度で申し訳なかったと思う」

「ええ、わかっています」

敵は魔物を操れるどころかクローンを作る等と、この異世界において明らかに飛び抜けた技術を持っている。

さすがに出し惜しみをしている場合ではないので、こちらも切り札を一つ切らせてもらったわけだ。

「本国から送られてくる人員や物資以上に我々の消耗は激しい。会議でははっきり言わなかったが、私の予想では明日保つか怪しいところだ」

「ここを放棄する可能性もあるわけですね」

「そうなるだろう。いいか、お前たちは撤退の号令を聞き逃すでないぞ。ジュリア様を連れて必ず本国へ逃げよ」

俺たちにジュリアを託すという事は、カイエンは最後まで残って時間を稼ぐつもりなのだろう。すでに覚悟を決めている男を止めるのは無粋な気がしたので、俺は静かに頷《うなず》いておいた。最後に、私より先に死ぬなと告げてからカイエンは去って行ったが、その後ろ姿をエミリアは悲痛な面持ちで見送っていた。

「よろしいのですか？　あの御方はまるで……」

「死に急いでいるわけじゃないよ。ただ……皆を束ね、命を預かる指揮官として最後まで務めを果たそうとしているんだろう」

他にも、己がもう高齢だと自覚しているので、死んだら死んだで構わないと考えているのかもしれない。前世の俺が最後の作戦に出発した時と同じだな。

理屈はわかっても、命を軽んじているのをエミリアは寂しく思うのだろう。そんな彼女の頭に手を置きながら俺は笑いかけてやった。

「まあ、ここを放棄したところで戦いは続くんだ。ジュリア様も逃げるのを渋るだろうし、強引に運ぶ人数が一人や二人増えたところで変わらないと思わないか？」

「シリウス様……」

「全ては状況次第だが、手が届くのなら拾えるだけ拾わないとな。さて、明日に備えて休むとするか」

「はい！」

その答えに満足してくれたのか、エミリアは笑みを浮かべながらそっと俺の手に触れてきた。従者としての立場故に俺を一番に考えてしまうが、その他者を思いやる気持ちだけは忘れないでほしいと願う。


そして……四日目の朝を迎えた。

早朝に目覚めたジュリアは何とか戦える状態まで回復し、無理はしないのを条件に前線へ戻る事になった。

御蔭で少しは士気が戻り、部隊が配置に着いたところで魔物たちがやってきたわけだが、目の前の光景を確認するなり首を傾《かし》げる者が多数見られた。

俺が想像した通り数に限りがあるのか、どこを捜してもラムダらしき姿がなかったからだ。更にギガティエントは二体しかおらず、魔物の種類も大きな変化はないので、兵士たちの中には何とかなりそうだと安堵《あんど》の息を漏らす者も出ている。

だが……いざ戦いが始まると、前日との明確な違いを嫌でも理解させられた。

「また来るぞ！　盾を構えろ！」

「いや、受けるんじゃない！　避けながら攻撃を続けるんだ！」

「油断するな、まだ生きているぞ！」

これまでオーガのような大型の魔物が近くの岩を投げてくる事はあったが、今の地上は手頃な岩が投げ尽くされているので、遠距離攻撃の脅威は減っていた。

しかし今日に至っては、近くにいる別の魔物を投げつけてくるようになったのである。

大半は防壁の上まで届かず壁に激突したり、俺たちがいる場所に落ちても衝撃に耐えきれず絶命するが、偶《たま》に生き延びて暴れ回る魔物がいるのだ。

更に最悪なのは、魔物を投げている大型が固定砲台のように足を完全に止めている点だろう。これまでは前進は止めなかったので、近づいて来たところを集中砲火すれば倒し易《やす》かったからだ。

時折レウスとキースが部隊を率いて撃破しているものの、固定砲台と化した魔物は戦場に幅広く展開しているので駆逐するのは難しい。

弾数が無限に近い遠距離攻撃の出現と、稀《まれ》であるが例の爆発する魔物が飛んでくるという脅威に陣形が崩される部隊が出ており、被害が早々に出始めていた。

「さすがに数が多過ぎるか！」

残念ながらホクトはまだ戻っていないので、こちらの負担が大いに増えている。

　ホクトが抜けた穴を補うように弾丸を放ち続けているが、明らかに手が足りていない。

　しかしホクトがいれば覆せるような状況ではないので、今の俺が出来る事は時間を稼ぐくらいだ。もちろん退《ひ》き際《ぎわ》を見誤らないよう、常に周りを確認しながらである。

「もう一度行きます、マリーナは援護を！」

「え、さっきやったばかりじゃ……はい、すぐに！」

　エミリアも上級魔法を発動させる間隔が短くなっており、マリーナが生み出す幻を上手《うま》く利用しながら戦い続けている。長期戦には向かない戦い方だが、二人の御蔭で部隊の態勢を整える余裕が生まれ、辛うじて戦線を維持出来ていた。

「むうん！　ここは私に任せ、お前たちは他へ向かうのだ！」

「「は！」」

　獣王も指揮だけではなくあちこち走り回り、危険に陥った部隊の援護をしていた。

「姉様、今度は向こうに怪我人《けがにん》が」

「任せなさい！　ほら、私たちの邪魔をするんじゃないわよ！」

「姫様、前へ出過ぎないでください！」

「文句を言う暇があるならお二人を守りなさい！」

　そして怪我人を運ぶ事さえも厳しいのか、リース一行は部屋を出て怪我人を探すようになっていた。危険だが、頼りになる護衛も一緒なので何とかなっているようだ。

　最後に正門を守っているレウスたちだが、俺たちよりはましといったところか。

「くそ！　向こうにもいやがるぞ。もう一度突撃だ！」

「待て、部隊を再編させるからキース殿は一旦下がれ！　レウス、準備はいいかい？」

「おう、いつでも行けるぞ！」

ジュリアは剣だけでなく指揮官としても優れているのか、レウスとキースを巧みに操りながら戦っている。だが昨日の勢いは皆無で、現状維持が精一杯のようだ。

「まだ戦闘は続けられるし、戦う事を諦めていない者は多い。だが……」

時間が経《た》つに連れ、限界が近づいているのを肌で感じる。

俺だけでなく、弟子たちや戦いの経験豊富な者たちはまだ戦えるだろうが、大軍同士での戦いから見ればすでに負け戦であろう。明日どころか、もう半日すらも怪しい。

カイエンも同じ判断なのか、俺たちが戦っている裏で前線基地を放棄する準備を進めさせていた。身の回りの世話や料理人等といった僅かな非戦闘員と、負傷が激しい者たちを乗せる馬車が用意され、順次サンドールへ向けて出発させているようだ。

そして残る者は、壁役となって逃げる者たちの時間を稼ぐ戦士たちだけである。カイエンだけでなく、ここを死ぬ場所だと決めている者は多い。

「それでも犠牲は少ない方がいい。なるべく多くを生かす為にも……行くか」

撤退の号令を出されてしまえば、俺たちはジュリアを連れて逃げる事になるだろう。そうなれば援軍が来たとしても覆すのが厳しくなるので、その前に動く必要があった。

「出来れば奴《やつ》との戦いに取っておきたかったが、仕方があるまい」

今の状況で使う切り札ではないが、少なくともまだ戦線を維持する事は出来るはずだ。

すぐさま必要な装備を確認し、師匠のナイフを握ったその時……。


「アオオオォォォ――――ンッ！」

『『『くらえ――――っ！』』』


聞きなれた遠吠《とおぼ》えと共に空を切り裂く三本の閃光《せんこう》が走り、俺たちの頭上を飛ぶ多くの魔物を薙《な》ぎ払ったのである。

振り返れば空の彼方《かなた》から凄《すさ》まじい速度でこちらに迫る飛竜が三体と、その背中に乗ったホクトの姿が確認出来た。

「来てくれたか！」

これまで戦ってきた竜種より一際大きい体に、其々《それぞれ》の全身が赤と緑と黄色で彩られたあの三体の上竜種は、かつて世話になったアイ、クヴァ、ライで間違いあるまい。

カレンの故郷である竜の巣を守る上竜種たちは、魔力を収束したブレスを何度も放射しながら俺たちの頭上を通り過ぎ、空の魔物たちを相手に暴れ始めた。

魔物も応戦するが、三竜はものともせず飛び回って次々と返り討ちにしている。上竜種は空の覇者と呼ばれる時もあるが、その名に相応《ふさわ》しい見事な強さを見せつけていた。

『皆、落ち着け！　空の竜たちは援軍だ！　間違えて攻撃をするでないぞ！』

事情を知っていたカイエンがすぐに説明してくれたので、兵たちの混乱はある程度で済んだ。これだけでも十分過ぎる援軍だが、その三竜に遅れて更に二体の上竜種が飛んできたのである。

『久々の下界だ。外の魔物はどれ程か、見せてもらうとしよう』

『ふん、数だけは揃《そろ》っているな。暴れ甲斐《がい》がありそうだ』

水色と赤色の上竜種……ゼノドラとメジアまで来てくれていた。

ゼノドラは来てくれると思っていたが、まさか俺とは複雑な関係であるメジアも一緒とはな。良くて二、三だと思っていたが、まさか五人も寄越《よこ》してくれるとは思わなかった。

俺の唐突な要請に応えてくれた事に礼を言いたいところだが、それは後回しだ。

この流れが変わりつつある状況に乗らない手はない。

「エミリア、俺は地上の援護に回る！　お前は引き続き……」

だが……援軍はゼノドラたちだけじゃなかった。

上竜種にも負けないであろう、完全に予想外だった存在が現れ……いや、空から降って来たのである。

「……………りゃあああああああああぁぁぁぁぁぁぁ――――――っ！」

それはレウスたちが戦っている地上へ降り、落下と同時に凄まじい衝撃波を放った。

その衝撃波は地上の魔物を盛大に吹き飛ばし、戦場を真っ二つにするような瓦礫《がれき》の山を築いたのである。過去とは比べようがない程に進化しているが、あれは『衝破』による衝撃波で間違いあるまい。

一体どれだけ鍛えてきたのかと呆《あき》れていると、過去の模擬戦で嫌という程聞かされたご機嫌な高笑いが戦場に響き渡った。

「はっはっは！　小僧ぉ！　久方ぶりに会ったかと思えば、随分と楽しそうな事をしておるではないか！」

なるほど……援軍が遅れた理由は、途中であれを拾っていたからか。

様々な意味で頼もしく、そして未知数なお土産に苦笑しながらも、俺は全部隊へ聞こえるように『エコー』を発動させた。

『全部隊へ通達！　正門前に剛剣ライオル！　繰り返す、剛剣ライオルが援軍に来たぞ！』

《集いし反撃の刃》

『全部隊へ通達！　正門前に剛剣ライオル！　繰り返す、剛剣ライオルが援軍に来たぞ！』

俺の『コール』によってライオルの爺《じい》さんが現れた事が広まると、部隊全体に大きな衝撃が走った。

中には本当かと疑問に思う者もいたが、魔物よりも響き渡る爺さんの雄叫《おたけ》びと破壊音により、嫌でも理解したようである。

「はっはっは！　斬り放題じゃなぁ！　ぬりゃあああぁぁぁぁ――っ！」

そして空中では上竜種であるメジアと三竜が自在に飛び回り、空から攻めてくる魔物を次々と叩《たた》き落としていた。

『行くぞ！　ただ飛べるだけの連中に、我等《われら》の力を見せてやれ！』

『御意に！』

『数が多かろうと』

『我々の敵ではございませぬ！』

爺さんは完全に予定外だったが、援軍の御蔭《おかげ》で戦況は大きく変化した。

特に空からの魔物が減った御蔭で俺たちの負担は大きく減り、じっくりと呼吸を整えられるくらいの余裕が生まれたのである。

その間に魔力を回復させながら水分補給をしていると、上竜種たちの中で唯一戦闘に参加していなかった青の竜……ゼノドラが、こちらに向かってゆっくりと降下してきた。

「あれは味方ではないのか!? 皆、備えよ！」

「待ってください！ あの青の竜は仲間です」

反射的に獣王が号令を出すが、俺が慌てて止めに入ったのでゼノドラが攻撃されるのは何とか防げた。

危険がないと判断したゼノドラは俺たちの前で静かに着地するが、彼の背中には一人の青年が乗っている事に気付く。

「もしかして、ベイオルフか？」

「はい、お久しぶりです」

剣の達人である剣聖と呼ばれた男の息子であり、かつての闘武祭で戦った事が切っ掛けで俺の弟子入りを希望してきた青年である。

確か父親の最期を教えてもらう為《ため》に、ライオルの爺さんに会ってから俺と合流すると言っていたが、爺さんと一緒に現れたという事は無事に合流……。

「いや、無事……ってわけじゃなさそうだな」

「ええ……まあ、色々とありまして」

ゼノドラの背中から飛び降りてきたベイオルフの表情は、どこか荒《すさ》んでいるというか……とにかく、一年前に見た爽やかさがほとんど消えていた。

野生という言葉が合いそうな変わりぶりなのだが、これは爺さんと一緒に行動していたせいだろうか？　とにかく心労が募っているのだけは嫌でもわかる。

それでも俺に笑みを浮かべながら語り掛けてきたので、性格は大きく変わっていないようで安心した。

「こんな状況ですが、再会出来て嬉《うれ》しいです。あの人は寄り道が本当に多く、中々皆さんへ追いつけなくて……」

「大変なのはよくわかったが、二人は何故《なぜ》竜の背中に乗っていたんだ？」

どのような経緯なのかと聞いてみれば、三竜の背中からこちらへやってきたホクトと、竜から人の姿へと変わったゼノドラが簡単に説明してくれた。

「ここへ来る途中、地上を歩く彼等を見つけてな。ホクトが一緒に連れて行くべきだと言ったのだよ」

「ホクトがベイオルフに気付いたわけか。いい判断だったぞ、ホクト」

「オン！」

ほぼ半日以上は走り続けたであろうホクトを労《ねぎら》うように頭を撫《な》でていると、ゼノドラが俺の顔を見ながらゆっくりと手を差し伸べてきたので、その手を取って握手を交わす。

「改めて……久しぶりだな、シリウスよ」

「ああ。助けに来てくれて感謝する」

「友の呼び掛けだからな。もう一つ付け加えるなら、あの時の借りを返しに来ただけだ。お前が遠慮する必要はない」

「ありがとう。それにしても、まさかこんなにも送ってくれるとは思わなかった」

「本当はメジアがいなかったのだが……まあ、その辺りは追々説明するとしよう」

何せ竜種の中で一際強い上竜種が五人である。傍《はた》から見れば、国を取りに来ていると思われても過言ではない戦力だろう。

「我々は空の連中を相手にすればいいのだな？　任せておくがいい」

頼もしい笑みを浮かべながら再び竜の姿になったゼノドラは、メジアと三竜たちが戦う空の戦場へと飛び込んでいく。

これで空の敵は問題ないが、地上は今どうなっているのだろうか？

あの爺さんが存分に暴れ回っていると思うので、負担は減った筈《はず》だと思うが……。

「爺ちゃん、前へ出過ぎだって！　もう少し周りを片付けてから出ろよ！」

「ぬりゃあああぁぁぁぁ――――っ！」

「剛剣殿！　先程の技をもう一度東側へお願いしたい！　壁に取り付かれている魔物が多いのだ」

「もっとじゃ！　もっと来ぬか！」

残念な事に、爺さんが制御不能のようだ。

魔物を次々と薙ぎ払ってくれるが、敵が密集する場所ばかり突撃するので、爺さんが地上へ落ちた時に見せた、広範囲を薙ぎ払う技を使ってくれないようだ。

単体ならまだしも、集団戦においては効率が悪く、更に味方の連携を考えず動き回るので、レウスたちの精神的な負担が逆に増えた気がする。

「前はもう少し冷静だったと思うんだが……ベイオルフ、何か知らないか？」

「おそらく、ホクトさんやゼノドラさんと出会った事が原因ですね」

ホクトがベイオルフを発見して近づいた時、爺さんは強者《つわもの》の登場に笑いながら剣を抜いたらしい。続けてゼノドラたちも現れたので、爺さんの興奮も最高潮に達したわけだが、事情を説明されて仕方なく剣を納める事になったそうだ。

要するに、強者と戦えなかった鬱憤を魔物へぶつけているわけか。

「あの人を止めるのが本当に大変でした。ホクトさんが遅れたらシリウスさんたちに迷惑が掛かると伝えて、ようやく大人しくなったんです」

「おそらく俺じゃなくて、エミリアがいるからだろうな」

「否定はしません。さて、積もる話はありますが、僕も下りて戦ってきますね」

「いいのか？　別にベイオルフが戦う必要はないし、今の地上は相当激しいぞ？」

「貴方《あなた》の弟子であるレウス君が戦っているのに、僕が戦わないなんてあり得ませんよ。それに……ああいうのはもう慣れましたので」

慣れました……か。

その一言には、こちらを自然と納得させる重みを感じた。その内、酒の席に誘って爺さんへの愚痴を聞いてやった方がいいかもしれない。

「では、行ってきます」

「お、おい!?　そこの兄ちゃん、そっちは——……」

周りの兵の横を通り抜けたベイオルフは躊躇《ちゅうちょ》なく防壁から飛び下り、壁をよじ登っている魔物を足場にしながら地上へと下りて行った。

そして危なげなく地上へと辿《たど》りついたベイオルフは、迫る魔物を二本の剣で斬り捨てながらレウスたちの下へ向かったのである。

「腕だけじゃなく、状況判断も見事だ。以前より格段に強くなっているようだな」

爺さんと一緒にいて失ったものは多そうだが、きちんと得ているものはあったようだ。

遠目であるが、以前は足りないと感じていた腕力だけでなく、剣を振るう速度と技術も洗練されているのがよくわかる。

『気を緩ませるな！　まだ戦いは終わっておらんぞ！　援軍が支えている間に、各隊の再編成と装備の確認を急げ！』

カイエンの指示が飛ぶ中、被害状況の確認と部隊の再編をしていた獣王だが、俺がとある準備をしているのに気付いてこちらへ近づいてきた。

「ただの援軍だとは思っていなかったが、まさか上竜種と剛剣とはな。相変わらずお主は驚かせてくれる」

「剛剣に至っては完全に計算外ですね。ですが、これで戦況が大きく変わります」

「ああ。希望が見えてきたな」

短いながらも魔力と体力の回復を済ませた俺は、地上にいる爺さんを眺めているエミリアへと視線を向ける。

「準備を済ませたら俺も地上へ行きますので、後はお願いします」

「うむ。存分に暴れてくるといい」

獣王が快く送り出してくれたので、俺は爺さんの動きを観察しながらエミリアの下へ向かうのだった。


――　レウス　――


俺たちの頑張りも力及ばず、そろそろ撤退の合図が出されそうな頃……兄貴が呼んだゼノドラさんたちが援軍としてやって来た。

空を自在に飛べるゼノドラさんたちの活躍は凄《すさ》まじく、面倒だった空の魔物たちが次々と落ちてくる。

そして俺たちの方には、完全に予想していなかった剛剣……ライオルの爺ちゃんがやってきた。

もう十分な年なのに衰えるどころか元気満々な爺ちゃんは、ゼノドラさんたちに負けない勢いで魔物を斬り捨てているけど……あまりいい状況とは言えなかった。

「ぬはははははは！　今度はそっちが多そうじゃなぁ！」

「皆、下がれ！　剛剣殿にそれ以上近づくな！」

「あの爺さんから離れろ！　巻き込まれるぞ！」

だって爺ちゃんが滅茶苦茶《めちゃくちゃ》に暴れて、俺たちも斬られそうになっているからだ。

離れて戦っていても、爺ちゃんの剣による斬撃が魔物に紛れて飛んでくるから全く安心出来なかった。

「なあ、レウス。あの人は本当に味方なのかい？」

「……たぶん」

「何だそりゃ!?　もっとはっきり言えよ！」

そう言われても、俺だって怪しいんだよな。

あの爺ちゃんの場合は助けに来たって言うより、ただ暴れたいから来たと言われた方が納得出来るし。

「ああ……何と豪快で美しい剣技なのだ。噂《うわさ》に違わぬ……いや、それ以上の剣技じゃないか。是非とも教わらなければ！」

ちなみに、ジュリアに至っては爺ちゃんの剣技に夢中だ。

それでも近づいてくる魔物はちゃんと斬っているので文句は言えないが、こんな時でも変わらねえな。そんな呆《あき》れる俺の視線に気付いたのか、ジュリアは照れ臭そうに笑いながら振り返った。

「安心してくれ。どれだけ剛剣の剣に見惚《みと》れようが、私が女性として好きなのはレウスだけだよ」

よくわからねえけど、ジュリアが何か勘違いしているのだけはわかる。

そんな事を考えているとまた爺《じい》ちゃんが放つ衝撃波が飛んできたので、巻き込まれそうになっていたキースが慌てて避けていた。

「うおっ!?　あの爺さん、こっちを全く見ちゃいねえぞ。剛剣はお前の師なんだから、早くあれを止めろ！」

「言って止まるなら苦労しねえよ。それに俺は兄貴の弟子だ！」

さっきから何度も声を掛けているのに、爺ちゃんは全く聞いてくれない。

ある意味敵が増えた状況に俺たちが困り果てていると、何かが物凄《ものすご》い勢いでこちらへ近づいてきている事に気付く。

俺と同じくジュリアたちも身構える中、走りながら次々と魔物を斬り捨てながら現れたのは……二本の剣を自在に振るう男だった。

何か色々変わっているけど、あの舞うように二本の剣を振るう剣技には見覚えがある。

「久しぶりですね、レウス君。随分と大変そうじゃないですか」

「えっと……べ……べー……何だっけ？」

「君がそういう人だとわかってはいましたが、名前くらいはもう少し覚えていてほしかったですね。ベイオルフですよ」

「おお！　そうだ、ベイオルフだ。久しぶりだな！」

困った表情を浮かべていたけど、名前を呼ぶと笑みを浮かべながら近づいてきた。

俺たちの会話で敵じゃないと理解したジュリアたちが首を傾《かし》げていたので、俺はベイオルフの事を皆へ簡単に紹介した。

「……つまり、ベイオルフ殿はレウスの親友なのだな？」

「どちらかと言えば倒すべき相手ですね。貴方もレウス君の仲間でしょうか？」

「レウスの妻になる予定のジュリアだ。ベイオルフ殿のような剣士に出会えて、本当に嬉しく思っているぞ」

「それはどうも……え？　つ、妻!?」

援軍だけでなくベイオルフの剣技に興味が湧いたのか、ジュリアは爽やかな笑みを浮かべながらベイオルフへ熱い視線を送っていた。あれは……うん、後で戦いたいと思っている目だな。

そうとは知らずジュリアの妻発言に混乱しているベイオルフだが、そこでキースとアルベリオが少し強引に割り込んできた。

「驚いているところ悪いが、あれを早く何とかしてくれねえか？　お前はあの爺さんの仲間なんだろ」

「こちらにも被害が出始めているんだ。あの人を止める方法はないのかい？」

「トウセンさんを止める……ですか」

そう口にしながら爺ちゃんを見るベイオルフだけど、すでにその反応からして駄目な気がする。

「無理です。だってベイオルフの目は爺ちゃんじゃなく、どこか遠くを見ているし。

「何だかんだ一年近く一緒にいますが、今のように興奮している時は絶対に止まりません。下手に止めようとすると……死にますよ？」

「何か……すまん。聞いたら不味《まず》い事だったかもしれねえ」

「やはり私たちが下がるしかないのか？」

「しかしそうすれば剛剣殿は魔物に囲まれ、いずれ疲弊してしまう。ほんの少しでもいいから、私たちと合わせて動いてもらいたいのだが」

魔物と爺ちゃんの剣に気を付けつつ、この場から下がるかどうか悩んでいると、突如聞こえてきた『エコー』の声によって爺ちゃんに大きな変化が見られた。

『お爺ちゃん！』

「ぬうっ!?」

あれだけ暴れ回っていた爺ちゃんの動きが突然止まったかと思えば、周りの魔物を完全に無視して防壁の方へと振り返ったのだ。

遠くてよく見えねえけど爺ちゃんの視線の先には姉ちゃんがいて、その姿を確認するなり、爺ちゃんは周りの魔物を一瞬にして斬り飛ばしてから涙を流し始めた。

「お、おお……エミリア！　何と……何と成長しおって。輝いておるではないか！」

あ、あの爺ちゃんが、魔物から目を離すどころか、無邪気な子供みたいに喜んでいるぞ!?　どれだけ姉ちゃんに会いたかったんだ?

何事かと皆が驚く中、爺ちゃんの性格を知っている俺とベイオルフだけは呆然《ぼうぜん》とその姿を見ていた。

「今まで何度もエミリアさんの名前を叫んでいましたが、まさかここまでとは……」

「それに成長って、姉ちゃんの姿がはっきり見えているのか?　ここからだと遠過ぎてよく見えねえだろ」

「たわけ者が!　あのエミリアが放つ輝きを見ればわかるじゃろうが!」

ライオルの爺ちゃんからすると、姉ちゃんは『ライト』を常に発動しているように見えるらしい。兄貴が後光かよ……とか、よくわからねえ言葉を呟《つぶや》いている気がする。

それより、ようやく爺ちゃんが俺の言葉を聞いてくれたぞ。

姉ちゃんを見た事でちょっとだけ冷静になってくれたようなので、俺は改めて爺ちゃんに話し掛けた。

「爺ちゃん、向こうにさっきの『衝破』を放ってくれ!　かなり不味い状況なんだ」

「甘ったれるな、小僧!　突撃して己の剣で斬るのが剛破一刀流じゃろうが!」

確かにそうだけど、今はそういう状況じゃねえだろ。会話が出来ても何も変わらねえ。

けど爺ちゃんの言う通り、簡単に頼るのも俺らしくない。

ベイオルフも来てくれたし、少し余分に魔力を使って俺が『衝破』を放とうとしたその時、いつの間にか姉ちゃんの隣に兄貴が立っている事に気付いた。

『お爺ちゃん。あちらの方角へさっきの技をお願いします。もちろん、壁を傷つけたら駄目ですからね』

「ぬりゃあああぁぁ――――っ！」

そんな姉ちゃんの声を聞くなり、爺ちゃんは即座に『衝破』を放って姉ちゃんが指した東側の魔物を纏《まと》めて吹き飛ばしていた。

空から降ってきた時にも思ったように、とんでもない威力なんだけど……。

「……剛破一刀流は突撃して斬るんじゃねえのかよ？」

「エミリアに頼まれたのであれば仕方があるまい。どうじゃ、エミリアよ！　わしは凄いじゃろ！」

俺の文句を当然のように受け流し、姉ちゃんへ向かって褒めてくれとばかりに手を振った爺ちゃんは、再び魔物たちへ剣を振るい始めた。

ったく、相変わらず話すだけで疲れる爺ちゃんだな。色んな意味で変わってねえから、懐かしいというか、逆に安心するくらいだ。

でも……剣の腕だけは違う。

最後に見た時より遥《はる》かに強くなっているのが嫌でもわかり、少しは追いついていたと思っていた剛剣の背中が凄く遠ざかっているような気がした。

「けど……絶対超えてやる。見ていろよ」

だってライオルの爺ちゃんは超えるべき壁であり、俺の踏み台みたいなものだ。臆していても何も変わらねえ。

なので爺ちゃんの動きを観察しながら近づいてくる魔物と戦っていると、爺ちゃんは突然動きを止めて空を見上げていた。

同時に上空から無数の魔力の塊が降ってきて衝撃波を放ち、爺ちゃんの周りにいた魔物をほとんど吹き飛ばした後、最後に落ちてきたのは兄貴だった。今の攻撃は兄貴の『インパクト』だったようだ。

すると剣に付いた魔物の血を振り払っていた爺ちゃんが、凄く嬉《うれ》しそう笑みを浮かべながら兄貴へ振り返っていた。

「はっはっは！　見事じゃな。わしの想像以上に強くなっておるようで安心したわい」

「挨拶もなしに戦力分析は結構だが、俺の弟子たちを無視しないでくれよ」

「ふん！　何故《なぜ》わしが小僧共の言う事を聞かねばならんのじゃ」

「全く、あんたは変わらないな。まあ状況が状況だし、話は後回しにするとしよう」

場所のせいもあるのか、親友同士が再会した……という感じには見えない。

どちらかと言えば、このまま兄貴と爺ちゃんによる戦いが始まりそうな雰囲気だ。

俺の心配を余所《よそ》に、魔物じゃなく相手へ向かって同時に駆け出した二人は……。

「はあっ！」

「ぬうんっ！」

お互いの背中に迫っていた魔物を魔法と剣でぶっ飛ばしてから、兄貴と爺ちゃんは背中合わせになりながら笑った。

「まだ暴れ足りないだろう？　いい所へ案内してやるから、ちょっと付き合え」

「よかろう！　この辺りの獲物は少なくなってきたからのう」

姉ちゃんは別として、普段は誰の言う事も聞かない爺ちゃんがあっさりと頷《うなず》いていた。

理不尽な気もするけど、それも当然かもしれない。

だって兄貴は爺ちゃんと何度も戦い、互いに認め合っている存在だからだ。忘れちゃいけないのは、兄貴の方が勝ち越しているという点だな。つまり兄貴の方が強い。

そんな二人が魔物の大群へと駆け出したその時……俺たちは真の強者《つわもの》というものを見た。

「左翼から崩すぞ！　しっかりついて来いよ」

「ぬはははは！　お主こそふざけた動きなんかしおったら、わしが斬ってやるわい！」

正面から魔物の群れを突破するのは俺たちもやっていたけど、兄貴と爺ちゃんの勢いは明らかに違っていた。

まず気付いたのは、爺ちゃんの剣を振る速度が更に上がった事だ。

さっきまでのは、溜《た》まっていたものを吐き出すだけの乱暴な剣で、今見せているのが爺ちゃんの本当の剣技なんだろう。

魔物を蹴散らしながら走る兄貴を追いかけながら振るわれる剣は暴風のようで、魔物で埋め尽くされた平地に屍《しかばね》の山を築きながら一本の道を作っていく。

「何だ……ありゃ？　親父《おやじ》と母上みたいに……いや、それ以上か？」

「師匠と剛剣殿がいる場所はここまで違うのか」

どれだけ魔物に囲まれようと笑いながら剣を振るう爺ちゃんも凄いが、一番驚かされるのは兄貴だろう。

案内する為《ため》なのはわかるけど、爺ちゃんの剣が届いてもおかしくない位置を保ちながら前へ進み続けているからだ。

「おいおい、何で先生はあんな位置で戦っていやがるんだ？　危険過ぎるぞ」

「たぶん、ライオルさんの前では意味がないからですよ」

昨日俺が使った『剛破一刀』みたいな技を使っているのか、爺ちゃんの剣は刃が届いていない魔物さえも斬っていた。初めて見せた時はこれが奥義だとか言っていたくせに、今は呼吸するように使いまくっているんだから恐ろしい。

要するに、爺ちゃんの剣が届かない位置まで離れると、魔物が間に入って二人が分断されてしまう可能性があるんだ。だから兄貴はあまり離れず、爺ちゃんの剣を避けながら前へ進み続けている。しかも爺ちゃんの姿を見ずにだ。

「し、師匠は背中に目でも付いているのか？」

「いえ、あの人の剣は見えていたとしても簡単には避けられませんよ。全てはシリウスさんの実力でしょう」

もう一つ付け加えるのなら、爺ちゃんは一切手加減なんかしていない。

攻撃範囲に味方がいるなら自然と加減するものなのに、爺ちゃんの場合は寧《むし》ろ兄貴を狙っているんじゃないかと思うくらいに迷いがなかった。

ふざけた動きをすれば斬る……なんて言っていたけど、あれは本気だったみたいだ。良い意味でも、悪い意味でも嘘《うそ》だけは吐《つ》かない爺《じい》ちゃんだからな。

「こりゃあ、俺たちが一緒に行く必要はなさそうだな」

「あの勢いだと私たちは足手纏いになるだけだ。ジュリア様、こちらは一旦下がって態勢を整え……」

もっと……もっと見たい。

俺が目指す背中の強さを、もっと近くで見ていたい。

次第に兄貴たちの姿が見えなくなりそうなところで、俺は慌てて振り返りながら皆へ謝っていた。

「すまねえ！　俺、ちょっと行ってくる！」

「待てって。あの二人なら放っておいても平然と戻って来るだろ」

「心配とかじゃなくて、見たいんだよ！　あの二人を追いかけないと俺は後悔する！」

「ならば、私と行くか？」

皆がいなかったら走り出していたかもしれない俺の前に、いつの間にか姿が見えなくなっていたジュリアが馬に乗って現れた。

護衛を数人引き連れている上に突撃するとしか思えない装備なので、アルとキースが慌てて止めに入る。

「おいおい!? 姫さんは無茶すんなって言われてんだぞ」

「私は剛剣殿の後を追うだけだ。なに、あの二人の後を進めば魔物の攻撃もそこまで苛烈ではあるまい」

「確かにそうかもしれませんが、危険なのは変わりません。それにここの守りを疎《おろそ》かにするわけには……」

「不謹慎なのは理解している。だが私には、どうしてもあの二人の戦いを見過ごす事が出来ないのだ!」

どうやらジュリアも俺と同じ気持ちだったらしい。

問題は俺とジュリアが抜けた正門前の守りだが、それは何とかなりそうだ。

「それにベイオルフ殿が一緒ならば、ここの守りも十分だろう」

「だな。俺もお前なら安心して任せられるぜ」

「そのつもりで来ましたし、頼りにされて悪い気はしませんけど、そんなすぐに信頼されるような事をしましたかね?」

「剣を見ればわかる」

「……本当にお似合いですよ」

ベイオルフだけじゃなく他の皆も呆《あき》れた顔をしているけど、何か変か?

まあ、それについて考えるのは後だ。一緒に兄貴たちを追いかけると決めたところで、馬上のジュリアが俺に向かって手を差し伸べている事に気付く。

「では急いで追いかけるとしよう。レウス、君は私の後ろへ乗るといい」

「別の馬はねえのか？　俺、結構重たいぞ」

「馬はなるべく温存しておきたいし、私の馬はそんなに柔ではない。そして私の背中を預けられるのはお前だけだからな」

何だろう……別に嫌じゃないんだけど、一緒に乗らなくちゃいけない雰囲気になっている気がする。

そんな不思議な気分の中、俺はジュリアと同じ馬に乗って二人を追いかけた。


兄貴と爺ちゃんが作った道はすぐに他の魔物によって埋まっていたけど、ジュリアの言葉通り数は減っていたので、俺たちは大した苦労もなく兄貴たちに追いつく事が出来た。

相変わらずどちらも凄《すさ》まじい勢いで魔物を倒し続けており、近づいて来た魔物を『ショットガン』で吹き飛ばした兄貴が爺ちゃんへ指示を出していた。

「爺さん、向こうへ派手なのを頼む」

「ええい、貴様も温《ぬる》い事を言いおって！　わしの斬る分が減るじゃろうが！」

「そうか。実は俺も似たような魔法が使えるんだが、少し比べてみないか？」

「ほう……面白い。見せてみるがいい！」

爺ちゃんを巧みに誘導し、皆が巻き込まれない方角へ『衝破』を使わせ、同時に兄貴が『アンチマテリアル』を放って魔物を薙《な》ぎ払っていく。

そうして新たに出来た道を進み続ける兄貴を追う俺たちだが、不意にジュリアが馬を操りながら呟《つぶや》いた。

「凄《すご》いな。手当たり次第に数を減らすだけでなく、優先すべき魔物をあっという間に駆逐しているじゃないか」

「ああ。兄貴と爺ちゃんだから出来るやり方だな」

俺たちの場合は魔物を突破出来ても部隊で動くから小回りが利かず、戦場のあちこちにいる優先すべき魔物を斬り損なう事が何度かあった。

けど兄貴と爺ちゃんは二人なので自由に動き回れるし、魔物がどれだけ立ち塞がろうと関係なく突破していく。

おまけに厄介な魔物が遠くにちょっとだけしかいない場合でも、魔法や衝撃波で纏めて吹き飛ばすから余計な移動をする必要もない。

「爺さん、止まらず進むぞ。あれは確実に仕留めろ！」

「要は手当たり次第斬ればいいんじゃろうが！　ぬりゃあああぁぁぁぁ――――っ！」

途中、魔物を細かく操る為に配置された魔物……かつてアルの故郷で戦った合成魔獣《キメラ》とそっくりな奴《やつ》がいたが、兄貴がその合成魔獣《キメラ》の頭を踏みながら飛び越えたかと思えば、すぐ追いかけてきた爺ちゃんが真っ二つにしていた。

そして飛び上がった後も兄貴は空中で回転しながら魔法を連射しており、面倒な魔物を優先して撃ち抜きながら着地している。

本当……兄貴の動きには無駄がない。

ただ突撃して道を切り開くだけでなく、常に先の先を読んで動いているんだ。

よく見ると、魔法では倒し辛《づら》い大きい魔物は爺ちゃんへ押し付けているが、剣で斬るには面倒な小さい魔物は兄貴が優先して倒している。そのせいか爺ちゃんは一人で暴れていた時よりも元気がいいと言うか、凄く満足気に剣を振っている気がするのだ。

爺ちゃんの剣に夢中だったジュリアも兄貴の動きに気付いたのか、凄く真剣な表情で俺に聞いてきた。

「……レウス。シリウス殿は、一体何者なのだろうか？」

「何って、兄貴は兄貴だろ」

「剛剣殿が強いのは、数十年に亘《わた》って剣の腕を磨き続けたからだとわかる。だがシリウス殿は私とそう年齢が変わらないのに、何故あれ程強くなれたのだ？」

「簡単さ。兄貴も爺ちゃんに負けないくらいに鍛え続けてきたからだよ」

前世の記憶……とか、何かそういう知識があるからと兄貴は言っていたけど、それはあまり関係ないと思う。

だってどれだけ覚えていようと、その通りに体を動かせるようになるのは簡単じゃないからだ。

それに兄貴だって様々な失敗をしたり、血反吐《ちへど》を吐くような訓練をしているのを俺は知っている。俺が模擬戦で負け続けても諦めようと思えないのは、兄貴の努力を知っているからだ。

何があろうと己の鍛練は決して怠らず、諦めず前へ進み続ける。だからこそ兄貴は強い
……いや、強くなったんだ。

「本当に強くなるって事は、特別な力も近道もないんだ。二人を見ていればわかるだろ？」

「……ああ！」

曖昧でも俺の言いたい事を理解してくれたのか、ジュリアは満足気に頷きながら馬を走らせ続ける。

その後も兄貴たちの後に続いていたのだが、新たに二体のギガティエントが現れたのでさすがに見ている場合じゃなくなった。

「やはり追いかけて正解だったかもしれないな。微力ながら、我々も手伝うとしよう」

「ジュリア様、準備は万全でございます」

この状況を想定していたのか、ジュリアの親衛隊がギガティエントを倒す為の鉄杭《てっくい》を用意して号令を待っていた。

そして手分けして倒そうと兄貴たちへ伝えようとしたところで、遠くから更に三体のギガティエントが現れたのだ。

「く……本気で不味《まず》いな。すぐに私たちも加勢へ向かうぞ！」

「いや、行く必要はなさそうだぜ」

何故《なぜ》なら高く飛び上がった兄貴が一瞬だけ振り返り、俺へ目で合図したからだ。

あの目……手出しは無用だと言っている気がする。

「少し離れる。近い方を頼む」

「はっはっは！　こいつは中々斬り応えがありそうではないか！」

そのまま『エアステップ』で空を蹴り続けた兄貴は魔物たちの頭上を飛び越えて、奥の方へいる三体のギガティエントへと向かったのである。

そして三体の頭上まで飛んだ兄貴が真下へ向かって『マグナム』を連射すれば、ジュリアたちが鉄杭で倒した時と同じように、一体のギガティエントが体を硬直させながら崩れ落ちていた。

「なっ!?　い、一体何をしたのだ！」

「多分、ジュリアがやった方法と同じじゃねえかな？」

兄貴の魔法『アンチマテリアル』なら頭を完全に吹き飛ばせたと思うが、それだと魔力の消耗が大きい。かと言って『マグナム』だと肉の壁に阻まれて急所まで届かない。

だから兄貴は『マグナム』を全く同じ個所《かしょ》へ三発撃ち込み、穴を掘るようにして急所まで届かせたんだ。確か……ワンホールショットとか兄貴は言っていた気がする。

そうしてすれ違いざまに残りのギガティエントを倒していく兄貴に対し、ライオルの爺ちゃんは……。

「ぬりゃあああああぁぁぁぁぁ――――っ！」

あの動く山みたいなギガティエントを、たった一振りで真っ二つにしていた。

しかも俺みたいに側面へ回り込んで首を斬るとかじゃなく、正面から真っ二つにだ。剣よりも遥《はる》かに長い魔物を斬った爺ちゃんは、左右に別れて崩れる巨大な肉塊を見ながら呟いた。

「ふむ……ちょっと右寄りに斬ってしもうたが、まあいいじゃろ。次じゃ！」

「「……」」

さすがのジュリアも、後ろの護衛たちと同じく言葉がないみたいだ。

皆が半ば呆然《ぼうぜん》と馬を走らせている間に、爺ちゃんはもう片方のギガティエントも真っ二つにし、その頃には奥の三体を全て片付けた兄貴が戻ってきた。

「今度は向こうへ行くぞ。それとも休みに戻るか？」

「抜かせい！　わしはまだまだ斬り足りぬぞ！」

あれが……遥か高みにいる者たちの戦いか。

本当に遠くて道が霞《かす》んで見えるけど、少しでもその背中に近づく為《ため》に……前へ進む為に、俺は兄貴と爺ちゃんの戦いを心に刻み続けた。

――　シリウス　――

戦況は絶望的であり、撤退も視野に入れていた四日目。

この日の戦闘が終わったと俺が確信したのは、剛剣の爺さんと一緒に厄介な魔物を粗方駆逐した頃だった。

何せ爺《じい》さんと魔物の板挟みになりながら戦っていたからな。魔物が一斉に逃げ出したところで、ようやく夕方になったと気付いたわけだ。

それから逃げる魔物を追いかけようとする爺さんを止めて、後ろを付いてきていたレウスたちと一緒に正門へと戻れば、多くの兵たちが歓喜の声を上げながら俺たちを迎えてくれた。こんなにも喜んでくれるとこちらも嬉《うれ》しいものだが、何故か爺さんだけは不機嫌そうに兵たちを眺めている。

「騒がしいのう。吠《ほ》える元気があるなら剣を振らんか！」

「私も同感です。しかし彼等《かれら》は剛剣殿が来てくれた事を喜んでいるのです。もう少しだけ好きにさせてやってください」

「ふん、まあいいじゃろう。ところで、この嬢ちゃんは誰じゃ？」

「これは紹介が遅れました。私はジュリアと申します」

憧れの人物に会えて喜ぶジュリアであるが、相手は我が道を行く爺さんである。子供のように純粋なジュリアの目を向けられているのに、面倒臭そうな表情を隠しもしない。

「わしは旅の剣士、イッキトウセンじゃ。剛剣なぞ知らん」

「何言ってんだよ？　爺ちゃんが剛剣だろ」

「やかましい！　わしはイッキトウセンじゃ！」

そういえば一人の剣士として鍛え直すから、剛剣ライオルではなく別の名で生きるとか、過去に言っていたような気がする。

妙に拘《こだわ》っているので、これ以上深入りはするなとレウスを止めたところで、正門前で待っていたベイオルフやアルベリオたちが駆け寄ってきた。

「おかえり、レウス。師匠の戦いぶりは観察出来たかい？」

「ったく、随分と派手に暴れたもんだな。俺も行けば良かったぜ」

「後始末は僕たちに任せて、シリウスさんたちは休んでいてください」

そして死骸に紛れて、まだ生きている魔物を確認するベイオルフたちを横目に歩いていると、エミリアが風の魔法を使って防壁の上から飛び降りてきた。

「お疲れ様です、シリウス様。どうぞこちらを」

「ありがとう。攻撃はとにかく血は避けきれなくてな」

差し出されたタオルを受け取って汚れを拭っていると、エミリアがやけに熱の籠った目で俺を見ている事に気付く。

「実に素晴らしい戦いでした。シリウス様の従者である事を誇りに思います」

「いや、爺さんが一緒だった御蔭《おかげ》だ。ここ数日は遠距離戦ばかりだったから、今日はいい運動になったよ」

「では、後でマッサージをさせていただきますね。あ、こちらにも汚れが付いていますので私にお任せください！」

エミリアが鼻息を荒くしながら俺の世話を焼き始めるが、そんなエミリア以上に興奮している人物が俺の後ろにいた。

「くぅ……こんなにも美人で可愛《かわい》く成長しおって！　わしを殺す気か！」

「十年近く経《た》っていますから成長して当然ですよ。お爺ちゃんもタオルは如何《いかが》ですか？」

「それにこんなにも甲斐甲斐《かいがい》しく……かはぁ!?　ええい、生きておる魔物はおらんか！　捜せい！」

成長したエミリアの姿があまりにも尊いのか、溢《あふ》れる感情が抑えきれないらしい。

滝のように流れる涙……男泣きで感情のぶつけどころを探し始める物騒な爺さんに、周りの兵たちも距離を置き始めている。

その騒ぎにジュリアと話していたレウスが近づいて来たのだが、声は聞こえていたのか呆《あき》れ顔《がお》で爺さんを見ていた。

「何だよ。光っているとか言っていたくせに、やっぱり見えていなかったじゃねえか」

「光る？　よくわかりませんが、レウスもこれで身嗜《みだしな》みを整えなさい。あ、ついでにお爺ちゃんの涙も拭いてあげてくださいね」

「仕方ねえなぁ。ほら、鼻チーンしろよ」

「むぐっ!?　何故小僧がやるのじゃ！　ここはエミリアじゃろうが！」

顔面にタオルを雑に押し付けられたので怒るのも当然だとは思うが、その図々《ずうずう》しい発言はどうかと思う。

剣を振り回してレウスを追いかけ始める爺さんに呆れていると、空から周辺を確認していたゼノドラとメジアが降りてきた。

『もう雑魚はいないようだ。しかし、あれ程の大群でありながら見事な逃げ方だったな』

「だろう？　俺たちの敵はそういう事が出来る奴《やつ》で、しかも碌《ろく》に前へ出てこないんだ。だから防戦一方だったわけだ」

『ふん、情けない話だ。だが俺たちが来た以上、そんな甘い考えは捨ててもらうぞ？』

「ああ。爺さんとベイオルフも来てくれたし、これで戦力は整った。ここからが本当の勝負だな」

未《いま》だに敵の正体と規模はまだ完全に判明してはいないが、これだけの戦力が揃《そろ》えばどんな相手が来ようと敵ではあるまい。

頼もしき家族と親友たちを見渡しながら、俺は帰りを待つフィアとカレンに今日の出来事を報告しようと『コール』を発動させるのだった。

番外編《双剣が語る剛剣》

―― ベイオルフ ――

「ぬりゃあああぁぁぁぁぁ――――っ！」

今日も今日とて響き渡る剛剣ライオル……いえ、トウセンさんの雄叫《おたけ》び。

そんな山をも震わせる雄叫びと共に振り下ろされたトウセンさんの剣は、僕たちの目標である魔物を真っ二つにしました。

討伐に訪れた多くの冒険者を返り討ちにし、付近の町や村を脅かしていた巨大な狼《おおかみ》でしたが、あの人の前では一振りで十分だったようです。

問題は、強者を求めてこんな山奥まで来たトウセンさんの機嫌ですが……。

「ふん！　つまらん魔物じゃったな」

やっぱり物足りなかったようですね。

それにしても、雄叫びだけでトウセンさんの考えがわかるようになっている自分に呆《あき》れるといいますか……とにかく複雑な気分です。

「この程度の魔物で大騒ぎするとは情けないのう。最近の連中は腑《ふ》抜《ぬ》けばかりと思わぬか？」

「ええ……まあ、そうですね」

トウセンさんは軽々と言いますが、今の魔物は中竜種と同じくらい巨大な狼ですので、本来なら上級冒険者が数人いても厳しいと思います。ただこの人の実力が飛び抜けているだけなんですよね。

結局僕は剣を手にする事もなく終わってしまったので、気持ちを切り替えて魔物を討伐した証明でも持ち帰ろうかと考えていると、背後から凄《すさ》まじい殺気を感じて慌てて振り返りました。

「もう一体⁉　狼は複数いたんですか！」

「兄妹か夫婦かもしれぬが、まあどうでもいいわい。小僧、後は任せたぞ」

「え⁉　僕一人ですか？」

「当たり前じゃろうが。あんな小さい狼なら小僧一人でも十分じゃろ」

「貴方《あなた》にとって大きい狼ってどんな大きさなんです？」

僕の呟《つぶや》きを無視したトウセンさんは返事もお座なりに、先程斬った魔物の肉を切り分けながら火を起こし始めました。どうやらお腹が空《す》いたみたいです。

そりゃあ、百狼《びゃくろう》であるホクトさんを知っている身からすれば目の前の狼が格下だとは思いますけど、さすがに一人では……いえ、弱気になってはいけません。レウス君なら嬉々《きき》として戦うでしょうし、この程度の魔物で躓《つまず》いていては父の剣技である幻流《げんりゅう》剣《けん》の名が泣きますから。

愛用の双剣を抜いた僕は、咆哮《ほうこう》を上げながら迫る魔物へと挑むのでした。

そして半日近くに亘《わた》る攻防の末、僕は遂《つい》に狼を倒す事が出来たのです。

しかし敵が放った一撃を双剣で受け流しきれず傷を負ってしまった僕は、魔物が完全に事切れたのを確認すると同時にその場で崩れ落ちていました。

「はぁ……はぁ……やっ……た」

「随分と遅かったのう。どれ、追加の肉も出来たからさっさと食って回復するがいい。特別にわしが焼いてやるから感謝するんじゃぞ」

「ありが……ございます」

亡き父の話を聞く為《ため》にトウセンさんと出会い、シリウスさんたちと合流する目的が同じという事で、一緒に旅をするようになって早一年が経ちましたが、僕の毎日はこんな感じです。

よく生きていられるな……と、自分の事なのに何故《なぜ》か客観的に思いながら、僕は肉の焼ける匂いと共に気を失いました。

その後、何とか回復した僕たちは町へと戻り、魔物を討伐した報酬を貰《もら》ってから旅を再開しました。

「重ねて言いますが、今日は移動に専念しますから、余計な事は考えず歩いてください
ね」
「わかったわかった。それで、わしはどっちへ向かうのじゃ？」
「朝食の時に北って言ったじゃないですか。サンドールがある方角ですよ」
トウセンさんもですが、僕たちが捜しているシリウスさんたちはとにかく目立つ。
実力だけでなく、エルフに百狼と一度でも見れば記憶に残るパーティーですから、彼等《かれら》
の情報を集めるのはそう難しくはありません。
そしてシリウスさんたちは世界一の大国と呼ばれるサンドールを目指している事が判明
し、僕たちも追いかけているわけですが、とある分かれ道に差し掛かったところで、竜の
巣と呼ばれる上竜種たちの住処《すみか》があると言われる方角を見ながらトウセンさんが騒ぎ出し
たのです。
「北は止《や》めじゃ！　竜と戦いに行くぞ！」
「はぁ……勘弁してくださいよ」
「何じゃその溜息《ためいき》は！」
そりゃあ溜息の一つや二つは出ますよ。
こんな風に突発的な寄り道や回り道をしていなければ、僕たちはとっくにシリウスさん
たちと合流出来ていた筈《はず》なんですから。
ですが、今回の寄り道はまだましな方ですね。

一番酷《ひど》かったのは、今僕たちがいるこのヒュプノ大陸行きの定期船をトウセンさんが乗り間違え、別の大陸へ行ってしまった事です。シリウスさんたちが行く先々で武勇や噂《うわさ》を残していなければ、一生捜し出せないかと思っていましたよ。

「気持ちはわかりますが、止めましょうよ。エミリアさんに会いたくないんですか？」

「当たり前じゃろうが！　じゃが、強い相手と戦いたい気持ちも抑えられぬのじゃ」

「トウセンさんにとって好敵手はシリウスさんでしょう？　あの人たちと再会すれば全て解決しますって」

「じゃかましい！　それはそれ！　これはこれじゃ！」

向かう先はわかっているのに、いつまで経《た》っても追い付けないこのもどかしさ。

それに戦闘以外は適当過ぎるトウセンさんの為に身の回りの世話を色々焼いているのに、礼を言うどころか基本的に怒鳴りつけてくるので、もう何度トウセンさんを置いて行こうと考えた事やら。

「ええい、ただの犬程度に手こずる小僧が抜かしおるわい」

「あの、先日戦ったのは犬じゃなくて狼ですし、それもただの狼じゃないですからね？しかも前足一本で僕を軽々と吹っ飛ばすような大物ですよ？」

「たわけ！　小手先に頼り過ぎて、腹の底から踏ん張れなかったから受け流せなかったんじゃろうが！　幻竜の奴はわしの剣を軽々と流しながらも、体は全く動じておらんかったわ！」

ですが、こんな風に何も言い返せない程の的確な助言をしてくれますし、僕が知らなかった父の姿を時々教えてくれるのです。御蔭《おかげ》でどうも離れ辛いといいますか……とにかく複雑です。

それに一応、トウセンさんは自ら死地に飛び込むような人なので、それに巻き込まれ続けた御蔭で僕も随分と強くなれましたからね。代わりに色んなものを失いましたが。

溜息を堪《こら》えながらトウセンさんの助言を胸に刻んだところで、ずれかけていた話を元に戻します。

「とにかく！　エミリアさんと強い人に会いたいのなら、早くシリウスさんたちに追い付くべきなんです。もう寄り道は止めて、サンドールへ向かいましょうよ」

「嫌じゃ！　わしは竜と戦うんじゃ！　竜に囲まれて戦いたいんじゃ！」

「子供の我儘《わがまま》ですか？」

いえ、子供みたいに喚《わめ》くだけならいいのですが、この人の場合は剣を振り始めるので手が付けられません。

余談ですが、傍目《はため》には暴れているようにしか見えなくとも、実際は剣を振って冷静になろうとしているだけなので、実は己の性格を理解している行動だったりします。ああもう、どうでもいい知識だけが増えていきますね。

「う……」

こうしてトウセンさんの説得は失敗し、僕たちは上級冒険者でも下手に近づかない竜の巣へ……正確にはそこへ至る為の森へと入ったのですが……。

「ぬう、小物ばかりじゃのう。もっとでかい竜が出てきてほしいものじゃな」

「……竜よりも僕たちの状況を見てくれませんか？」

僕たちは見事に迷い、森の中で遭難していました。

森に足を踏み入れる前、遥《はる》か遠くに見えた山を目指して真っ直ぐ進んでいたつもりなのに、行けども行けども木々ばかりで一向にそれらしい場所にすら辿《たど》り着けないのです。アドロード大陸のエルフが住むと噂される樹海に負けないくらい広大な森なので、方向感覚がわからなくなるのも当然かもしれません。

遭難だと理解してからすでに二日が経過しており、同じ場所をぐるぐると回っているような気がして不安だらけの状況ですが、不思議と焦りはありませんでした。

だって食料は魔物を狩ればいいですし、小さいながらも川や泉があちこちにあるので、生きるだけなら大きな問題はありませんからね。

ですが一番の理由は、トウセンさんがまだ小言しか口にしていないからです。

もしトウセンさんが本気だったら、手当たり次第に『衝破』を連発して周辺を破壊しますし、悪戯《いたずら》に挑発したせいで魔物たちに囲まれる事態にはなっていませんから。

「じゃが、魔物が次々と現れるのは悪くはない。もっとでかいのが現れて囲まれたら最高なんじゃがのう」

「勘弁してください。もう魔物に囲まれるのは嫌ですよ」

「ふん、四方から向けられる殺気の心地良さがわからぬとはのう。うーむ……考えておったら、また地上を埋め尽くすような大群と戦いたくなってきたわい。あれは実に楽しかったのう」

「地上を埋め尽くすって、そんなに魔物がいる場所なんてどこにあるんです？」

「何じゃ、知らんのか小僧？　サンドールにはそういう事が起こるんじゃぞ」

「そういえば……」

言われて思い出しましたが、確かサンドールでは魔物の大群が押し寄せる『氾濫』と呼ばれる現象が起こるそうです。

そしてトウセンさんもかつてサンドールにいたので、その氾濫に参加して剣を振っていたらしく、今では定着している剛剣という二つ名もそれで活躍して貰ったとか。

一体どんな暴れっぷりだったのかと想像していると、魔物の襲撃が途切れて暇になったトウセンさんが当時の様子を語ってくれました。

「せっかくの魔物の大群じゃというのに、周りの連中は壁の上で魔法や飛び道具ばかりでのう。近づいてくるのを待つのが退屈じゃったから、わしは防壁の上から飛び降りて直接斬りに行ったんじゃ」

「周囲はさぞ驚いたでしょうね。色んな意味で」

自ら死地へ飛び込んだというのもありますが、確かサンドールにある防壁は相当高く築かれているそうなので、そこから飛び降りるなんて信じられなかったでしょうね。まあ、トウセンさんなら落下の衝撃くらい『衝破』でどうにでもなるんでしょうけど。

「ところで、それってもう十年以上も前の話ですよね？　無茶振りが変わっていないどころか、寧《むし》ろ悪化していませんか？」

「じゃかましい！　とにかく後ろの方で騒ぐ連中は鬱陶しかったが、斬って斬っても尽きない魔物と戦い続けるのは楽しかったわい」

「貴方からすれば夢のような状況なんですね。ところで、トウセンさんは何故その戦いに参加したんですか？」

「理由もよく覚えておらんが、あの頃のわしはとにかく強者を求めておったからのう。ただの鬱憤晴らしじゃな」

「そんな他人事《ひとごと》な……」

僕の予想ではサンドールが故郷だったのかと思っていましたが、ただ本能のままに動いただけみたいですね。

「まあ、トウセンさんの場合はそれで納得出来ますね。あ、ついでに聞きたいんですけど、トウセンさんの故郷はどこなのでしょうか？」

「知らん」

「は？　いえいえ、そんな筈はないでしょう。ご両親とかそういう人とかは……」

「それも知らん。気付いたら、わしは森で魔物を狩っていたからのう」

周囲に人の姿はなかったらしく、物心ついた以前から森の奥深くに一人で住んで魔物を狩る野生児のように過ごしていたそうです。野獣みたいな人だとは常々思っていましたが、本当にそういう生活をしていたとは。

そんな衝撃の真実に驚く僕ですが、同時に新たな疑問も湧いてきました。

「あの……人との関わりがなかったのなら、どうやって剣を知ったんですか？」

「わしは魔物を狩る時は削った木を使っておったが、ある日森で落ちていた剣を拾ってのう。何となく素振りをしてみたら、楽しくて堪《たま》らなかったのじゃ」

「そして剣に嵌《はま》った……と。ならどういう事情で外の世界に？」

「もっと頑丈で重い剣が欲しかったからじゃ。それで近くの街道を歩いておったら立派な剣を持った奴を見つけたんじゃよ。それで剣をくれと言ったら、色々あって外での生き方を教えてくれたわけじゃ」

「端折り過ぎだと言いたいところですが、何者ですかその人？」

いきなり剣を寄越《よこ》せと言ったら攻撃されてもおかしくないのに、野生児のようなトウセンさんに言語や外での生き方を教育してくれたそうです。そんなの女神と呼ばれるくらいの慈愛がなければ出来ませんよ。

あれ？　でもよく考えたら、その人のせいでトウセンさんはこんな性格になったんじゃ……。

「一体どんな人だったんですか？」

「覚えておらん」

「……でしょうね」

はい、その返答は予想出来ました。

これ以上聞いても無駄なのも理解していますが、まさか恩人の事すら忘れているとは思いませんでしたよ。本当に凄まじい人です。

溜息を漏らしながら歩いていると、前を歩いていたトウセンさんが急に立ち止まっている事に気付きました。

「確か、エルフの女じゃったような……」

「っ!? また来ましたよ！」

何やら意味深な内容を呟《つぶや》いていましたが、新たに近づいてきた魔物の鳴き声でよく聞こえませんでした。

そして近づいてきた魔物をあっさりと片付けてから、改めて先程の内容について聞いてみたのですが……。

「さっき何か言っていませんでしたか？ エルフの女性が何とか……」

「ふむ、やっぱり思い出せんのう。まあそんなのどうでもいいから、さっさと竜を斬りに行くぞい！」

「だから竜じゃなくて、僕たちが遭難している現実を見てくださいよ」

思考を放棄したのか、トウセンさんはそれ以上語る事はありませんでした。

後の話ですが、シリウスさんと再会した時にこの話をすると、『まさか……』と呟きながら微妙な表情をシリウスさんは浮かべたそうです。

それからトウセンさんの謎は解明出来ないまま、更に森を二日彷徨《さまよ》い続けた僕たちは遂《つい》に……。

「で、出られた！　やっと……やっと森から出られましたよ！」

僕たちが突入した森の入口に戻ってこられたのです。

やはり進む方角が完全に間違っていたらしく、ただ森をぐるぐると回っていただけだったみたいですね。

結局ただの徒労で終わってしまったわけですが、こうして戻ってこられただけでも奇跡に近いでしょう。こんな広大な森だと、エルフでもいない限り迷わずに進める筈《はず》がありませんので。

とにかく僕は木々が拓《ひら》けた風景に泣きたくなるくらい喜んでいたのですが、トウセンさんの機嫌は明らかに悪くなっていました。

「ええい、どうなっておる！　竜がいるという山は遠くのままではないか！　もう一度向かうぞ！」

「だからもう止《や》めましょうって！　せめてエルフ……そうだ、シリウスさんの仲間にエルフの女性がいますから、彼女を連れてきてからまた来ませんか？　そうすれば数日も迷う事もありませんし、エミリアさんと一緒に森を散歩出来ますよ」

「ふーむ……」

悪くないと思っているのか、トウセンさんは思案するように剣を振り始めました。とても考えているとは思えない光景ですが、今回は手応えがありそうですね。

そして軽く三十回程素振りをしたところで考えが纏《まと》まったみたいですが、そこで予想の斜め上を行く言葉が飛び出してきたのです。

「仕方があるまい。竜と戦えぬのなら、氾濫の魔物をたっぷり斬るとしよう。サンドールへ行くぞ！」

「ようやくですか。ですが、氾濫って何十年に一度なんですよね？　確かまだ数年は起こらないって話じゃ……」

「そうなったらサンドールの連中と戦《や》るだけじゃ！　昔、連中には色々とやられたからのう。その借りを返してもらおうではないか」

「はぁっ!?」

つまり氾濫が起こっていなかったらサンドール国に喧嘩《けんか》を売るってわけですか？　この人の場合はそれが冗談ではないから厄介なんです。

ああ……お願いですから、サンドールにシリウスさんたちがいますように。

もし喧嘩になったら僕では絶対に止められませんから。

そんな僕の必死な願いが天に届いたのでしょうか？

最早《もはや》不安ばかりしかないサンドールへの道中でしたが、突然遥か上空からホクトさんと五体の上竜種が降ってきたのです。

強者の登場に興奮するトウセンさんを宥《なだ》めるのは苦労しましたが、こうして僕たちは竜たちの背に乗せてもらい、シリウスさんたちと合流する事が出来ました。

本当……ホクトさんには色んな意味で救われましたよ。

だって僕だけじゃなく、サンドールを剛剣の魔の手から救ったのですから。

あとがき

皆様、お久しぶりです。無事に十四巻が発売出来て胸を撫《な》で下ろしているネコでございます。

スケジュール調整ミスや、妙に納得が出来ない部分があって何度も手が止まったりはしましたが、何とか皆様の手に届きました。これも本作品に関わる方々と、応援してくださる皆様の御蔭《おかげ》ですよ。

そんな十四巻ですが、前巻と同じくまだまだシリウスたちの戦いは続きます。

一つの章が間延びするのはあまり良くないとは思ってはいるのですが、やはり大規模な戦闘になると軽く流すような内容ではないので、もう少しお付き合いくださいませ。

そしてメインキャラでもないのに、強烈な印象を残す剛剣ライオルが遂《つい》に主人公たちと合流しました。更にかつて登場した者たちも集い、戦いはこれからが終盤となります。

剛剣が加わり、苛烈さを増す戦いを上手く表現出来るかわかりませんが、とにかく頑張って十五巻が出せるように励みたいと思います。

それでは！

ワールド・ティーチャー
異世界式教育エージェント 14

発　　行　2021年1月25日　初版第一刷発行

著　　者　ネコ光一
発 行 者　永田勝治
発 行 所　株式会社オーバーラップ
〒141-0031　東京都品川区西五反田7-9-5
校正・DTP　株式会社鷗来堂
印刷・製本　大日本印刷株式会社

Printed in Japan　ISBN 978-4-86554-805-1 C0193